HOMBRES
DE BIEN

HOMBRES DE BIEN

Juan Miguel Martinez Rodriguez

Para realizar pedidos de este libro, contacte con:
Palibrio
1663 Liberty Drive
Suite 200
Bloomington, IN 47403
Gratis desde EE. UU. al 877.407.5847
Gratis desde México al 01.800.288.2243
Gratis desde España al 900.866.949
Desde otro país al +1.812.671.9757
Fax: 01.812.355.1576
ventas@palibrio.com
714322

Hay quienes pasan la vida creyendo que hacen lo correcto; hay otros que ven pasar la vida convenciéndose a si mismos de que han hecho lo correcto; y también existen hombres que viven seguros, convencidos de que hacen lo correcto... ¿y tú?; dime tú; ¿quien eres?...

CAPITULO 1

Diciembre de 1971, nace un niño en un hospital de una pequeña isla situada en el caribe, una enfermera sale al pasillo.

– ¿Usted es el esposo de Sarah?-, el hombre ante aquella simple pregunta quedó sin saber que contestar, luego de unos segundos, se sobrepuso y asintió con la cabeza al mismo tiempo que preguntaba.

– ¿Ella; esta bien?, ¿Y el niño, como está?-, la enfermera al notar la preocupación y el nerviosismo de aquel hombre respondió con una ligera sonrisa.

-Es un varón de 12 libras, ¡felicidades papá!, ahora le están alimentando, porque aunque la madre tiene bastante leche en los senos no se llena con nada, si sigue así va ha ser muy fuerte, eso se lo aseguro.

-Gracias por todo-, fue lo único que dijo el hombre, mientras secaba las lágrimas de felicidad que empapaban su rostro; la enfermera volvió a sonreír y regresó a su trabajo.

En el momento de la inscripción del pequeño, nadie quería ponerle nombre hasta que no llegara el padre, el cual había salido en busca de algo de comer para su esposa, ésta había quedado exhausta después del parto, y verdaderamente pasaba casi todo el tiempo con hambre por la alimentación que exigía su hijo.

-Y bien Raymond, ¿que nombre le pondremos al niño?-, preguntó la doctora Alicia, señora de gran experiencia en su especialidad, la cual era amiga personal de éste, por lo que estuvo presente hasta el ultimo momento del parto de Sarah, aun en su condición de embarazada a punto de parto, tanto así que en la madrugada de ese mismo día también ella dio a luz. Raymond quedó pensativo aparentemente por unos instantes, observando a todos que esperaban su decisión.

-Heiron, mi hijo se llamará Heiron-

Se dejó escuchar el sonido del silencio en aquella pequeña sala del hospital, Alicia simplemente dijo mirando a aquel niño y sosteniendo a su criatura entre sus brazos.

-Heiron; desde este día haz de saber que mi descendencia y mi casa siempre estarán a tu disposición-, el esposo de Alicia comprendía claramente a que se refería, estrechó la mano de Raymond diciendo.

-Amigo mío, que así sea-, Raymond con su seriedad característica echó una mirada a su hijo y a la criatura que sostenía Alicia.

-No merezco tanto, pero les agradezco de corazón todo cuanto han hecho por nosotros-, Alex se acercó a Raymond, le entregó un sobre y palmeando su espalda.

-Amigo, sabes que este niño también es un hijo para mi, te felicito, su esposa le entregó a Sarah una cesta con bordados y ropitas para el bebé; Antonio entregó a Raymond una mochila que contenía un costoso regalo para el pequeño, su esposa extrajo de su bolso una cajita que contenía una cadena de oro de 18 k, martillada, con una medalla que tenia la rosa náutica a relieve y entregándosela a Sarah mientras acariciaba la mejilla del recién nacido dijo.

-Para que siempre encuentre el camino de regreso a casa-, la madre de la criatura, agradecida miró a su esposo.

-Creo que vas a tener que usarla tú, porque está muy grande para él-, éste solo apartó la exquisita joya con una señal de negación.

A la mañana siguiente dieron de alta a Sarah y a Heiron, luego de despedirse de Alicia y su esposo fueron a casa, tenían un hijo a quien criar y educar, Raymond debía volver al trabajo, y seguir con sus vidas.

En lo adelante Heiron contó siempre con el apoyo de sus padres y amistades de estos; a los 5 años de edad, comenzó la escuela y a partir de ese instante para agrado de sus familiares y amigos, demostró su potencial de inteligencia, siendo siempre de los mas aventajados en el estudio, manteniendo siempre una conducta intachable; siempre fue un niño noble, respetuoso, ayudaba en todo a sus compañeros y a su madre, la mujer mas importante en el mundo para él; también fue a la secundaria básica, donde maduró en cuanto a responsabilidad, camaradería, caballerosidad, y ya para este momento de su vida empezó a ganar en respeto por parte de sus compañeros, e incluso hasta de sus mayores, por la serenidad en la expresión, por la forma de conducirse para con los demás, por la elegancia al hablar, y por sobre todas las cosas, por su seriedad; era un adolescente que hablaba lo necesario, nunca se veía en grupos, era de poco reír, aunque por la expresión de su rostro se sabía claramente si algo era de su agrado o no, pero en sentido general era el hijo que cualquier padre o madre podría desear; solo que en ocasiones.

-¿Que fue lo que pasó?-, preguntaba Sarah a su hijo observando cada movimiento de este, como buscando algo en su físico.

-Mamá, lo que sucedió fue que se me extraviaron los zapatos nuevos que me compraron para la escuela y me dijeron quien se los había llevado y por esto es que me molesté y discutí con el muchacho, solo eso mamá-

Y así era de ves en cuando, en otra ocasión.

-¿Y ahora cual fue el problema hijo?-

-Nada mamá, un muchacho empujó a una niña en la escalera de la escuela, ésta se dio un golpe fuerte en el tobillo y yo le hice lo mismo a él, solo que él se dio el golpe en la cabeza al caer-

Eran situaciones que se le presentaban al muchacho en esta etapa de su vida y mostraban a su madre como sería en el futuro pues, aunque no era muy alto de estatura, en cambio tenia una complexión fuerte, con hombros anchos, manos aunque delicadas en apariencia, con un poderosísimo agarre, además de no ser mal parecido, por lo que en conversaciones le comentaba a su padre.

-Raymond, es bueno que nuestro hijo sea capaz de valerse por si mismo y que demande respeto cuando sea necesario, pero me preocupa la forma en que resuelve los problemas, creo que debemos enseñarle que todo no se resuelve a puñetazos ni de forma violenta-

-Te preocupas demasiado mujer, Heiron es un muchacho como todos los demás, yo mas bien veo en él otra cosa, veo por ejemplo que exige respeto para con sus cosas, y además, que no le gustan los abusos, si en algún momento notara que se me está convirtiendo en un abusador, entonces lo corrijo pero mientras, pienso que no es necesario-

Ya en el preuniversitario, alcanzó la condición de militante de una organización política, lo cual era un orgullo para los jóvenes de su edad en aquel entonces, y como siempre, destacó en los estudios terminando como el primer expediente de su grupo, en aquel momento todo fue una felicidad en la casa, solo Sarah se preocupaba porque sabía que pronto su hijo querido seria un hombre, y que aun siendo responsable como era, dejaría de ser aquel niño al lado de su madre y pasaría a ser todo un hombre que se enfrentaría solo a la vida, pues por su forma de ser, sabía que no permitiría que se le facilitaran las cosas, ni que nadie tomara decisiones por él, y mucho menos admitiría que se le regalara nada, su padre, estaba muy orgulloso, y decía.

-No te preocupes por nada hijo, estudia mientras esa cabeza te dé-, y se veía el brillo en sus ojos mientras decía estas palabras.

-Gracias padre-, era la expresión de Heiron con el tono de respeto con que hablaba en las pocas ocasiones cuando lo hacia con su padre, éste despertaba en el joven la sensación de una persona traída de otro mundo, era como alguien invulnerable, no se enfermaba, nada le dolía, hablaba de todo, sabia de todo, hacia lo que quería y nunca, pero nunca, le pasaba nada, para él, todos los problemas siempre estaban resueltos, siempre habían personas que lo buscaban con varios fines, pero jamás se atrevió a preguntar nada, primero por respeto, y segundo porque no le simpatizaba mucho la idea de verse rodeado de tantas personas ajenas a la familia, o a los amigos mas allegados, además de eso, muy en el fondo Heiron sabía que su padre no andaba en asuntos muy legales, y aunque eso le preocupaba bastante, sencillamente se limitaba a mantenerse al margen, y a esforzarse cada día para terminar pronto sus estudios, para que al fin su padre pasara un poco mas de tiempo en casa, para poder verlo con mas frecuencia, ya que entre el trabajo que tenia y el "trabajo" que hacia, pues no le dejaba tiempo para hablar mas que lo necesario, y por lo menos él, tenia tantas preguntas que hacerle a ese hombre tan inteligente que tenia por padre; indudablemente Heiron lo admiraba muchísimo aunque no comprendiera las razones de porque éste era así.

Al cumplir los 17 años de edad, entró al servicio militar obligatorio donde por sus características físicas, queda reclutado para las tropas especiales, una unidad militar especial de la armada, dentro de ésta se destacó por el poder de análisis que adquirió al enfrentarse a diversas situaciones, por la disciplina y seriedad con que cumplía las misiones encomendadas; por lo que fue seleccionado para formar parte de un destacamento profesional de destinos especiales, donde la preparación era mucho mas rigurosa.

Diciembre de 1988; zona militar, un equipo hace un ejercicio de desarme de minas, un joven con la frente empapada de sudor esta en plena tarea, sabe que está siendo evaluado y no puede equivocarse; se escucha el radio trasmitiendo una información incomprensible y al teniente que habla.

-No te copio, repite-, en ese momento se escucha claramente cuando dicen.

-La madre de Heiron ha muerto; ¡sácalo ya del campo de minas!; ¡es una orden!-, tras un silencio se escucha.

-Ook, recibido, te copio fuerte y claro-, el joven al escuchar estas palabras que le atravesaron el alma dejó de pensar, dejó de respirar, se olvido de que el mundo existía; sacando fuerzas desde lo mas profundo de su ser, y con la viva imagen de su madre en la mente desactivó la mina, se paró frente al teniente y con los ojos anegados en lagrimas gritó con energía; bien fuerte, y bien claro.

-¡Compañero teniente, la misión ha sido cumplida con éxito!...¡per permiso para retirarme... debo enterrar a mi madre!-, fue entonces cuando quedó completada la preparación psicológica de Heiron, ya que para ese entonces era un joven preparado para enfrentarse a cualquier tipo de situación, incluso hasta su propia muerte, claro, esto no influyó para nada en cuanto a su forma de ser con las demás personas, ni con su familia, y amistades, solo modificó un poco su carácter, refinó su poder de observación, perfeccionando su forma de analizar las cosas, pues ya en ésta etapa de su vida había visto hasta donde podía llegar, conocía cuales eran sus limites.

En casa lo esperaban su padre y amigos; entre los cuales se encontraban Alicia, su esposo, Alex, su esposa, y Antonio; el cual se encontraba tan triste como Raymond, pues también él había perdido a su compañera solo unos meses antes; al verlo llegar, las mujeres se echaron sobre aquel joven, (fuerte de espíritu, y de corazón, pero con el alma hecha pedazos), a llorar a lagrimas vivas, pues su rostro en sus facciones mas hermosas era la imagen de su madre.

Para asombro de Raymond, su hijo no derramó ni una sola lagrima en frente de nadie, mantuvo la calma en todo momento, además, se ocupó de todo cuanto estuvo a su alcance, su padre lo dejó desenvolverse con las personas, sabía que esa era la mejor forma que su hijo había encontrado para desahogar su sufrimiento, todos los presentes obedecían en el acto a todo lo que aquel joven orientaba, pagó todo lo del funeral con su dinero, no permitió que su padre hiciera nada; Heiron sentía que el dinero de su familia era sucio, por lo que consideraba que este podría manchar el honor de su madre, luego de tan terrible momento, al quedar solo en casa con su padre; hablaron.

-Papá; yo sé como te sientes y espero comprendas el porque he de decirte estas cosas, quiero que me escuches...el hecho es que sé mas o menos de donde sale todo para esta casa, para mi ropa, mis zapatos, el dinero que me mandas todas las semanas, las personas que te rodean, los que te buscan, los que te deben, te agradecen, he incluso hasta los que te odian, y eso es algo que no puedo permitir-

-Hijo mío, no me tomes a mal, pero eso no es asunto tuyo-

-Por favor Papá, no me interrumpas, luego yo escucharé todo cuanto quieras decirme, trataré de que no me convenzas-, Raymond se mantuvo esta vez en silencio, por primera vez se daba cuenta de que su hijo ya era un hombre, había crecido a su lado y él, su padre, había disfrutado tan poco de su compañía, que ni siquiera se había percatado de que era exactamente una imagen mucho mas desarrollada e inteligente de él mismo, pero con los ojos y las manos delicadas de Sarah ...su amada Sarah.

-En este día enterramos a mi Madre y por todo lo antes dicho no pienso perder también a mi Padre, espero que sepas entender que hoy eres todo lo que tengo, hoy no eres tan joven como antes, la vida a cambiado mucho, hay nuevas leyes, el mundo está cambiando, y no soportaría ver a mi padre detrás de las rejas por un error, por tanto padre, te lo pido, deja todo lo que estés haciendo, que no sé que es, pero sé que no es bueno, mantente en tu trabajo hasta que te jubiles y deja que yo me haga cargo de cuidar de ti...no te estoy diciendo que estas viejo ni que dependas de mi, es simplemente que me dejes hacer algo por ti, como tú lo has hecho por mi durante todos estos años-, Raymond observando a su hijo y aclarando la voz se incorporó en el asiento, al mismo tiempo que pensaba con exactitud que palabras contestar para ser claro, preciso, y convincente con éste; ciertamente estaba difícil la resolución de ésta situación; solo Sarah sabía que palabras decir.

-Hijo mío; sé cuanto amas a tu madre, y sé cuanto sientes su perdida; también yo siento lo mismo, créeme. Voy a ponerte una grabación que tu madre me hizo hacer, porque ella sabía que esta conversación vendría después de su muerte; y espero que respetes su decisión, esto fue lo que dijo unas horas antes de morir, pocos segundos después se escucha la vos clara de Sarah en el equipo de Raymond.

-Hijo; si estás escuchando esta grabación es porque ya no estaré más a tu lado, hazle caso a tu padre en todo lo que te diga, siempre va a ser por tu bien, estudia mucho, sé que dejo en ti a un hombre inteligente, no permitas que nada malo te pase, ten una buena esposa y cuida mucho de tus hijos así como tu padre lo ha hecho contigo, no llores, por lo menos donde las personas te vean, los hombres que lloran bajo la luz de otros ojos son débiles e incapaces y mi hijo no es así, sé feliz, y en eso que estas hoy; se bueno, pero no mueras, porque eres todo cuanto soy...todo cuanto tengo, recuérdame siempre con un buen pensamiento, y diles a tu esposa e hijos que tu madre los amará por siempre...en cuanto a usted señor Raymond, solo le pido, que no permita que mi hijo pase trabajo, prométame que cuidará de nuestro hijo mientras viva; por los dos, que no le faltará nada, y que sabrá guiarlo para que sea un hombre de bien...

ahora; amor mío; quiero darte las gracias por tanta felicidad que supiste darme, por todo el amor del mundo que sé que lo llevo dentro porque usted supo plantarlo en mi corazón, por la vida que hemos llevado juntos durante estos años, en fin vida mía, gracias por amarme tanto, y por hacer de tu vida la mía; quisiera decirles muchas mas cosas a los dos, pero no alcanzaría otra vida mas para seguirlos amando; siempre suya... Sarah-

-Entonces hijo mío, comprenderás que solo puedo hacer dos cosas, una es seguir adelante, y la otra es mostrarte el como y que tu decidas el cuando, para entonces a partir de ese momento hacerme a un lado y dejarte al frente de todo-, Heiron entendía lo que su padre pretendía, sabía que no aceptar hacerse cargo de todo a la manera de su padre, seria como empujarlo a continuar en todo aquello que él sabía que en algún momento traería problemas; por otro lado aceptarlo le costaría abandonar todos sus principios, por tanto, solo observó a su padre que lo miraba fijamente en espera de una respuesta.

-No hablemos mas del tema; por lo menos por el momento, mientras tanto padre, mantente al margen hasta que yo tome una decisión con respecto a lo que debo hacer... ¿esta bien?-

Universidad de la Habana, capital de todos los cubanos, año 1995, un pequeño grupo frente a ésta conversa de forma animada y uno de ellos.

-Vamos a tomar helado, yo invito y paga Heiron-, todos ríen de forma animada excepto éste de quien se hablara, pero por la expresión de su rostro es sabido que no le molesta en lo absoluto compartir con sus compañeros, además, entre ellos habían tres compañeras de su grupo y por lo tanto seria una falta de cortesía el rechazar la invitación, por lo menos así lo veía Heiron, llegando a la avenida se acerca un policía.

-Pss, pss, permítanme sus documentos-, todos mostraron sus identificaciones, menos Heiron que se limitó a decir.

-¡Buenas tardes!-, con esa expresión inequívoca de desagrado ante lo mal hecho.

-Tu ere gracioso, dame tu carné-, se pronunció el agente de orden publico un poco mal humorado por la impotencia de saber que había violado las normas de cortesía al tratar con los ciudadanos, además de saber que éste joven estaba reclamando con esa simple frase, su derecho a ser tratado con respeto, y mas aún, por la vergüenza que éste le estaba haciendo pasar frente a aquellas hermosas jóvenes que lo acompañaban; Heiron colocando sus manos detrás de la espalda.

-Primeramente mi nombre es Heiron, y no me gusta que me lo cambien; segundo, lo único que he hecho es saludarle antes de dirigirme a usted compañero agente, y por ultimo, soy un estudiante universitario, y no creo que merezca ser tratado como a un delincuente común, que es lo que usted, acaba de hacer-, el agente aún mas airado.

-To eso tá muy lindo, pero dame tu carné, ¡y trata que to lo que tu dice sea velda!-, el agente se comunicó por la radio del patrullero y por el primero que preguntó fue por el joven Heiron, unos pocos minutos después, se escuchó sonar la radio y una vos que decía.

-¿Tu tienes a ese ciudadano ahí contigo?-, esta pregunta alarmó al agente, que miró a Heiron como buscando algo en él que lo hiciera ver como alguien especial.

-Si ¿pol que?, ¿hay alguna restrisión contra él u orden de caltura?-, luego de estas preguntas hubo una pausa y se volvió a escuchar.

-No, al contrario, acabas de retener a un profesional de destinos especiales, éste hombre no tiene ni una multa de transito, está mas limpio que una hoja de papel, además es un activo, ten cuidado con la gente que paras en la calle, suelta a ese hombre ahora mismo y pídele disculpas por la molestia... no se, has algo, no valla a ser que por tu forma le de por quejarse y nos metamos en un lio-, el agente que hasta esos instantes se había comportado de forma petulante, se volteó quedando de frente al pequeño grupo, pálido como una estatua encalada y mirando a Heiron como si hubiera visto a un fantasma.

-Tenga usted su identificación ciudadano y las de ustedes también, diculpen pol la molestia, y pase un buen día-, el pequeño grupo continuó su camino, notando que la expresión en el rostro de Heiron se mantenía seria, tenía la mirada llena de ira, y los músculos de sus brazos saltaban como contraídos por la tención sanguínea.

-¿Que te pasa Heiron?, no te pongas así por ese zopenco, no vale la pena, además...aquí tienes otras cosas en que pensar, que te aseguro son mas importantes que eso-, se preguntará quien es esta atrevida seductora, pues bien, su nombre es Tania, estudiante de la facultad de derecho que era amiga de una de las compañeras de clase de Heiron.

-No te preocupes por mí, ya se me pasará; es solo que no soporto que se me falte el respeto y no hacer nada-

-Pero si hiciste, no viste como ese policía se puso cuando le dijeron quien tu eras, que por cierto no entendí nada, porque para mi eres alguien normal, además, le dijiste todo lo que quisiste y al final tuvo que disculparse contigo, se puso tan nervioso que ni revisó las demás identificaciones nuestras, no veo porque tengas que estar tan molesto, anda ven, cambia esa cara mi vida-, el joven echó una mirada a aquellos lindos ojos que lo miraban y a los demás que estaban a la expectativa, percatándose de que todo había sido planeado por las muchachitas del grupo, para que entre esta hermosa joven y él se formara una pareja, que a lo mejor no seria la pareja del momento pero por lo menos, él sentía que con ella se sentiría bien, así que se dejó llevar por ésta para ver hasta donde lo conduciría éste camino.

-Esta bien, pero voy a pedir una ensalada de cualquier sabor de helado que sea, y si no fuera mucho pedir que tú me la dieras, creo que se me pasará-, la muchacha sonrió con un brillo en los ojos.

-Bien, si eso te hace feliz, pues te voy a dar helado y más si me dejas-, las demás muchachas se miraron entre ellas, y una de ellas, Maribel, dijo de una manera muy sensual.

-Heladito en la boquita de papi-, todos se rieron y echaron a andar nuevamente al mismo tiempo que David, otro de los compañeros decía.

-Pero eso no puede ser, tienes que dejar que Tania te de todo lo que ella quiera, porque imagínate tu; donde quedaría la reputación de los hombres si niegas todo cuanto ella quiere y tiene para darte oooooh-

-Ya déjalo, que él sabe lo que tiene que hacer, no creas que Heiron es tan mansito como parece, él lo que es un muchacho serio, tiene carácter, y eso es lo que nos gusta a nosotras las mujeres-

-¿Y tú eres una mujer?, ahora es que me entero-, dijo Rey con una amplia sonrisa y expresión de asombro a la cual el resto del grupo hizo coro, mientras Yannia abría grande los ojos y levantaba un puño en forma amenazadora.

-Sí, pues parece que no pensabas así la otra noche, porque ya no hallaba cual otra mano aguantarte, estabas incontenible, baya que yo decía, estate tranquilo muchacho y preguntaba, ¿Cuántas manos tú tienes?-, todos miraron a Rey (novio de Yannia) que se ponía de todos los colores por la vergüenza, entonces se escuchó una vos inconfundible.

-Señoritas, estamos en la calle, compórtense, nada de pornografías en publico por favor-, todos se llamaron al orden; pero al mismo tiempo se respiraba entre ellos un aire de comodidad con aquella frase pronunciada por aquel muchacho, que con su forma de ser inspiraba tanto respeto.

-Doctora, ¿entonces a que conclusión podemos llegar de acuerdo con el diagnóstico del paciente de la cama 10?, porque éste continua quejándose de la falta de aire-, la doctora Alicia, especialista en traumas respiratorios, con un doctorado en psicología general, además, con reconocimientos a nivel nacional y premios por participación destacada en eventos internacionales, dijo tranquilamente.

-El problema del paciente de la cama 10, es que continua fumando, ya le dije en cuanto ingresó en nuestro hospital; ningún asmático crónico sobrevive mas de 1 o 2 años (una vez que la nicotina del cigarro comienza a provocar estas crisis tan fuertes), por lo menos si no deja de fumar, manténgale el tratamiento y por favor, de mi parte, trasmítale éste mensaje...otra ves-, la doctora tenia toda la razón del mundo, el paciente continuaba fumando y debido a esto su malestar, se escucha el timbre de su celular.

-Si, dime-

-Mamá voy llegar un poquito más tarde hoy porque tengo que estudiar para una prueba que nos van hacer, te llamo para no preocuparte-

-Está bien estudia mucho, pero yo sé que vas a salir bien-

-Un beso, nos vemos ma-

-Otro para ti, cuídate-, la doctora Alicia era una mujer muy preocupada por su familia, independientemente de ser muy profesional en su trabajo; ella había establecido todo un sistema de comunicación entre todos los miembros de la misma, con el fin de mantener el contacto y así evitarse preocupaciones que la desviaran: ya fuera de su trabajo en el hospital, o de algún otro "trabajo" que estuviera haciendo, por lo general pasaba los días dedicada a sus pacientes y una ves mas que otra recibía llamadas o noticias de su gran amigo Raymond, al cual no veía desde la muerte de Sarah, en ocasiones pensaba en ella y en su mente decía.

-Que suerte haber encontrado una amiga como ella, que temperamento, espíritu, comprensión, paciencia-, se daba cuenta de todas las cualidades de su amiga y sí; la admiraba, Alicia sabía que nunca podría ser como Sarah y aceptaba eso con agrado, pues tampoco pretendía serlo; ya en la casa conversando con su esposo.

-Ha sido la mejor amiga que una mujer u hombre pudiera tener; sabia escuchar a las personas, entendía con claridad cualquier problema que le expresaras, te observaba con detenimiento y al final, con aquella tranquilidad impasible, te decía lo que debías hacer para solucionar tú problema, y digo lo que debías hacer, no lo que tú querías escuchar, porque en ocasiones las personas le plantean un problema a otra, y esperan de antemano que ésta coincida con su criterio a la hora de dar solución; y en el caso especifico de Sarah, sabía muy bien analizar las situaciones y dar la respuesta justa según su criterio propio, su esposo siempre tenía muy en cuenta su consejo en ocasiones cuando las cosas se ponían feas, aun cuando éste no le planteaba a ella ninguna de sus dificultades-

-Alicia, ¿no te das cuenta de que Sarah y Raymond eran una pareja hecha el uno para el otro?, Sarah solo con mirarlo sabía lo que estaba pensando, o si no lo sabía por lo menos identificaba con facilidad cuál era su estado de ánimo, porque siempre tenia listas las palabras justas para hacer sentir bien a su esposo; el nivel de comprensión entre esas dos personas era tal, que creo que ni nosotros nos entendemos tanto, y mira que nosotros nos entendemos-

-Es verdad, por eso es que Raymond siempre ha podido hacer todo lo que ha querido y siempre le ha salido bien, porque la estabilidad emocional que le proporcionaba Sarah, le daba a él la tranquilidad espiritual que necesitaba para poder analizar cada paso de lo que pensaba hacer-, y una ves mas la doctora tenia razón, ya que verdaderamente solo una persona con una gran estabilidad emocional, es capaz de analizar sus asuntos paso a paso para lograr evitar los errores propios de nosotros los humanos. -llaman a la puerta-.

-Buenas tardes Alicia, ¿como esta usted?, Rodolfo y usted ¿como está?-

-Pero entra hijo, ¿ya no me dices tía Alicia?, ¿acaso ya no me quieres?-

-No piense eso tía usted sabe que para mi siempre será como una madre-

-¿Y los estudios, como van?-

-De momento todo bien Rodolfo, mi papá me llamó diciendo que pasara por aquí, pensé que había pasado algo y entonces vine lo antes que pude, ¿en que puedo ayudarles?-

-No niño, no se trata de nada de eso, es que tu padre te mandó unas cosas para que las recogieras aquí, tu sabes como es él, enseguida te las traigo-, Alicia entró al cuarto en lo que Heiron y Rodolfo conversaban y trajo en sus manos un paquete que contenía algunas piezas de ropa como siempre de la mejor calidad, y un pequeño sobrecito con una importante suma de dinero entre divisas y moneda nacional.

-Aquí está todo, cuando vi el sobre, enseguida me di cuenta de porque tu papá no lo envió por correo, ni con nadie de tu escuela-

-En mi escuela todos me conocen y siempre me han entregado las cosas que él me ha mandado-

-No papo, el problema es que es mucho dinero entre las dos monedas como para mandarlo por correo o con cualquier persona, sabes que eso levantaría muchas vistas sobre tu padre-

-¡Alicia!-

-¡Es verdad Rodolfo!, el niño ya esta grande y sabe que hay que cuidar a su papá, aunque no sepa exactamente porque-

-No se preocupen...entiendo-, Heiron sabía perfectamente de que estaban hablando estas personas que tanto querían a su padre.

Mayo del año 1995, Santiago de Cuba, facultad de contabilidad y finanzas, a la salida de las aulas una joven pregunta.

-¿Erik, no vienes?-, el joven voltea la cabeza.

-No amigos, hoy no voy, tengo que estudiar-, Erik era un muchacho común, bien parecido, ojos claros, pelo negro y de tez blanca, proveniente de una familia trabajadora, y con unos deseos enormes de prosperar, debido a todos los trabajos que había pasado a lo largo de su vida, desde su nacimiento había sufrido en carne propia muchas carencias, la necesidad de productos que para él se convirtieron en un sueño de difícil adquisición por el valor de los mismos, sin posibilidad de exigir nada, por el hecho de saber que sus padres apenas ganaban para el sustento de la casa, y comprar lo indispensable a golpe de sacrificios para que por lo menos tuviera ropa que ponerse, zapatos para asistir a clases, y un sencillo plato de comida todos los días que de forma humilde, pero con mucho amor su madre ponía a la mesa; entonces era esto lo que cada día impulsaba a Erik a seguir adelante, sabía que tenia en sus hombros la responsabilidad de sacar adelante a su familia, tenia dos hermanos más, pequeños por cierto, por lo que no podía darse el lujo de fracasar en sus estudios, por otra parte, era un muchacho inteligente, con una trayectoria estudiantil brillante, primer expediente en el preuniversitario donde estudió, tenia un carácter afable, muy cordial y respetuoso debido a la educación que se le dio en casa, con un gran sentido de la responsabilidad; su madre sabía que su hijo estudiaría hasta convertirse en un profesional, lo que le preocupaba era que sucedería después, pues también sabía que su pequeño no se sentía bien con la situación que se vivía, su padre por otro lado, sabía que en algún momento tendría que sentarse a conversar de hombre a hombre con su hijo, porque ya éste había crecido y debía saber cual era el camino que tomaría luego de haberse graduado, en realidad no quería que su muchacho pasara los trabajo que él había pasado, pero le aterraba la idea de que su hijo fuera ha valerse de su conocimiento para hacer algo indebido, Erik tenia una novia a la que había conocido hacia poco tiempo, también era estudiante y parecía ser una buena muchacha, laboriosa, ayudaba a su suegra en los quehaceres domésticos los fines de semana, y por lo visto estaba muy enamorada del muchacho; sabía lo que era pasar trabajo, que la posición de su novio no era muy favorable, pero lo quería de todas formas, Erik había pasado el servicio militar obligatorio en una unidad especial, donde fue preparado y adiestrado como todo un profesional de las artes militares, debido a su inteligencia, que le permitía grabar en su memoria cada detalle de lo que veía y escuchaba, además de lo que se le explicaba, por lo que sin apenas darse cuenta, su formación militar le serviría por el resto de su vida, pues ésta le permitió ganar en seriedad, nivel de observación, y entre otras cosas, le ayudó a definir las diferentes prioridades que se le deben dar a las diversas situaciones que se la presentan a una persona a lo largo de la vida, de ahí que estamos en presencia de un joven que sabe lo que quiere, a que se enfrenta y como enfrentarse a lo que venga…como venga.

Una tarde al llegar a casa, encontró a su padre pensativo sentado en el sillón de la sala, esto llamó su atención, porque su padre solo se sentaba en ese lugar para ver la televisión, de momento no dijo nada, recorrió toda la casa para preguntarle a su madre luego de dirigirle un cordial saludo a éste, como la casa no era tan grande debido a que estaba compuesta por apenas dos habitaciones para dormir, un baño intercalado, una salita pequeña, la cocina comedor, y una pequeña terracita que era donde la mamá lavaba la ropa sucia, su novia le llamaba cariñosamente la casita de muñecas, pero en cambio él, solo se fijaba en los detalles de las puertas interiores roídas por el comején, las ventanas de la cocina estaban clausuradas porque de abrirlas se caerían, porque la madera estaba en muy mal estado, se fijaba en que hacia poco tiempo había pintado con un poco de cal que le habían regalado en la universidad de una que había quedado, y que ya las paredes estaban sucias, que su madre pasaba trabajo para cocinar porque el fogón manchaba de tizne las hoyas y que él, sobro todo él, su hijo mayor, no tenia dinero para comprarle uno mejor para ella, esa eran las cosas que hacían sufrir a Erik; no tardó en percatarse de que ésta había salido a alguna parte por lo que regresó donde su padre y preguntó.

-¿Que pasa papá?, te noto algo preocupado, ¿hay algo en lo que te pueda ayudar?-

-Si hijo, hay algo en lo que puedes ayudar a este viejo-

-Bueno papá, entonces dime porque no me gusta verte así-

-Yo quiero hijo que me seas sincero y que me digas, ¿que piensas hacer tú, como hombre el día en que te gradúes?-

-Papá eso ya lo sabes, voy a trabajar para arreglar y poner linda la casa, además quiero comprarle un fogón de horno a la vieja para que no me pase mas trabajo, y un televisor mas grande porque te veo que pasas un trabajo para ver el noticiero en ese, tremendo, y darle de todo a mis hermanitos; yo pensé que te sentías mal o algo-

-Hijo, es a eso precisamente a lo que me refiero, para comprar y hacer todas esas cosas buenas que tú dices, hay que tener un trabajo donde se gane mucho dinero, tanto como para poder comprar los dólares suficientes para comprar todo eso, y ¿Dónde vas a trabajar que ganes todo ese dinero?, y no solo eso, ¿de que forma te piensas hacer de todo ese dineral?, ¿entiendes?, eso es lo que me preocupa-

-No se me preocupe mi viejo, su hijo no va ha hacer nada malo, lo único que quiero es darle una mejor vida a mis padres y hermanos-

-Te entiendo hijo, pero lo único que no quiero en este mundo es que te pase nada, y que no pases los trabajos que he pasado yo, por eso te digo que estudies, que trabajes y que te hagas un hombre de bien-

Domingo, 19 de noviembre de 1995

-Ya te dije que no quería volver a verte, por favor no me llames más-

-Pero Ignara escúchame, no fue mi intención, me dejé llevar, te lo prometo, dame una oportunidad-

-Lo siento mucho, pensé que eras el indicado y ya veo que me equivoqué contigo, así que déjame en paz-, y colgó el teléfono inalámbrico rojo depositándolo sobre la mesita de cristal que había en la sala amplia de la casa, para seguir limpiando aquella hermosa vivienda, al terminar se recostó en el sofá, se sentía tan cómoda que quedó dormida de cansancio, una hora después, se volvió a escuchar el timbre del teléfono, ella tomó el auricular al mismo tiempo que pensaba.

-Si es este baboso otra vez, lo voy a poner nuevo-, pero tanta era su indisposición con respecto a esa llamada que.

-¿No te dije que me dejaras en paz y que no me llamaras mas?-, del otro lado colgaron la línea y volvieron a marcar el mismo número, por lo que pensó ella.

-Pero que le pasa a este muchacho, no se cansa-

-¡Dime!, no te dije que...-, de pronto del otro lado reconoció una vos que no era la de su ex.

-Me confunde usted señorita, ¿es la casa de la doctora Alicia?-

-Si, la misma, disculpe usted, pero es que anteriormente tuve una llamada no deseada-

-Comprendo, ¿la doctora Alicia se encuentra, por favor?-

-No, pero si quiere puede dejar el recado, yo soy su hija y se lo diré-

-Sabía que la doctora tenía un hijo pero no sabía que era una hija-

-¿Usted es amigo de mi mamá?-

-Si, y la conozco desde mi infancia, ella siempre visitaba mi casa, y desde siempre su padre y ella han sido amigos de mi familia, pero nunca tuve la oportunidad de conocerla a usted-

-¿Cómo se llama tú...?-

- Raymond, es el nombre de mi padre- dijo el joven antes de que la muchacha terminara de formular su pregunta.

-Pero por tu vos pareces mayor, yo sé mucho de ti, porque mis padres hablan mucho de ustedes, pero en realidad no te he visto, tienes que pasar por aquí un día de estos para conocernos y así veo si eres realmente como mi mamá dice-

-Esta bien, lo tendré presente, por lo pronto dígale a su mamá que Heiron llamó para saber de ella-

-Se lo diré, y disculpa por lo de la primera llamada, y no me trates de usted que soy unas horas menor que tú-, en ese momento Heiron quedo pensativo preguntándose a si mismo.

-¿Como es posible que mi tía Alicia tenga una hija y que nunca me la halla presentado?, ¿que ésta nunca halla estado en mi casa?, ¿que las veces que he estado en la de la doctora nunca nos hallamos cruzado?-, algo estaba pasando, pero que cosa era y porque.

-No se preocupe, esas cosas pasan, y también tendré eso presente-, colgó el teléfono y salió caminando por una callecita, mirando las construcciones de la habana, venían a su mente recuerdos de conversaciones escuchadas en su infancia entre sus padres y los de aquella muchacha con la que acababa de hablar, recordó que en una ocasión la doctora decía.

-Trataré de que ellos no se conozcan, por lo menos hasta que no llegue el momento-, y su padre.

-Lo primero es lo primero, hay que formar a los muchachos para que sean profesionales en la actividad que necesitaran para garantizar sus futuros para cuando nosotros no estemos-, en aquel entonces Heiron no sabía de que hablaban, pero al cruzar la calle un auto se le vino encima, la reacción provocó un movimiento ágil que solo un acróbata con gran destreza hubiera podido efectuar, o un sujeto común, pero con la preparación y la complexión física de Heiron; al ver el auto de reflejo, se percató en fracciones de segundos que ya era demasiado tarde para echarse a tras, dio un salto hacia adelante cayendo de lleno sobre las palmas de sus manos haciendo una campana, al mismo tiempo que se empujaba con las mismas hacia arriba, para luego ejecutar una vuelta mortal en el aire cayendo sobre la otra acera de la calle, de frente al auto cuyos ocupantes quedaron perplejos ante los reflejos de aquel joven desconocido.

-Oye, niño, ¿estas bien?-, preguntó un señor obeso, de bigotes espesos y de una calvicie pronunciada, la pregunta quedó contestada cuando el joven lo miró con una mirada casi infantil y unos labios que simulaban una sonrisilla, la esposa del señor obeso dijo.

-Hay que ver que los jóvenes de hoy están mal de la cabeza, mira ese niño, por poco le pasamos por arriba por estar en las nubes, y él lo único que hace es mirarnos como si nada hubiera pasado-

-Yo no sé, pero lo que si te puedo decir es que si el muchacho no llega a tener los reflejos, y la agilidad mental que parece tener, lo hubiera atropellado y estuviéramos en la policía, porque en realidad quien venia entretenido contigo era yo-, lo curioso de éste suceso es que para cuando Heiron cayó en la otra acera, se había percatado de que sus padres hablaban de prepararlos a él y a la hija de la doctora, para insertarlos en el negocio, o en lo que ellos estuvieran para que asumieran el día en que ya hubieran muerto, o quien sabe cuando, o, ¿que otra idea tendría su papá?, se preguntaba él.

-¿Será que mi papá y la doctora siempre han estado planificando irse del país?, no, mi padre nunca me abandonaría y menos después de la muerte de mi madre-, se decía el joven, pero en el fondo sentía la impresión de que ellos debían ser los sucesores de algo muy bien pensado por su padre.

Lunes, 20 de noviembre de 1995

-¿Cuanto le debo chofer?-

-Son 12.65 CUC señorita- contestó Rafael, conductor de un panataxi azul plateado marca Hyundai, cortésmente luego de consultar el taxímetro.

-Gracias-, dijo éste cuando vio que la joven le entregaba un billete de 20.00 CUC e iniciaba la marcha en señal de quédese con el cambio, era un joven apuesto, inteligente que mas temprano que tarde se había percatado de su situación y había decidido que detrás de un microscopio no resolvería su problema económico, así que tomando el dinero que le quedaba de un negocio que había hecho, pagó una plaza, reparó un taxi en mal estado, y empezó a trabajar en el giro del transporte como chofer, era relativamente alto, de ojos pequeños, trigueño, de piel tostada, pasaba como mulato claro, no era muy conversador, pero si muy inteligente y pícaro, veía la maldad en los ojos de las personas como ver peces en el fondo de un río claro de poca profundidad, además, era muy decidido, no sentía miedo de nada y le encantaba hacer cualquier cosa que le ofreciera dinero, también tenia otras cualidades como que era un joven atento, sabia corresponder a una amistad y cuando llegaba a confiar en alguien, cosa extraña, pues era capaz de echar pie en tierra por esa persona, vivía en una casa espaciosa, esta contaba con dos habitaciones para dormir, una sala, un comedor, un portalito y en la parte trasera un enorme patio, esta estaba acondicionada y amueblada al estilo chino, todo el que visitaba su domicilio quedaba maravillado con el decorado del mismo, su madre había fallecido poco tiempo después que su padre, era un joven que vivía todos los días con la idea fija en la mente de que nadie va a hacer por ti lo que no seas capaz de hacer tú por ti mismo, lo cual sugiere, todos los trabajos por los que había pasado, como había tenido que estudiar, inventar, y hacer uso casi perfecto de su imaginación para subsistir dentro de un ambiente plagado de indiferencias para los menos favorecidos, no tenia a nadie en el extranjero, era hijo único, y por tanto solo se tenia, a él, siempre recordaba que en una ocasión su madre le dijera.

-Hijo, yo sé que estoy muy enferma y que no estaré a tu lado el día en que mas me necesites, no permitas que nada te entristezca, no quiero que mi hijo se acongoje y deje todo ese futuro que tiene por delante por la sencilla razón de que yo no estaré a su lado, quiero hijo mío que termines tus estudios, que llegues lo mas lejos que puedas en tus proyectos de vida, que siempre sepas que no se debe confiar en todo el mundo, eso te servirá para salir adelante, que sepas que siempre estaré apoyando cualquiera de tus decisiones, y que siempre mires adelante, para que al final sin importar el camino que tomes te conviertas en un hombre de bien-, estas palabras siempre le hacían brotar lagrimas de los ojos, eran palabras salidas del corazón de una madre que sabía que en cualquier momento dejaría solo a su único hijo, pero que confiaba fielmente en que la inteligencia y el poder de razonamiento que había formado en él, le permitirían captar el mensaje y a su vez le servirían de guía para trazar su camino en el futuro, por esas razones se graduó como genetista, todo esto con honores en la enseñanza, con participación en diferentes trabajos investigativos, obteniendo premio por la originalidad e integridad de su trabajo, siempre detrás de un microscopio, analizando muestras y en fin, haciendo todo un gran trabajo de laboratorio y percatándose cada día de que ese camino no lo conduciría muy lejos, porque sequía desgastándose psicológicamente en experimentos y aportando conocimientos, sin ver que los resultados obtenidos le beneficiaran, por lo menos en el sentido de suplir sus necesidades mas inmediatas, como todo joven que le gusta salir, divertirse, compartir con sus amigos, conocer gente nueva fuera del marco laboral, personas que no hablen de genes, ni variaciones genéticas, personas con las que se pueda hablar de pelota, de peleas callejeras, de cómo el perro se salió del patio y mordió al vecino porque lo estaba mortificando, en fin, eso era lo que quería, tener una vida normal, poder comprarse un auto, acondicionar su casita a su gusto, tener tiempo para practicar su taichí, y esas cosas, era un buen muchacho, pero sabía que no podía quedarse parado sin hacer nada, el tiempo no se detendría a esperar a que él se diera cuenta de eso que ya sabia.

Sábado en la noche, 10:47 PM, año 1995, una joven había salido de su casa dirigiéndose a la de una amiga con la que había quedado para encontrarse con otras compañeras de estudio, para juntas divertirse en la discoteca y así despejar después de tanto estudio, la toman fuertemente por el brazo al mismo tiempo que le dicen al oído.

-Ahora si que me vas a escuchar, estoy cansado de que me cuelgues el teléfono cuando te llamo, de que me vires la cara cuando te hablo a la salida de tu universidad, y de esas puterías que formas con tus amiguitas-, la joven tratando de deshacerse de aquel bruto que no era otro que su ex novio, trató de darle un pisotón en un pie pero falló, lo cual enfadó mas a su agresor, que esta vez entonces la empujó contra una pared y se disponía a asestarle una bofetada cuando de momento, de entre la penumbra de las sombras proyectadas por las edificaciones en la noche, unas manos que apretaban como tenazas, se apoderaron de la parte trasera del muslo del muchacho y de la cintura del mismo, levantándolo por encima de una cabeza y unos hombros irreconocibles para Ignara, los cuales la impresionaron por lo feroz de la violencia con que fue arrojado su ex contra una pared contigua, seguido de esto, se escuchó una vos que casi reconoció pero que no estaba segura porque solo la había escuchado una vez.

-Si no quieres que te desarme, quédate donde estas-, aquellas palabras entonces si que provocaron temor a Ignara, pues se escuchaba como la vos de alguien que no esta jugando, se sentía como la voz de alguien que está seguro de lo que está hablando, pero al mismo tiempo, se sabía segura mientras aquel desconocido estuviera presente, su ex no se levantó, solo se quejaba de un dolor muy intenso, entonces aquel corpulento hombre al que no se le distinguía el rostro se volteó, diciendo en un tono muy amable al mismo tiempo que la tomaba del brazo.

-¿Se siente bien?-

-Si-, fue todo lo que pudo decir cuando sintió aquellas cálidas manos que rozaban su piel, aquellas mismas manos que hace unos instantes hubieran molido todos los huesos uno por uno de su ex novio, que en estos momentos la tocaban y se sentían tan suaves, relativamente pequeñas pero firmes, esta sensación la llevó a desvanecerse, el joven la tomó en brazos y para cuando se recuperó, estaba recostada en sus piernas en un banquito de un parquecito cercano, éste la miró y le dijo.

-Ya era hora de que se repusiera, no la llevé al medico porque fue solo un pequeño desmayo, supongo por el sobresalto, pero no se preocupe, estará bien, ¿vive cerca de aquí?, todavía tengo algo de tiempo, puedo acompañarla, así evitamos que ese con el que tiene problemas se aparezca nuevamente-, ella lo observaba fijamente, parecía que tuviera una visión, que le hacia un montón de preguntas y sugerencias, una detrás de la otra sin darle tiempo a pensar, ni a darse cuenta de ¿qué era lo que le decía?, ¿qué había pasado?, y lo mejor, no le permitía decir nada, aún cuando no le tenia la boca tapada, por lo que solo dijo.

-Si-, esta pequeñísima frasecilla confundió al joven.

-¿Decías?-, ella pestañeó para recuperarse de su visión y dijo.

-Si, voy a casa de una amiga aquí cerca, ¿si me haces el favor?, no quiero volver a ver a ese muchacho-, caminaron unas tres cuadras sin pronunciar palabra alguna, ella no sabía que decir, y él solo observaba a aquella joven, preguntándose como se había mezclado con aquel sujeto que había quedado tirado allí en el suelo, al llegar, ella tocó a la puerta mientras él esperaba en la acera a que entrara al interior de la vivienda para marcharse, la puerta se abrió, y cuando se disponía a marcharse escuchó que le decían con vos algo ansiosa y entrecortada aun por un nerviosismo notable.

-Niño, no me dijiste ¿quien eres?, ¿Cómo te llamas?- él, que hasta ese momento se había olvidado por completo de las formalidades, y había ubicado la situación solo como una operación de rescate y salvamento dijo.

-Heiron, mi nombre es Heiron-, y se marchó escuchando una frase de...

-Muchas gracias por todo- a sus espaldas, en aquel momento, la joven pidiendo un baso de agua, calló desplomada sobre el sofá de su amiga diciendo.

-¡Dios mío!-, la amiga le preguntó.

-¿Que pasó?, dime rápido, porque no entiendo nada, ¿Quién es ese muchacho?, ¿Por qué te trajo?, ¿Es tu novio?, dime, dale chica- la joven terminó de tomar su agua y dijo.

-No es nada de eso, resulta que Marco me aló por el brazo y cuando me iba a dar una golpe apareció ese muchacho de la nada y lo tiro como una pluma contra una pared, pero eso no es lo que me tiene así nerviosa-

-Y, ¿Qué es entonces porque me vas a partir el cerebro?-, interrumpió la amiga con impaciencia.

-Es que a ese muchacho lo conozco, desde que era niña, siempre me han hablado de él, siempre quise conocerlo, para ver si era como me lo habían descrito, y decía que era un turco, un aburrido que se reía poco y ¿sabes que?, pues que lo tuve al lado mío durante veinte minutos mas o menos y no tuve valor de dirigirle la palabra, de mirarle a los ojos, de preguntarle nada, quedé muda-

-Si, pero hasta que se fue no supiste quien era-

-Es verdad, pero de todas formas debía haberlo llamado y decirle que yo era la hija de la doctora Alicia, su tía, que conmigo había hablado por teléfono, y que habíamos quedado en conocernos cuando fuera a mi casa; y no tuve valor para hacerlo, es un muchacho que infunde mucho respeto, yo diría que impresiona demasiado su carácter-

-A mi me pareció normal, un poco seco, pero normal-

-Claro, porque no lo viste de cerca, porque no abriste los ojos y te diste cuenta de que estabas recostada en sus piernas, porque esas manos capaces de desarmarle los huesos a cualquier cosa no fueron las manos que tomaron tu brazo para preguntarte si estabas bien, por eso es que te parece, ¡un poco seco, pero normal!-

-No chica, lo que mas bien me parece es que tu te quedaste impresionada con el príncipe azul que te rescató de las manos del villano-

-No, tu sabes que no soy así, no te voy a negar que me impresionó, porque la verdad es que tiene tremendo carácter, se le sale el hombre por encima de la ropa, pero de ahí a lo otro-

-Mira Ignara, yo te conozco mejor que tu madre se puede decir, y los ojitos te brillan demasiado cuando hablas de ese Heiron, así que no me digas que no te gusta, antes hablabas de él como un símbolo, como alguien imaginario, un modelo de persona que imposiblemente pudiera existir, y hoy, que sabes que si existe, que comprobaste que es real, me vas a decir a mi que no te gusta, mira muchacha, lo que hay que ver es que pasa el día que él sepa quien eres tú, a eso es a lo que debes tenerle miedo, ahora déjate de boberías con tu príncipe azul, y vamos para la calle, que con ese pase que le dieron al caníbal ese que tenias, es difícil que se vuelva a meter contigo-, y soltó una gran risotada mientras llevaba el baso para la cocina.

De regreso, Heiron recordó que el muchacho había quedado en el suelo y que se quejaba mucho de un intenso dolor, por lo que decidió pasar por allí a ver si por casualidad podía servirle de ayuda, cuando la sangre se calienta pueden pasar muchas cosas y entonces se dan las consecuencias, pero a él no le importaban tanto las consecuencias cuando se trataba de abuso, y mas aún si era con una mujer, al llegar al lugar había una ambulancia, unos policías, y escuchó decir que habían asaltado a alguien, de pronto un policía se le echó encima, sujetándolo y lo condujo a una patrulla, la aparente victima había dado su descripción como la del asaltante, él por su parte trató de explicarlo todo, pero no lo dejaron hablar, le asestaron un bastonazo por la espalda estando esposado como si este estuviera ofreciendo resistencia al arresto, al llegar a la estación de policías, lo empujaron y levantaron un acta.

-¿Como te llamas?-

-Heiron, pero les digo que esto es un error-, el policía dijo burlonamente, eso dicen todos, es un error, soy inocente.

-Mire, soy estudiante de la facultad de contabilidad de la universidad, venia por la calle y ese hombre agredía a una muchacha, yo lo único que hice fue defenderla-

-Mira muchacho, llevo muchos años aquí para que me vengas con ese cuento, a mi los cuentos me gusta leerlos, no que me los cuenten, además, si dices eso, ¿Dónde está la muchacha?, ¿Se la tragó la tierra?, ¿Dónde vive?, ¿Cómo se llama, ¿tu la conoces?-, a ninguna de aquellas interrogantes pudo contestar, sabía que esto lo incriminaba, y que le quedaban pocas opciones, entonces.

-¿Puedo hacer una llamada?-

-Y quien te dijo que esto es ETECSA-, dijo un policía que estaba parado en el umbral de la puerta.

-Deja que el muchacho llame, a ver quien viene a hacernos otro cuento-, aquella expresión molestó al joven sobremanera, pero tuvo que contenerse, sabía que tenia las de perder, no porque aquellos le fueran a hacer daño físico alguno, sino porque esto podía afectar su imagen publica, al convertirse en agresor de un policía, así que se limitó a hacer su llamada.

-Si-

-¿Es Alex?-

-El mismo, ¿Con quien hablo?-

-Mire, disculpe esta llamada tan tarde, pero es que la situación me obliga a molestarle, mi padre me dio su número para por si algún día lo necesitaba, a lo mejor no es el momento, pero creo que ésta es una buena razón-

-Vamos por parte, ¿dime quien eres?, y, ¿quien es tu padre?-

-Si, claro, mi nombre es Heiron y mí...-

-Dime donde estás y en que puedo ayudarte muchacho-, dijo aquel hombre que hacia algún tiempo Heiron había visto en el funeral de su madre llorando como niño, y que solo decía que ella era una gran mujer; al reconocer el nombre del hijo de su gran amigo.

-Estoy en la estación de policía que está cerca de la terminal de ómnibus, no se bien la dirección, usted sabe que nunca he puesto los pies en un lugar como este-

-Tranquilo hijo, no digas nada, no te dejes provocar, y espera a que yo llegue, enseguida te saco de ahí-, y se cortó la comunicación.

-No se preocupe-, dijo Erik a su padre dándole un beso y finalizando aquella conversación que recordaría el resto de su vida, sabía que su padre se preocupaba por él, pero también que no le quedaba otra alternativa que seguir adelante y lo mas importante, no podía cometer errores, desde ese momento comenzó su propia batalla por ganarle al tiempo, en los próximos meses se convertiría en un graduado universitario, licenciado en Contabilidad y finanzas, tendría un titulo en sus manos que bien empleado le abriría muchas puertas, y por consiguiente le permitiría alcanzar sus objetivos, pero necesitaba colocarse en el lugar justo, tenía un arma poderosísima a su favor y lo sabia, y esa arma con la que contaba era precisamente, su inteligencia.

-Buenas noches, necesito hablar con el oficial que se encuentra al frente de la unidad-, dijo aquel hombre de ojos oscuros como noche sin luna, con la severidad en el rostro de aquel que va dispuesto a cualquier cosa, con tal de cumplir su objetivo.

-Buenas noches, usted dirá-

-Bien, mi nombre es Alexandro Hidalgo Gutiérrez, soy abogado de la Fiscalía Nacional, y además tío de un joven que tienen detenido en su unidad, no se cuales son las razones con exactitud, pero sí que el muchacho ha sido maltratado de uso y palabra en la misma y puedo presentar cargos por eso ante sus superiores, por lo que necesito que me liberen al muchacho lo antes posible, teniendo en cuenta de que estoy convencido de que mi sobrino no es culpable de los cargos que se le imputan-

-Mire señor Alexandro, yo no se si su sobrino es culpable o no de asaltar a alguien, el hecho habla por si solo, tenemos a una víctima, a un atacante, y a dos testigos, tenemos un caso, ¿qué más puedo hacer por usted?, la ley es la ley y usted lo sabe, señor abogado de la Fiscalía-

-¿En ese caso?-

-Su muchacho se queda a responder por los hechos-

-No, no me dejó concluir mi frase, decía que en ese caso, en el que usted no me está entendiendo, debo hacer una llamada, con permiso, enseguida regreso-, se escucha un teléfono timbrar en medio de la oscuridad de un apartamento.

-Diga-

-¿Mayor?, le habla Alex, tengo una situación en esta unidad de policía con mi sobrino y necesito resolverla, el hombre que está al frente de la misma no quiere darme solución del tema, sé que usted puede resolverlo-

-Ya veo aquí el número de la unidad, no se preocupe, su sobrino será puesto en libertad inmediatamente, para los amigos siempre hay solución-, y se cortó la comunicación, no había nada que agradecer, éste mayor era un hombre el cual debía muchos favores a Alex, y por su puesto, estos se empiezan a pagar en el momento justo; al entrar a la oficina del jefe de unidad, éste terminaba de hablar por teléfono con alguien, en su cara se veía claramente una mezcla de confusión, de ira, y de temor a la vez, a lo que Alex pregunto.

-¿Sucede algo oficial?-

-No; no pasa nada, pero usted no debió hacer esa llamada, acaba de buscarme un problema-

-Traté de que llegáramos a un entendimiento civilizado, fue usted quien no me dejó otra opción-

-Si, pero de todas maneras usted debió hablar conmigo, persuadirme, no sé, pero no llegar a esos extremos, ¿me entiende?-

-Mire usted, en realidad no hay mucho que entender, yo solo vine a buscar a mi sobrino, le expliqué lo sucedido y usted no quiso entender, por lo que lo acabo de llevar a un entendimiento, ¿ve?, es así de sencillo-

-Mire buen hombre, yo no sé ahora mismo quien es usted, ni que le habrá dicho al Mayor Villalón, pero si le digo algo, me ha buscado tremendo lío por unas simples palabritas de mas o de menos que no quiso decirme a mi, y prefirió decírselas a él, venga conmigo para que se lleve a su muchacho, y me deje ver como yo termino la noche; ¡que lío compadre!, esto no era necesario-

-Muchas gracias por su comprensión-, le dijo Alex al oficial malhumorado que pasaba frente a él.

-Carpeta, traiga al detenido Heiron-

-Enseguida-

-¿Dice usted que es un familiar del detenido?-

-Si, es mi sobrino para ser exactos-

-Pero su apellido no coincide con el del detenido en nada-, el jefe de unidad aun con mas ira en los ojos le dijo al carpeta.

-Tu no estas oyendo que es su tío, acaba de entregarle los documentos a los compañeros y que se retiren-

-A sus ordenes-, en aquel momento el carpeta se puso tan nervioso como el oficial que lo miraba, por la confusión de quienes eran aquellos dos sujetos.

-Gracias Alex, mi padre no se equivocó con usted-

-No hijo mío, no tienes que agradecerme nada, solo cumplí con mi deber, algún día lo sabrás con mas detalle-, aquella frase le preocupó a Heiron, ésta le hizo pensar tanto que hasta le dio dolor de cabeza, era algo sencillo, una frase inocente pero cargada de muchas implicaciones, el muchacho se dio perfecta cuenta de que Alex, no solo era el amigo de su padre, sino que por lo visto, era la persona que se encargaba de tratar todos los asuntos judiciales referentes a la familia, partiendo de su posición como abogado de la fiscalía, Heiron nunca hubiera imaginado hasta que punto llegaba la inteligencia de su padre, pero lo que si seguía siendo una interrogante para él era el ¿porque estas personas hacían estas cosas por su padre? y ¿que papel jugaba la doctora Alicia?, ¿y los demás?, si, ¿los demás?, ¿que hacían?, eso era lo que ahora le preocupaba, ¿que era lo que hacia Raymond...su padre?.

30 de diciembre de 1995; -¿Que te pasa?, me respetas o me respetas-

-Tranquilo chama, no te pongas así-

-Mira socio, yo no te conozco y tampoco tengo interés en conocerte, pero como mismo te estoy hablando bajito me da lo mismo partirte un ojo, que partirte la cabeza, y te pregunté, ¿Qué, te pasa?, ¡dime!-

-Mira chama, yo sé que tú tienes tremendo valor, pero aquí nadie te quiere jugar sucio, éste es tu negocio, y yo sé que tú eres y chama elegante, pero tú sabes que tienes que darle paso a los mayores-

-Yo no le doy paso a nadie, y menos si creo que quieren jugar sucio, así que recójanse, que no creo en ninguno-

-Esta bien chama, tu ganas-, y se retiraron aquellos sujetos con aspecto de quien en cualquier momento regresará por la revancha, Orlando, joven al fin, se había dejado llevar por el impulso, y en ese momento estaba dispuesto a lo que fuera necesario contra cualquiera que interviniera en sus asuntos, trataba de vender una mercancía que tenia y estos sujetos sencillamente le estaban haciendo sombra, cosa que en el mercado negro no es bien mirado, además, esto representa una falta de respeto, que de ser aceptada por la persona, pues entonces tendrá que aceptar otras muchas cosas mas dentro de ese mundo, y eso Orlando lo sabía muy bien; En realidad Orlando es un joven normal, creció en un barrio común como todos en cuba, sin muchos lujos, ni posibilidades de adquisición, éste se había tenido que criar a si mismo, y a su hermano, con ayuda de su tía, la cual era tan joven como él, su madre había fallecido y su padre no vivía con ellos, por lo que su mentalidad, lejos de ser el del hermano mayor, pasó a ser sin darse cuenta la de la persona que cuida, orienta, ayuda, y al mismo tiempo protege a su familia, que en lo particular eran su mundo, su responsabilidad, éste sabía lo que era mantener una casa, lo que era luchar y sufrir por no tener las cosas indispensables para vivir como personas civilizadas, pasaba dentro de lo que cabe como alguien de la clase media baja cubana, por lo que a su edad, aun siendo tan joven se vio forzado a violentar su cerebro, a desarrollar su forma de pensar, a tener una visión súper adelantadísima de los acontecimientos, para poder adelantarse a los mismos y así lograr mejorar su estilo de vida y el de su familia, se graduó como técnico medio en contabilidad y finanzas, pasó cursos de economía de almacenes, entre otros que aunque no los utilizó sabía que algún día si le hacían falta los tenia, y podía hacer uso de ellos, en fin, con una visión clara del futuro, y con un sentido de la responsabilidad enorme, lo cual muestra su interés por el desarrollo, y por su puesto, es capaz de molerle los huesos a cualquiera que se interponga sus asuntos, de eso no cabe duda, no tiene miedo, bueno, judoca, con una muy buena carrera deportiva, de que puede sentir miedo, había permutado su casita en el poblado de Delio Chacón, en la Isla de la Juventud por un apartamento en Nueva Gerona, el cual contaba con tres habitaciones para dormir, una cocina, una sala comedor, un baño, y una terraza, ésta con el tiempo, fue transformada en un apartamento exquisitamente decorado, con todos los equipos necesarios para garantizar la comodidad de las personas que lo habitan.

-Mamá, tengo que hablar contigo, pero necesito que me escuches y que no me interrumpas hasta que no termine, porque esto es algo que tengo atravesado en la garganta que no me deja ni dormir casi, ¿esta bien?-

-Si mi niña, ¿Qué es lo que pasa?-, la doctora Alicia rápidamente pensó que su pequeña hija había tenido relaciones sexuales sin protección, o que estaba embarazada, por lo que le prestó toda la atención del mundo, y asumió toda la postura de comprensión que corresponde a una madre en estos casos.

-Mami, el otro fin de semana, cuando salí con mi amiguita, Marco me aló por el brazo, y me estaba maltratando-

-Está bien hija, no te preocupes, enseguida me encargo de él-, dijo la doctora con la mayor tranquilidad imaginable del mundo, donde comenzaba a asomar en su mirada un brillo algo extraño.

-Pero mamá, déjame terminar de explicarte-

-No hay mas que explicar, no me vallas a decir que lo vas a justificar, porque te rompo la vida yo misma, mi hija no tiene que aguantarle payasadas a nadie, mi hija pertenece a una de las familias mas respetadas de este país-, en ese instante entra en la espaciosa sala Rodolfo, padre de Ignara.

-¡Alicia!; yo no sé de que están hablando, pero me parece que se te fue la mano-

-¡No Rodolfo!, la niña ya está grande y creo que éste es el momento de hacerle saber quien es ella, y a que familia pertenece, porque lo que no puedo permitir es que venga un zopenco cualquiera con su carita bonita a hacer de mi hija un trapo, porque tu sabes lo que nos ha costado ser quienes somos-

-Todo eso esta muy bien, sé que ya la niña esta grande y que ya es una mujer graduada prácticamente, que será una profesional preparada, que hay responsabilidades para las que la hemos preparado toda la vida, pero aun así, pienso que el comunicarle esas cosas que en estos momentos quieres comunicarle, no te corresponde a ti hacerlo-

-Oye, ¿De que están hablando?-

-Tienes razón Rodolfo, discúlpame, me dejé llevar por el impulso-

-Pero entonces, ¿no me van a explicar de que están hablando?-

-Haber hija, dime que pasó, tu padre tiene toda la razón del mundo, en su momento, la persona indicada te dirá todo lo que debes saber en cuanto a la familia a que perteneces y en cuanto a quien eres, dime que pasó con ese muchacho-

-No me convenciste mami, pero bueno, si tú lo dices, cuando Marco me empujó contra una pared-

-Pero ¿a donde tú vas Rodolfo?-

-A mi hija no la toca nadie sin lamentarlo el resto de su vida-

-Papá, espera, no hace falta, déjame terminar-

-¿Como que no hace falta?-

-Nooo, miren, cuando estaba a punto de darme un golpe en la cara, apareció de la nada, porque yo no lo vi llegar, un hombre alto, fuerte, que levantó a Marco por el aire y lo tiró contra una pared y lo dejó hecho un trapo, además de que le dijo una frase que no recuerdo bien, pero por el aspecto de su cara y su mirada, claramente se entendía que había querido decir con aquella frase "si te mueves va a ser lo ultimo que hagas", me acompañó a la casa de mi amiguita y al final, resultó ser que ese hombre con el que no tuve valor ni para darle las gracias por la impresión que me había causado era Heiron, el hijo de Raymond, siempre pensé que cuando lo conociera iba a conocer a un joven amargado, pero nada de eso, es un joven mas bien muy serio para su edad, pero lo que me tiene incomoda es que no se que pasará cuando venga algún día y sepa que la chiquilla tonta a la que él ayudó fue a mi, y que no le dije quien era porque mami, papi, no tuve valor de hacerlo, me dejó muda-

-Te comprendo hija, deja que tu mami se ocupe de eso, ¿quieres?-

-Si mami, por favor, me muero de vergüenza, que va a pensar él de mi, que soy una cobarde que se asusta de nada-

-Jajaja, no seas boba hija, el no va ha pensar nada de eso, yo lo conozco y para este momento puedes estar segura de que se olvidó de lo que ese día hizo por ti, te lo aseguro-

-Noel, ¿que vas a hacer ahora?, ya lo perdiste todo, no tienes dinero, no tienes amigos, no tienes familia, no tienes esposa, no tienes hijos, no tienes en quien confiar, ni con quien contar, ¿Qué piensas hacer?, ¿Qué piensas hacer?-, era la pregunta que saltaba y venia una y otra ves a la cabeza de Noel aquella noche en que descubrió finalmente que su esposa lo había estado engañando con aquel que se suponía era su mejor amigo, y como si fuera poco, ambos se habían burlado de él durante todo ese tiempo, habían disfrutado a sus espaldas de su dinero, de sus cosas, de todo lo que tenia y por lo que tanto había luchado, y finalmente para ponerle la tapa al pomo, se habían marchado del país de forma ilegal con todos sus ahorros, con todo lo que tenia y que solo ella sabía dónde estaba y cuanto había, Noel se preguntaba que hacer, pero había algo en el fondo de su corazón que le decía que saldría adelante, que se acercaban mejores tiempos para él, que ésta joven que lo había abandonado había sido solo un lastre durante ese tiempo que estuvieron juntos, y era esa idea la que lo tranquilizaba un poco, pero al mismo tiempo se seguía preguntando y ahora que hago, claro que eso nos lo preguntaríamos todos si nos hubiera sucedido lo mismo, éste es un joven de unos 29 años de edad, que goza de buena salud y que tiene un trabajito en un mercado agropecuario en la ciudad de la habana, donde se gana la vida tranquila y dentro de lo que cabe honradamente, conoce a mucha gente, y mucha gente lo conoce a él, sobre todo dentro, y fuera de ese mundo del comercio agropecuario, éste además de ser muy inteligente en los negocios, es un muchacho que a pesar de su juventud es respetado por todos, por su personalidad, por su

complexión física, pero además, por su bondad para con aquellas personas
que para él lo merecen, es mas bien un alma noble dentro de un mundo
de fieras, y es precisamente eso lo que le permite ser considerado por los
demás, una persona confiable, y muy dado a ser ayudado, además de ser
un muchacho que cuando pone los ojos en una inversión, es dinero seguro
con grandes ganancias incluidas, luego entonces, una persona así merece
vivir, merece salir adelante, pues es una persona sufrida por la perdida de
sus seres queridos, ya que perdió a su madre en cuanto nació, pues ésta no
rebasó el parto, y a su padre en un accidente cuando tenia solo 20 años
de edad, por la traición de la mujer que amaba, por la traición de quien
creyó su amigo, y por la gran convicción de saberse ser un hombre de bien,
porque para Noel un hombre de bien es aquel que no traiciona, es aquel
que tiende siempre la mano para ayudar sin pedir nada a cambio, es aquel
que respeta e inspira respeto, es aquel que haga lo que haga está siempre
seguro de que no está afectando el bienestar de nadie que lo merezca, para
Noel un hombre de bien es buen amigo, buen hermano, buen esposo,
buen hijo, buen compañero, un gran luchador, y todo eso lo era él; aunque
en ocasiones se decía a si mismo.

-Que tonto eres socio, te hace falta otro cerebro para que se ocupe de
la parte sentimental-, por otra parte Noel era graduado de almacenero y
tenia cursos de cantinearía, solo que no lo había ejercido durante algún
tiempo por la sencilla razón de que esas plazas en los lugares donde vale
la pena ejercerlas son muy cotizadas y en ese momento, las condiciones
en que se encontraba simplemente no le permitían pagarlas, así que no
le quedaba otra que empezar de nuevo para ver que le deparaba el futuro,
de todas formas aun era joven y fuerte, tenia que hacer un inventario de
las cosas que le quedaban en casa para poder determinar en cuanto había
perdido, y cuanto debía invertir para recuperarse, Noel había aprendido a
diferenciar claramente entre el romance y el negocio, y en estos momentos
las comodidades de su casa eran su negocio personal, eran su futuro,
porque un hombre que no tiene donde descansar, donde sentirse a gusto,
está perdido, por la sencilla razón de que no tiene donde analizar, donde
pensar, donde tomar las decisiones mas importantes, que por su puesto,
son aquellas decisiones que al final siempre generan dinero para garantizar
el bienestar, por lo tanto Noel sabia claramente lo que debía hacer, solo
que no se había percatado de que lo tenia ante sus ojos, por haberle dado
riendas sueltas a sus sentimientos, pero ya se repondría, al dar un vistazo
examinante a su casa se percató de que no todo era tan malo, de que en
aquella casa de dos dormitorios solo faltaba una mujer en el cuarto de

matrimonio, para que metiera su ropa en el closet, que en la cocina solo faltaba una batidora y un microondas, vio que en la terraza estaba todo en orden, al parecer en la huida no cargaron con la lavadora que le había costado unos 300.00 CUC, seguro para no levantar sospechas, ya en la sala-comedor notó la ausencia del equipo de música, y del DVD, pero esos eran equipos que fácilmente podría recuperar, tenia un socio en el puerto que se los podría suministrar, a buen precio, en general no había sufrido tantos daños, sin contar con la suma de dinero en efectivo que ascendía a unos 27000.00 USD, era una buena cantidad, representaba casi el trabajo de toda su juventud, y lo había perdido de forma inesperada, así que salió a la calle y dijo para si.

-Ahora si que la habana me va a quedar chiquita, quítate que te arrolla el tren-, y con estos pensamientos soltando una risilla echó a andar, sabiendo claramente lo que significaba para él aquella expresión, no le quedaba nadie por quien luchar que no fuera el mismo, no volvería a confiar en nadie a no ser que ese alguien le diera grandes muestras de merecerlo, tenia que recuperar su vida, todo lo que había perdido y que debía entre todas esas cosas, olvidar a aquella mujer y a aquel mal amigo.

Chiiiiiii, chirrean los neumáticos de un auto al frenar sobre el pavimento y luego una voz que le gritara, -¡Mira la calle socio!-

-Disculpa amigo, no te vi-

-Esta bien, pero ten cuidado-

-Lo tendré, gracias-, dijo Noel con toda la amabilidad que le permitía el saber que era suyo el error, el taxi avanzó unos metros y se detuvo, dando marcha atrás, se le acercó al muchacho y el taxista le dijo.

-Sube, yo no se quien eres, ni que te pasa pero por tu expresión me parece que no estas bien y que necesitas desconectar un poco, yo por mi parte no tengo nada mas que hacer y precisamente tengo un cuadre con unas chicas así que si te embullas-, el joven se quedó mirando de momento al desconocido dudando sobre que hacer, pero de pronto como siempre le sucedía cuando se le ocurría alguna idea de cómo hacer dinero le brillaron los ojos abordó el taxi.

-Mi nombre es Rafael, ¿y el tuyo?-, dijo el taxista al mismo tiempo que le tendía la mano.

-Noel, me llamo Noel-, dijo el muchacho pensando en que hacer, ya se había vuelto casi una obsesión, en realidad Rafael lo invitó por una razón simple, había visto la expresión de su cara y sabía que aquel joven era un muchacho bueno, que tenia problemas y que solo necesitaba ayuda pronto porque de lo contrario cometería una locura de la cual tendría que arrepentirse el resto de su vida, Rafael sabía que nadie había tenido una acción así con el nunca, pero no estaba bien que si él sabía o se imaginaba lo que le sucedía a aquel muchacho no hiciera lo posible por ayudarlo, o por lo menos salvara la situación de momento.

-Bueno Noel soy taxista, ¿y tu?, ¿qué haces?-

-Yo trabajo en el mercadito que esta en la Garita del Diezmero-

-¿Traes dinero?-

-Si, aunque no mucho, porque me la hicieron buena, créeme, y bien buena-

-Sabes, te pregunto por preguntar, pero en realidad a donde vamos ya todo esta pagado y no te hará falta dinero, solo tienes que caer bien, y lo demás vendrá solo, así que tu tranquilo, de todas formas por tu físico seguro que caes bien y hasta mejor que yo-, Noel empezó a preocuparse y se decía.

-Este tipo será maricón-, Rafael que como se dio cuenta de lo que pensaba el muchacho, por lo reservado de su hablar y se apresuró a aclarar la situación antes de que se pusiera fea la cosa.

-Oye Noel, te invité porque no puedo aparecerme solo a donde hay mas de una mujer esperando para formar el alboroto, ¿me entiendes?, no vallas a pensar que yo soy homosexual ni nada de eso, a mi me gustan las hembras igual que a ti, supongo; te digo porque te veo algo observador y reservado y eso me pone incomodo, ¿o es que a ti no te gustan las mujeres?-, Noel dio un salto en el asiento y dijo ya con la vos mas clara.

-Claro hombre no faltara mas, el problema es que como no te conozco bien, y tú estas hablando de físico, de dinero y esas cosas de las que hablan los homosexuales cuando sugieren que eres lindo, y luego dejan caer que tienen dinero como para que supongas que cualquier cosa que pase te van a pagar, pues me preocupé, ¿me entiendes?-

-Jajajajaja, no bromees hombre, así que tú pensando que yo era maricón y yo pensando que el maricón eras tú, ahora sí que estamos arreglados-, soltaron la carcajada los dos hombres a coro haciendo ruidos en el interior del auto que se desplazaba a gran velocidad por la calzada.

Ding; ding; ding; ding; ding; ding; ding, suena el teléfono, -Dime Alicia, que pasa, hacia días que no hablábamos, ¿en que puedo ayudarte?-

-Gracias Raymond tu como siempre tan atento, el problema no soy yo, es Ignara-

-¿Que pasa con la niña?-, dijo el hombre del otro lado de la línea con un marcado tono de preocupación.

-Bueno, la cosa es que Ignarita hace ya unos días tuvo un percance desagradable con su novio-

-Dime quien es ese muchacho que no sabe lo que hace, para enseñarle que es lo que se debe hacer con una joven de familia como Ignara-, interrumpió con aquella voz grabe y lenta a la que la doctora Alicia estaba acostumbrada a escuchar cuando era inminente que algo le sucedería a alguien.

-No es necesario, ya se ocuparon de él; bueno…no se como explicarte, ¿me entiendes?-

-Claro, te entiendo, pero si no me explicas, no podré comprenderte, de todas formas si ya hiciste que alguien se ocupara de ese asunto, ¿que podría ser tan malo como para que yo no te entienda?-

-Bueno, no lo tomes a mal, de todas formas entre nosotros nunca ha habido secretos, el caso es que yo no hice que nadie se ocupara del asunto-

-¿Entonces?, ¿como es que dices que ya se encargaron de eso?-, volvió a interrumpir el hombre, ya medio incomodo por el giro que iba tomando la explicación, éste era un hombre sumamente inteligente y por la vibración de la voz de las personas sabia claramente la expresión de su rostro y por tanto estaba claro de que la doctora estaba muy nerviosa, por lo que debía decirle, y por otro lado ésta ya se había percatado de que él sabía de su inquietud al hablar y eso la hacia sentirse mas nerviosa aún.

-Déjame terminar, por favor-, dijo la mujer tratando al máximo de no delatar mas su nerviosismo.

-Esta bien, te escucho, no mas explicaciones vanas, solo dime-

-Como te decía, yo no hice que nadie se ocupara de nada, tu hijo se ocupó él solo de todo, claro, él no sabe que a la muchacha que ayudó fue a mi niña, cree que es una joven como cualquier otra, ¿Entiendes?, pero el caso es que la niña si sabe quien es él porque le preguntó su nombre y me preocupa que ellos se vean antes de tiempo, me preocupa que pienses algo indebido de nosotros con respecto a tu hijo, de ahí mi inquietud, sabes que para mi también es un hijo y no permitiría nunca que nada le ocurriera, ni me atrevería a mandarlo a hacer nada como eso, antes lo haría yo-

-No te preocupes mas mujer, ya sabía del problema que tubo mi muchacho en la calle con un sujeto que resultó ser una ratica que lo acusó de haberlo asaltado, que estupidez, lo que no me dijo Heiron fue que era a tu hija a la que había ayudado, ahora entiendo porque no me lo dijo, solo se limitó a decir que había sido una muchachita que habían tratado de abusar de ella y que él intervino porque no le gustan los abusos, pero bueno, no tienes de que preocuparte, solo te pido que evites un poco mas, solo un poco mas que se conozcan esos dos, porque esa presentación debe hacerse en el momento justo, ellos no saben bien lo que representan para esta familia, yo por mi parte veré que hago para alejar a Heiron de la habana.

Nueva Gerona, Isla de la Juventud, -Ya entregué todos los documentos en la oficina empleadora del turismo, solo me queda esperar a que me avisen para ver si con un poco de suerte comienzo a trabajar en el Cayo-, le comentó Orlando a su vecino.

-Que bueno compadre, así mejoras de trabajo porque de verdad que ésta isla ya no da para mas-

-Ya mi hermano terminó el curso que estaba pasando en trinidad y está allá trabajando de cocinero, yo le dije que solo tenia que mantenerse en el trabajo y tener mucho cuidado con las cosas que hacia-

-Bueno eso es verdad, porque en Cayo Largo del Sur dicen que hay un control y una vigilancia con los trabajadores, que eso parece la prisión de alcatraz, dicen que detienen los transportes de los trabajadores que salen de turno por la noche para revisar si llevan algo de comida cruda, aceite, carne, jamón, queso, cualquier cosa que les parezca sospechoso, y si te atrapan con algo que ellos entiendan indebido, pues te sancionan, o te expulsan del trabajo, fíjate como es la cosa, así que dile a tu hermano que se cuide mucho y de paso también cuídate tú, que de los buenos quedamos pocos.

-Pero es que no quiero que Heiron piense que mi niña es una tonta, que no se sabe valer por si misma, me hierve la sangre de pensar en la vergüenza que pasará la chiquita el día que se pare enfrente de él y él diga, tu eres la muchacha de aquella noche, imagínate donde mete la cara la niña, que pena-

-No seas dramática Alicia, estas haciendo casi una novela con ésta sencillez, tu niña no va a pasar ninguna vergüenza, y será tan respetada como lo has sido siempre tú, Heiron fue educado para respetar entre otras cosas a las personas queridas, así que deja de preocuparte, pues tu hija aún cuando él no la conoce está dentro de esas personas, así que él nunca, pero nunca le haría un desaire a Ignarita, dale un beso a mi sobrinita preferida y dile que me llame cuando quiera, que su tío siempre tendrá tiempo para ella- y se cortó la comunicación.

Al llegar al apartamento situado en la zona 11 de Alamar, Noel sintió que acababa de llegar a New York, aquel apartamento estaba tan bien decorado, la luz era como la de las discotecas, de esas donde la ropa blanca brilla mucho, el ambiente era muy acogedor, se sentía el aire acondicionado a una temperatura que invitaba a una cerveza acompañado de una buena chica hermosa, todo estaba bien pensado, Rafael al entrar dijo, -Niñas, éste es un amigo que viene conmigo a compartir un rato con nosotros, ¿algún problema con eso?-

Con esas palabras se detuvo la música, se prendieron las luces que sí iluminan todo, y entre todo aquel ambiente que parecía el paraíso aparecieron entonces unas hermosas caras y unos cuerpos semidesnudos que en ese momento para Noel parecían ángeles y pensó...

-En realidad estoy aquí o me atropelló el taxi y estoy llegando al cielo; dicen que primero se pasa cerca del infierno donde te tientan y si patinas pues serás atormentado como todo pecador para siempre, pero bueno, por el aspecto de éstas muchachas, deben ser los ángeles del cielo que vienen a recibirme; porque mi mayor pecado a sido el de enamorarme de la mujer equivocada-, y se sonrió un poquito, y volvió a pensar, -A lo mejor por haber muerto después de ser traicionado por una gran pecadora me premian con éstas que si son puras y mas lindas; bueno lo que sea será, y si éste no es el cielo pues vale la pena estar aquí eternamente-

-No hay problema alguno Rafael, éste joven es de los que se necesitan, lo único que hace falta es que no se le aflojen las piernitas, ¿verdad niñas?-

-Siii-, dijeron las demás muchachas a coro, sobretodo una trigueña alta de porte muy atlético que no le quitaba los ojos desde que se encendió la luz, el joven se ruborizo un poco con el recibimiento, mas lo que había estado pensando, pero hubo algo que lo llevó a reaccionar; la desconfianza, sabía que había llegado a un lugar donde habían más de 5 mujeres, muy lindas todas, por lo menos lo eran más que las que él hubiera podido hacer que fueran a una habitación en calidad de acompañantes para toda la noche por su propia voluntad, pero además le preocupó el hecho de que no tendría que pagar nada por consumir, ni por hacer ni se sabe qué con aquellas, eso, eso era lo que mas le empezaba a preocupar.

-¿Para que lo necesitaban a él?, ¿Para que hacia falta que no se le aflojaran las piernas?-

-Tu amigo es bien venido a ésta humilde morada, quiera la vida que vuelva pronto y se convierta en uno de nuestros mejores clientes-, bueno, la cosa empezaba a aclararse para Noel, aquella casa era lo que se conoce como prostíbulo clandestino, mas o menos, por lo menos tenia la pinta de serlo, las muchachas eran jóvenes todas, muy bonitas, bien arregladas, y para él, aquello era como la invitación del enganche, que es cuando te invitan, consumes, pruebas el producto y si te gusta regresaras por tus propios medios, solo que para la segunda ocasión si tendrás que pagar tus caprichos, claro que para un cliente habitual pues siempre hay sus reglas y excepciones, pero en fin, el hecho es que estaba allí en calidad de carnerito y mientas no fuera él el degollado pues dada la oportunidad, la aprovecharía.

-Bueno niño, siéntete como en tu casa, voy a decirte las reglas de la casa, aquí los hombres no se emborrachan, no se fajan, ni se ponen groseros con mis niñas, se hace lo que tu quieras, cuando tu quieras, y como tu quieras, pero todo con mucho amor, mucha calma, y mucho respeto, nuestro interés es que te sientas satisfecho con nuestro servicio para que pronto regreses, todas son de buena educación y muy importante, debes olvidar lo que viste aquí cuando salgas por esa puerta si no piensas regresar, para que no cometas algún día la imprudencia de hablar de éste sitio en algún lugar inadecuado, que dudo que eso pase, porque si Rafael te trajo, es porque eres un hombre de bien, digo, si sabes lo que es ser un hombre de bien en todo el sentido de la palabra, no me refiero solamente a la parte económica, ¿ok?, ¿todo claro?, decía la muchacha india, alta, con aquella vos suave y cadenciosa que al escucharla, parecía como si te estuviera acariciando la cara y te hiciera cosquillas en los oídos.

-Como el agua-, dijo el joven que en ese momento se percataba de que había llegado verdaderamente al paraíso, porque en cuanto pronunció aquella simple frase, se apagó la luz, continuó la música, y enseguida se vio rodeado de mujeres que lo mimaban, y le preguntaban.

-¿Qué te gusta que te hagan?, ¿Cuál de nosotras te gusta más?, quítate el pulóver, para palpar mejor esos músculos, ¡que fuerte eres!-, y cosas así, que en realidad Noel no sabía que hacer, le gustaban todas las muchachas que tenia a su lado, estaba como potro si yoqui, pero aun así su cabeza se mantenía pensando, si, pensando.

-Seria bueno insertarme en este mundo algún día, creo que yo doy para esto, si-, pero a su ves se decía.

-Pero no, mejor me mantengo a distancia de éste negocio, porque es demasiado peligroso para mí estar tan cerca de tantas mujeres lindas-, y por lo tanto se dedicó mejor a ser un buen cliente a partir de ese momento.

-Bueno, por lo visto el muchacho se está divirtiendo, vamos nosotros a lo nuestro-, le dijo Rafael a la India, que era como le llamaban a la mujer alta de ojos oscuros como la noche.

-¿Cómo van las cosas?-

-Van, necesito algunos suministros, como son cerveza, ron, cigarros fuerte que es lo que mas consumen los clientes, también condones, no quiero arriesgar la salud de ninguna de las muchachitas-

-¿Y comida, no te hace falta nada de comestibles?-

-No, de momento queda bastante jamón, también tengo cerdo en la nevera, algunos paquetes de langosta, camarones, y bastante perro caliente, para que la clientela pique, pero de todas formas, si pudieras empatarte con algo de carne roja, no estaría de más-

-Esta bien, veremos que puedo hacer-

-Y a ti ¿Cómo te va?-

-Mas o menos, la calle está mala, los policías cada día están mas imperfectos, algunos se comportan como corresponde, pero otros son unos reverendos hijos de sus buenas madres, hay quien dice que hacen su trabajo, pero yo estoy seguro de que hacen las cosas para que les pagues, y no me da la gana de pagarle a un tipo que está tratando de vivir de mi sacrificio, pero si solo fuera eso, la cosa es que tratan de vivir jodiendo al que está luchando en la calle, ¿por que no se ponen para el que está robando, estafando, violando a las mujeres?, ¿para los que te asaltan, para esa gente?, ¡a no!, para eso no, es mejor joder al taxista, al que compró un par de zapatos en una tienda en 20:00 CUC para venderlo en la calle en 30:00 CUC para ganarse aunque sea 10:00 CUC por cada par que logre vender, o para las mujeres que compran hebillitas de pelo y felpitas para venderlas luego y ganarle algo, o mejor, se ponen para el viejito que vende caramelos en la parada del ómnibus para ganarse un pesito porque con lo que le pagan de jubilación no le alcanza, claro, eso es mas fácil, mas decoroso, llegan y dicen en la estación, detenida o detenido por actividad ilícita económica, que bárbaros son, son los tipos, ja; ja, hay que reírles la gracia, mientras la realidad es que se está acabando el mundo delante de sus narices y ellos no lo ven por estar jodiendo a los demás-

-Oye, tranquilízate que te va a dar una cosa, y entonces quien me va a ayudar a mantenerme viva en éste negocio; mejor cambiemos de tema, ¿Quién es tu amigo?-

-Sabía que preguntarías eso, no te preocupes, a éste muchacho por poco lo atropello hoy con el taxi; y cuando le miré a los ojos mientras se disculpaba conmigo por su imprudencia, me di cuenta de que esa cara que él tenia ya la había visto, la vi hace años cuando la muerte de mi madre, sentí que se me había acabado el mundo, y por eso lo traje hasta aquí, porque no quería que ese muchacho hiciera nada de lo que tuviera que arrepentirse, no quería que cometiera ningún error irreparable, no sé que le pasó, pero si sé que si puedo hacer algo por ayudarlo lo voy a hacer, además, es casi un niño, ¿no lo ves?-

-Hablas como si tuvieras 50 años, hablas como un hombre maduro y eso es lo que mas me gusta de ti-

-Sé que somos jóvenes, pero la vida no ha sido benévola con nosotros y es por eso que pensamos y nos conducimos de la manera que lo hacemos-

-Ignarita, niña, ven un momento, quiero comentarte algo-

-Dime ma-

-Hoy llamé a Raymond-

-¿Y que te dijo mami?-, dijo la joven desesperada.

-Nada hija, que no me preocupara, que ya él sabía lo ocurrido contigo, de momento quiso ocuparse del muchacho pero le dije que Heiron lo había hecho-

-¿Entonces mami?... que pena con el tío Raymond, ¿Qué va a pensar de mi?, no he conocido formalmente a su hijo y ya lo estoy metiendo en problemas-

-Nada de eso hija, él dijo que no había problemas, que lo llamaras cuando quisieras, que de Heiron no tenias que preocuparte, que el muchacho es como tu sabes que es, y por tanto debes saber que él seria incapaz de hacerte pasar una vergüenza, porque aunque no te conozca todavía, o formalmente como tu dices, él te quiere muchísimo-

-¡Si, no me diga la doctora!-, dijo la muchacha (mientras se le enrojecían las mejillas y abrasaba a su madre) con un tono de burla-

-Claro que si niña, pero además, en estos meses se gradúan los dos, Heiron y tú, por lo tanto vamos a ir de viaje-

-¡Si mami!, ¿A dónde me vas a llevar?-, dijo la joven con un tono mas que infantil, sinceramente, en ocasiones la doctora Alicia pensaba si su hijita nunca crecería, siempre la sorprendía con sus cosas de niña.

-Espérate un momento, vamos implica... ¿él también irá con nosotros?, porque si es así, yo no voy-

-No hija, él no vendrá, pero de todas formas a donde vamos será imposible que no lo veas, porque vamos a ir a la Isla de la Juventud, a su casa, su padre va a hacer una fiesta por la graduación de ustedes y por su puesto no podemos faltar y en especial tú, porque eres una de las homenajeadas, así que-

-Pero mami-, interrumpió la muchacha algo desanimada.

-Déjate de majaderías, ya te dije que todo estaba arreglado, deberías confiar un poco más en lo que te dice tu madre, hasta donde sé; nunca te he fallado-, dijo la doctora a su hija sembrando en ella aquella mirada fría, a la que Raymond, Alex, y Antonio estaban acostumbrados, pero que ni Ignara, ni Rodolfo, ni su gran amiga Sarah, ni el mismísimo Heiron, habían visto nunca, aquella mirada que había causado temor por mas de 20 años tanto a hombres como a mujeres, aquella mirada que solo se veía en su rostro cuando ya era inevitable que alguien desapareciera, tan fría que a la joven casi se le congeló hasta el alma, y fue tal su estremecimiento que solo pudo balbucear algunas palabritas simples y casi inaudibles.

-Como usted diga madre-

-¿Como te sientes niño?-

-Mas o menos mamá, solo estoy un poco preocupado, solo eso, sé que lo único que me queda es estudiar un poco mas y dentro de unos meses ya todo habrá acabado, no se preocupe usted, verá como todo sale bien-, contestó el joven a su madre que preocupada a cada rato le preguntaba siempre lo mismo. Es curioso como las madres se preocupan por los hijos, solo una madre sabe reconocer cuando un hijo tiene algo, eso si que es seguro, si mamá dice que te pasa, no lo dudes, habla con ella, ella sabe que te pasa algo.

-¿Y que va a hacer mi económico cuando se gradúe?-

-Mamá, no sé, pero si sé que voy a ser el mejor en lo que estudié, y vera usted como todo va a cambiar, verá como a usted, a mi padre, y a mis hermanitos no les va a faltar nada, eso se lo prometo-

-Hay hijo, no me digas esas cosas, tú sabes que me asusta oírte hablar así, parece como si tuvieras algo malo metido en la cabeza-

-No madre, no se me preocupe, a su hijo no le va a pasar nada nunca, su hijo es fuerte como su padre y lo mas importante madre, pero bajito para que nadie se encele, su hijo tiene el cerebro y el corazón igual que el suyo-, dijo el muchacho en voz baja como si se escondiera de alguien, la señora lo abrazó, le dio un beso y lo apretó contra su pecho diciendo.

-Sé que serás un Hombre de Bien hijo mío, tú lo mereces-

Julio de 1996, Santiago de Cuba, -En éste día con gran alegría, se le hace entrega del titulo de graduado, al estudiante Erik Rosales González, el cual ha demostrado conocimiento y dominio de la especialidad de Contabilidad y Finanzas, perteneciente a la Facultad de Ciencias Económicas, obteniendo la categoría de titulo de oro por los resultados alcanzados-

Ciudad de la Habana, -Hoy con gran emoción entregamos el titulo de graduado, a la estudiante Ignara Sánchez Fernández, la cual durante su trayectoria estudiantil, demostró conocimiento y dominio de la especialidad de Derecho, perteneciente a la Facultad de Humanidades-

Isla de la Juventud, -En el día de hoy hacemos entrega del titulo de graduado, al estudiante, Heiron Gridson Dencer, por haber demostrado capacidad, conocimiento, y dominio de la especialidad de Contabilidad y Finanzas, perteneciente a la Facultad de Ciencias Económicas-

Y así se graduaron, en ese mismo mes, en ese mismo año, en lugares diferentes; tres personas, tres jóvenes que apenas se conocían, tres muchachos que con el tiempo; quien sabe que les depararía el futuro, tres que serian seis, seis que se convertirían en varios, que controlarían a muchos, y que cambiarían la vida de cientos; en seis que serian... uno solo.

CAPITULO 2

Agosto de 2001, Isla de la Juventud, 10:37 AM, en el teléfono de la gerencia del Hotel Colony, precisamente el Gerente del mismo, escucha.

-¿Como que no va a ser posible?; me parece que usted no ha escuchado bien lo que acabo de decirle-, esta frase que pronunciada en otro tono parecería una gran amenaza, había sido pronunciada con tal suavidad que éste se sintió casi alagado con la misma, solo por la expresión, pues por el contenido textual, comenzaban a asomar en sus sienes unas delicadas gotillas de sudor.

-No es eso, el problema es que yo pudiera garantizarte 2, y hasta 3 habitaciones, pero 6, es casi imposible-

-Ya usted lo ha dicho amigo mío; casi imposible, lo que indica claramente que existe la posibilidad, valore usted lo que le he dicho y verá como surge de rápido esa posibilidad, recuerde siempre que le estaremos muy agradecidos por su ayuda, en realidad con éste simple acto, para usted claro está; nos resolvería un gran problema; y esas cosas se agradecen, así que; cualquier cosa que pueda hacer por usted, llámeme al número que le he dado; le garantizo, que su problema estará resuelto; tenga un buen día, esperaré su llamada para confirmar el hospedaje-, todo fue dicho con mucha delicadeza, amabilidad y sobre todo, profesionalidad, el Gerente sabía con quién estaba tratando, hospedaría en su Hotel a personas con las que no se juega, muy sensibles a los malos tratos, lo más importante, eran personas a las que les estaba enteramente agradecido; así que se reclinó en su asiento y pensando, empezó a recordar cosas por las que él seria capaz de arder en el fuego por éstas personas, y pesándolas en una balanza, un poco para ver si valía la pena hacerlo o no, fue cuando recordó los inicios, cuando era un adolescente, en el Preuniversitario, cuando aquella joven se le acercó y le dijo con aquella vos tan acogedora que conservaba hasta el día de hoy.

-¿Que te pasa?, ¿Te sientes mal?-, recordaba claramente que ese día tenia mucha fiebre, y temblaba mucho porque en el pasillo donde estaba sentado esperando a la doctora de la escuela corría mucho aire.

-Estaré bien, gracias, no te preocupes-

-No estarás bien nada, estás con mucha fiebre-, y la muchacha salió caminando, le trajo un abrigo y casi que trajo a la doctora por los pelos para que se lo acabara de llevar para el hospital, pero no conforme con eso, aquella muchachita se paró en el medio de la calle, y detuvo un camión para que lo llevaran, porque como veía que habían pasado ya 2 autos anteriormente y no habían parado, pues entonces ella dijo.

-No te preocupes, verás como en el próximo que pase te vas-, recordó también la expresión de su rostro cuando dijo aquella frase, en ella se veía una mezcla de alegría, por la sonrisa que se dibujaba en su boca, de furia, por el fuego en los ojos, y de seguridad, por la suavidad con que pronunciaba cada palabra de aquella frase, era la misma suavidad con la que le había hablado hacia ya unos 3 minutos; y sí, en el próximo carro que pasó se lo llevaron al hospital, quien se lo iba a decir a él, que aquella joven hermosa de ojos azules, con la que nunca había hablado ni media palabra porque además de todo, estaba entre las celebridades populares de la escuela y eso ella lo sabia, se iba a fijar y mucho menos a preocupar por lo que le pasaba, pero además, hacer lo que hizo, ¡tenia que agradecerle eso!, también recordó cuando una ves su hija tubo un accidente y fue trasladada de carácter urgente al hospital y ella salió corriendo al lado de la camilla cuando vio que se trataba de su hijita querida, que no se movió de su lado hasta no terminar con todas las pruebas para poder darle una noticia satisfactoria, a él, eso lo hizo sentir el hombre más importante del mundo, porque lo trataban con la mayor distinción, porque su hija era la prioridad en ese momento y sobretodo, porque era para ella, que no tenia nada que ver con el caso su prioridad personal, recordó que también le dijo ese día en el hospital.

-Tu hija se pondrá bien, eso te lo garantizo-, y que volteándose, quedando frente al medico que estaba a su lado, y mirándolo fijamente a los ojos le dijo, -Esta niña tiene que ponerse bien, lo antes posible, tiene un organismo fuerte, es joven y los daños ocasionados por el accidente son traumas de riesgo pero subsanables de acuerdo con su edad, quiero que priorice la atención de la niña, ¿me entiende usted doctor?-, aquellas palabras ahora venían a su mente y sonaban claramente con el mismo tono inconfundible con que le había hablado, también recordó que en una ocasión había sido implicado en un hecho de malversación y desvío de recursos en el centro donde trabajaba anteriormente, donde tenían formado ya el caso con pruebas, testigos y todo, y que en un momento de desesperación se le ocurrió llamarla a ella, siempre ella, el guardia que estaba en la puerta le hizo el favor de llamársela al número que éste le entregara y para cuando apareció dijo.

-Tienen 5 minutos, tu sabes que estas incomunicado y esto me puede costar caro-, a lo que ella contestó depositando en el bolsillo de su camisa un billete de 10 CUC.

-No se preocupe oficial, seré breve-, y le dijo ya en vos baja a él, parada frente a la pequeña ventanita de la puerta de la celda donde lo tenían detenido como medida preventiva, sin preguntar que había sucedido, ni porque la había mandado a buscar a ella.

-Tengo un amigo que solucionará este problema, ¿deseas que esto suceda?-

-Claro que sí, discúlpame por meterte en esto, pero es que no tenia a nadie mas a quien llamar para que me ayudara, no quiero darle mas preocupaciones a mi esposa e hija, no se que hacer-

-¿Estás seguro de lo que estas diciendo?-, recordó que aquella pregunta lo alarmó un poco pero.

-Sí, no podría estar mas seguro-

-¿Con todo lo que eso implica?-, ésta otra pregunta entonces si que lo preocupó, pero era tal su angustia por verse envuelto en tal situación, y confiaba tanto en aquella mujer que.

-Sí, con todo lo que eso implica-

-Hecho, pronto vendrá un hombre a verte, éste será tu abogado, debes decir lo que él te diga que digas, hacer lo que él te diga que hagas, y contar la historia que él te diga que cuentes; ni una palabra más, ni una palabra menos, eres un profesional y sabes a que me refiero, debes ser estricto con lo que éste hombre te oriente, y recordar cada detalle de lo que debas hacer, decir, y contar, ¿Ok?-

-Te entiendo-, y para cuando él pensó en preguntar cuando vendría este hombre ya ella no estaba frente a la ventanita; el hecho es que a la mañana siguiente vino un hombre alto, trigueño, de mirada picara y ojos negros, con manos delicadas, y al abrirse su celda dijo con voz clara.

-Mi nombre es Alexandro Hidalgo Gutiérrez, y a partir de este momento seré su abogado, por su familia no debe preocuparse, ya alguien se está ocupando de ellas-

-Usted dice, ¿de ellas?, ¿a quienes se refiere?-, recordó que había interrumpido con aquella pregunta mas alarmado y preocupado que cualquier otra cosa en el mundo, llevaba ya varios días allí y no se imaginaba como estaban las cosas por la casa, y qué estarían sufriendo su mujer y su hija.

-Me refiero a que su esposa e hija estarán bien, y que no les faltará nada, le digo esto porque necesito que usted se tranquilice, se concentre en este tema, y me permita hacer mi trabajo, que es ayudarle ¿Ok?-

-Ok-, fue todo lo que dijo, porque detrás de esta palabrita aquel hombre empezó a darle un grupo de orientaciones y le entregó un documento con todo lo que debía decir el día del juicio, el cual relataba toda una historia que no tenia nada que ver con el hecho del que se le acusaba, pero como le habían dicho, él debía hacer, decir, y relatar exactamente lo que éste le orientara, al fin y al cabo era su abogado y él quería salir de aquel problema sin importar la forma en que lo ayudaran; al final aquel hombre preguntó.

-¿Ha entendido bien todo?-

-Si, pero quiero preguntarle algo, según este documento todo se resuelve de manera simple pero, ¿no se esta olvidando de los testigos; y las pruebas?-, recordó que en la cara de aquel hombre se dibujó una leve sonrisa que duró a penas unos segundos, al mismo tiempo que.

-No habrá testigos, se lo garantizo, y en cuanto a las pruebas, no tiene de que preocuparse, sé que usted nunca transportó, ni firmó, ni cargó, ni ayudó a cargar nada, así que son simplemente elementos circunstanciales que tienen en su contra, y como no hay nadie para atestiguar, ni incriminarlo, pues dentro de poco estará usted gozando de su completa libertad-, aquella explicación lo confundió por completo, éste sujeto hablaba con tanta seguridad que hasta él se creyó todo lo que le dijo, y el hecho fue que en realidad el día del juicio, no hubo testigos, las cuatro personas que debían presentarse a testificar ante aquel tribunal nunca aparecieron, las pruebas al parecer contundentes en su contra fueron despeluzadas por su abogado en breves minutos, finalizando éste.

-Y por tanto, pido libertad inmediata para mi defendido-, estos hombres que hubieran servido como testigo en el juicio, eran personas las cuales además de ser cómplices de terceras personas que no estaban siendo juzgadas por este delito, estaban dispuestos a incurrir en el delito de perjurio, con el único objetivo de incriminar con su testificación a éste hombre, que por confiar en su subordinado inmediato, desconocía totalmente de los hechos delictivos que se estaban llevando a cabo en su empresa, minutos después de acabado el juicio; y de estrechar la mano de aquel abogado que prácticamente acababa de conocer, se disponía a ir para su casa cuando llegó un auto marca Toyota, moderno, y abriéndose la puerta un hombre mas o menos contemporáneo con ellos, de pelo negro y de complexión muy fuerte, les hacia señas a ellos y a su abogado para que abordaran, para su sorpresa, al cerrar las puertas, quedando ya totalmente independizados del calor abrasador de la calle y en el frío acogedor del aire acondicionado del auto, su abogado se dirigió al chofer amigablemente como si se conocieran de años, como si aquella recogida hubiera estado planificada con exacta precisión.

-¡Estas exacto Antonio!, ¿qué me cuentas?, ¿no me vas a invitar a una cervecita?-, el otro se echó a reír a carcajadas.

-Claro hombre, y al amigo, y familia también, y para la nené, refresquito y galleticas, pero todo después del trabajo, en horario de trabajo no se consumen bebidas alcohólicas-, y en efecto, se escuchó el timbre de su celular, éste escuchó y dijo.

-Correcto, estamos saliendo para el di tú, celebraremos con el hombre su libertad, si quieres puedes acompañarnos, pero como se que no bebes, te lo pierdes-, y separándose el teléfono del oído escuchó una vos inconfundible para él, que decía.

-Tu siempre estás en las mismas, comunícale a Alex y piérdanse, ¡estos hombres!-, esa frase que escuchó sonaba irritada, nunca había escuchado la vos de Alicia irritada, pero en fin, ya todo había acabado y sabía que en lo adelante todo estaría bien, y fue entonces que se enteró de porqué los testigos nunca habían aparecido en el juicio.

-Alex, tus testigos en estos momentos ya forman parte de la historia de los Estados Unidos de Norte América-, éste se sonrió, meneó ligeramente la cabeza y dijo.

-Fin de la historia-, el auto se puso en marcha y a partir de ese día todos sus problemas estaban siempre resueltos, por personas a las que apenas conocía, personas a las que él nunca había tenido que pagarles un centavo para nada, tanto así que hoy estaba trabajando como gerente de éste Hotel, que no sabe todavía de que forma, porque él no lo había pedido, simplemente lo promovieron después del problema, pero después de lo que había oído, y visto, sabia claramente que también, de alguna forma, eso se lo debía a éstas personas, lo que más le llamaba la atención del asunto, era que no había vuelto a ver mas a Alicia después de que hablaron en la ventanita de la puerta de la celda donde lo tenían, hasta el día de hoy, y sí, incorporándose en su asiento llamó a su secretaria y le dijo.

-Comunica en carpeta que preparen una reservación para las 6 mejores habitaciones del hotel, y que me digan para cuando estarán listas, que por supuesto, necesito sea lo antes posible-, tenia mucho que agradecer a éstos que tanto le habían dado a cambio de nada, o casi nada, como él no iba a corresponder con esa petición, y más tratándose de una reunión familiar, de una celebración en honor a la graduación de la hija de Alicia y el hijo de Raymond, que no sabía bien quien era, pero que no se perdería por nada en el mundo la oportunidad de conocer a un hombre así, porque aunque no sabía mucho de él, por la expresión de respeto que Alicia usó para referirse a él y a su hijo se veía claramente que debía ser la cabeza de todo lo bueno que le había sucedido y por tanto, también a él se lo agradecería.

-Hay Alicia, quien lo iba a decir, en que clase de mujer te has convertido-, pensaba éste mientras marcaba el número que ella le entregara hacia ya algún tiempo.

Santiago de Cuba, -Hijo, hoy hablé con un amigo mío y me dijo que tenía una oferta de trabajo para ti, pasa por allá y si te gusta pues bueno, tú sabrás-

-No papá, eso no es así, yo debo hacer el servicio social donde me asignen no donde yo quiera, ojala fuera así-

-A bueno, entonces hay que ver para donde te mandan, hace falta que sea aquí mismo en Santiago-

-Eso espero-, dijo Erik, aunque en realidad tenia pensado pedir que lo enviaran para la habana pues para sus propósitos era allá donde tenia mas oportunidades, pero en fin, fue enviado al Hotel Balcón del Caribe que pertenece a Isla Azul, éste es un hotel 3 estrellas, con 94 habitaciones dobles climatizadas, con baño, TV por satélite, teléfono interno, minibar, restaurante, cafetería, bar, snack bar, tienda, piscina, enfermería, y todas esas cosas lindas que tiene el turismo en cuba, y bueno, aunque no fuera uno de 5 estrellas no estaba mal la oferta además de que no la podía rechazar, pues este era su servicio social, menos mal que de algo le había servido haber sido titulo de oro en la universidad, ahora solo le faltaba ganar en conocimiento, experiencia laboral, y agenciárselas para poder lograr sus metas, por otra parte su novia también se había graduado y se encontraba haciendo el servicio social en Granma, en el hospital Celia Sánchez, ésta tenia buenas perspectivas como doctora por la dedicación que mostraba al atender a sus pacientes.

-Ignara, niña ven acá, ¿Qué haces?-, dijo Alicia asomándose a la puerta del cuarto de su hija.

-Nada mami, estoy haciendo las maletas para el viaje, ¿no nos vamos mañana?-

-Si hija pero ¿para que tanta ropa?, parece como si te fueras a mudar, y eso que no querías ir-

-No creas, que todavía estoy media confundida, voy a ir porque tu me dijiste que ya todo está arreglado, y para no hacerle el desaire al tío Raymond, porque de todas formas sigo sintiendo un poco de pena de Heiron, es que solo pensar en eso, en el momento cuando lo mire a la cara, no sé que va a pasar-

-Tonta, no va a pasar nada, el te va a saludar como si nunca te hubiera visto, te voy a decir un secreto, ¿quieres?-

-Si mami, ¡dime!-, dijo la joven con entusiasmo infantil, cosa que siempre confundía a su madre, aunque al mismo tiempo le gustaba mucho por ese brillito que se asomaba a sus ojos en ocasiones como esa.

-¡Eres chismosa muchacha!-, dijo la madre con un ligero tono de seriedad que desanimó un poco a la joven pero enseguida con el mismo tono infantil que antes hablara su hija dijo. -¡Te digo!, es de mala educación hablar de sucesos desagradables cuando acabamos de conocer a una persona, y es por eso que sé que Heiron no tocará el tema si tú no lo mencionas, pero hay mas, sé que no me estás diciendo algo-

-Yo mami, tu sabes que nunca te he ocultado nada-

-No me tomes a mal hija, también sé que no lo has hecho intencionalmente-

-Bueno, en ese caso dime ¿que es lo que no te he dicho?, porque que yo sepa-

-Te gusta Heiron-, y esta frase fue una afirmación, no una pregunta, fue una afirmación pronunciada por su madre que la miraba fijamente a los ojos y que ella sentía como miraba dentro de su corazón, se sintió totalmente indefensa y simplemente dijo.

-No voy a negarte que el muchacho es atractivo, que es agradable, que una se siente segura a su lado y que inspira mucho respeto-, estas ultimas palabras las dijo con un tono como acentuándolas. -Pero no me veo al lado de una mole de hierro como esa, ¿mami tu te has fijado en Heiron?, oye, yo soy muy majadera y con un hombre así, ¿te imaginas?, ¿y si un día se altera y le da por torcerme el cuello?-

-No niña, Heiron no es un cromañón, a él no le gustan los abusos y eso que tu dices lo seria, entiendes, pero te digo más, lo que mas te aterra no es el hecho de que piense que eres una chiquilla incapaz de defenderte tu misma o que eres una débil llorona, no, lo que mas te aterra es que él no sienta lo mismo por ti-

-Mira, fresca que eres-, dijo la joven con un tono y una expresión de desagrado, al mismo tiempo que se ponía de pié y hacia unos gestos de modelaje mezclados con algo de estriptis, acentuando cada detalle de su cuerpo esbelto y hermoso. -Con este cuerpo, ésta cara, éste pelo, éstos ojos, mira ésta boca, y éstas tetas-, la madre echó a reír al punto que hasta se le salieron las lagrimas cuando la joven se refirió a sus senos, porque en realidad era una joven muy atractiva pero de senos pequeños como su madre; ambas se tomaron de la mano y la joven al final dijo. -Sí mami, me gusta ese macho, ese porte, ese tamaño, esa forma que tiene de mirar cuando esta molesto que parece un tigre enjaulado, ese carácter que siempre tiene que parece el mismo tigre pero minutos antes de salir a cazar, esos brazotes; bueno, no te voy a hablar de sus manos porque en realidad tiene manos de jevita-, y se rieron las dos a coro, -Aunque esas manitos así de sencillitas tienen una fuerza y una presión mami que no quisiera caer nunca entre esas manos-

-Bueno niña eso es si en ese momento las tiene llenas de malas ideas, porque según tú, cuando no, son las ideales para que te tomen de la mano y te pregunten, ¿se siente usted bien?-

-¡Hay si mami!, oye ya que me da pena hablar de esas cosas-, dijo la joven bajando el tono de emoción que había tomado la conversación que sostenía con su madre.

-Niña no tiene que sentir vergüenza conmigo, yo soy tu mamá, tu amiga y todo lo que tu quieras, tu eres mi sol, mi vida, ¿con quien mejor que yo para hablar de esas cosas?, además tengo algo para mostrarte, espérate-, la doctora Alicia se puso de pié y fue a buscar un álbum de fotos que Ignara nunca había visto, ella en ocasiones descubría a sus padres mirándola fijamente y siempre que les preguntaba lo único que decía su papá después de mirar a su medre era.

-Se parece pero todavía esta malita y muy bajita-, y en cuanto su madre abrió el álbum se dio cuenta de que era lo que hablaban, pues resultó ser que Ignara era una imagen física casi exacta de su madre a su edad, eran del mismo tamaño, el mismo corte de cabello, con la diferencia de que Ignara lo tenia negro como su padre, pero los ojos si eran los mismos ojos azul claro de su madre, la boca, los labios, todo, podría mostrar esas fotos y decir que era ella después de haberse dado un tinte color miel que se lo creerían.

-Mami somos igualitas, como lo hiciste, hija en eso si que no te puedo ayudar, eso vas a tener que aprenderlo tu solita-, y se echaron a reír.

-No mami, yo sé que hacer niños tengo que aprender sola pero viste eso-

-Claro muchacha si tu padre y yo siempre te miramos a medida que vas creciendo y él me dice, ya mas o menos se va pareciendo a mi esposa cuando tenia esa edad pero mi esposa todavía está mejor-

-Y que diga otra cosa, que yo me entere que está mirando a otra mujer por ahí, que se la voy a arrastrar-

-Niña, que es eso, date tu lugar, los hombres no son santos, pero no todos son iguales, te lo aseguro, los hay peores, y tu padre no esta exento de ese grupo, pero no importa, mientras yo no me entere de nada, ni me de que sentir, pues que se acabe el mundo-

-Hay mami, tú hablas como si mi papá no te importara-

-No hija, al contrario, si me importa, y mucho, el problema es que yo sé que a tu padre no le interesan en el mundo más que dos mujeres, una eres tú, mi niña linda, y la otra soy yo-

-Mami, ¿y como se sabe eso?-

-Hija, yo llevo ya muchos años con tu padre y desde que nos conocimos siempre fue conmigo como tu lo ves que es hasta el día de hoy, y cuando tu naciste, no me dejaba hacer nada, y ves como es hoy con nosotras pues así ha sido siempre, hija mía, eso se siente y yo siento todos los días que tu padre vive enamorado de su familia, aunque te repito, no dudo que haya tenido sus correrías por ahí, pero yo nunca me he enterado de nada y nunca hemos tenido que sufrir por eso-

-Bueno eso es verdad, pero no, yo dudo que mi papá te haya engañado alguna vez-

-No lo defiendas-

-Que están tramando mis dos mujeres-, dijo Rodolfo entrando al cuarto donde se encontraban su esposa e hija. - Si porque yo tengo dos esposas, una me quita el dinero-

-¿Y la otra papi?-, preguntó Ignara sabiendo que ella siempre le quitaba dinero a su papá, para saber que le quitaba su mamá.

-¡También!-, dijo el hombre con esa expresión de alegría que siempre tenia al llegar y encontrarlas en casa.

Cuando Erik llegó al hotel donde en un futuro no muy lejano trabajaría se percató de muchas cosas, cómo se vive en ese mundo donde todo esta resuelto, vio por primera ves la marcada diferencia entre las empresas del MINTUR y las demás empresas estatales, vio con mayor claridad aun de la diferencia existente entre la camarera del hotel y la auxiliar de limpieza que trabaja en el hospital donde estaba su novia, la diferencia entre el cocinero del hotel y el cocinero de cualquier empresa, y mas aun vio la diferencia entre el económico del hotel y el económico

de cualquier empresa, eso lo disgustó un poco, pero de todas formas a él
lo habían puesto allí para trabajar, no para hacer comparaciones, así que
trataría de hacer lo que tenia que hacer y de cumplir con sus objetivos de
la mejor manera posible, de momento le impresionó el lobby del hotel,
con su piso bien pulido, con un juego de losas que hacían un dibujo a
cuadros que hacia juego con el entablado que tenia el mostrador de la
carpeta, vio que hasta la carpetera hacia juego con el inmueble, porque
ciertamente era muy bonita, pensó.

-¿Será que las escogen?-, en fin, la oficina donde trabajaría estaba
bien organizada, cada especialista tenia su computadora para trabajar,
sus archivos para los documentos, había un teléfono en la oficina, esta
también tenia aire acondicionado, trabajaría además con 3 muchachas
jóvenes como él y otro muchacho, el cual se alegró de verlo porque al
parecer las muchachas lo tenían loco.

-Que bueno que llegó otro hombre mas para el departamento; socio,
me alegro de tenerte aquí con nosotros, yo en lo personal, porque la
verdad que si tengo que seguir unos meses mas con estas locas aquí, me
fundo-

-¿Tan malas son las compañeras?-

-En realidad no son malas, el problema es que todavía ellas no han
pasado la etapa de la niñez, y todavía están en la etapa del desarrollo, y
entonces a las 10:00 am empieza una; papo, papito, mi chiquitico, busca
algo de merienda en la cocina anda-, dijo el joven con voz de niña que
quiere algo, -Y luego la otra; niño, niñito, mi chiquitico busca un
refresquito, dale anda, y así sucesivamente hermano, y eso sin contar que la
otra lo de ella es el dulce, tengo loca a la gente de la dulcería, en cualquier
momento me botan de allí-, a Erik no le agradó mucho la idea de verse
rodeado de mujeres mandonas, pero en cierta medida le convenía poder
andar de un lado para otro en hotel, así conocería gente y luego vería que
se podía hacer, al fin y al cabo él tenia sus propios objetivos.

-¿Trajiste lo que te pedí?-

-Claro hombre, ¿cuándo he fallado en algo?, recuerda siempre que yo
prefiero no quedar, antes que quedar mal con alguien-

-No se trata de eso Noel, yo sé que hasta el momento siempre has
cumplido con tu parte en este negocio, pero hay cosas que no dependen
estrictamente de ti y entonces existe la posibilidad de que no puedas
resolverlas-

-Mira Rafael, yo los negocios los hago claro, soy bastante serio en ese
aspecto y cuando digo voy a traer esto, tal día, puedes vivir convencido

de que ese día estaré en el lugar acordado y a la hora señala con ese algo, no dudes más de lo que te digo, sería una lastima que dejáramos de hacer negocios juntos por esta razón-

-No tienes que ponerte así muchacho, sabes bien que no desconfío de lo que dices, tampoco yo doy pié a la duda, pero bueno; a lo que estábamos, que la habladera no da dinero, ¿cuanto hay?-

-Veinte libras de carne roja como acordamos-

-Bien, ¿qué vas hacer ahora?-

-Tengo que ir a la casa de un socio a ver un equipo DVD que me trajeron, si me gusta me quedo con él-

-Y si no te gusta, y está bueno, y en buen precio, lo compras que yo tengo alguien que quiere comprarlo, y así te buscas otro dinerito más; aprende que yo no voy a ser eterno-

-Está bien ilustre, como usted diga, baboso-

-Nos vemos, acuérdate de las papas, los chorizos, y las salchichas-

-Puedes pasar mañana a recogerlos-

-Ok...-, Rafael iba a decir algo pero se contuvo, había decidido confiar en aquel joven que le había sido de mucha ayuda en los últimos meses, en realidad se estaban ayudando los dos, gracias a Rafael, Noel tenia un nuevo trabajito además del que ya tenia en el mercado que le estaba dando dinerito, y por otra parte gracias a Noel, pues a Rafael se le estaba facilitando la posibilidad de conseguir los comestibles para la casa de su amiga en Alamar.

Esa mañana, luego de haber visto y recogido el equipo DVD en la casa de su socio, Noel se dirigió a buscar una maquina para ir a su casa a guardar el mismo y luego continuar en sus cosas pero.

-¡Esto es imposible!-

-¿Qué es imposible?-, dijo la joven de piel canela acomodándose todavía el cabello que por el viento se le había desgreñado.

-Encontrar tanta belleza en una sola mujer-, dijo Noel con ese tono varonil tratando de seducir lo ya seducido, la chica lo había estado observando desde el otro lado de la acera mientras éste cruzaba la calle que los separaba, pensando para ella.

-Ese muchacho no tiene desperdicio uf-, él por su parte solo se percató de su presencia cuando la tubo enfrente, fue como un flechazo, o un macanazo, porque aquellas palabras le salieron de una forma tan espontánea que hasta ella se sorprendió, no esperaba que ese joven al que ella estaba observando apenas unos momentos se le dirigiera así directamente de esa forma, -Gracias por el cumplido-

-Pero si no te hago un cumplido, lo digo de verdad, en el día de hoy eres la mulatica más linda que he visto-

-Gracias otra ves, pero eso depende de los ojos con los que me mires, a lo mejor es que tienes problemas en la vista y por eso es que me ves bonita, o quizás eso es lo que le dices a todas la mulaticas bonitas que ves por ahí-

-Pero no me tires de esa forma mi sol, que me vas a partir el pecho, mejor empezamos de nuevo, porque no pienso dejarte escapar-

-¿Que piensas hacer?, ¿me vas a raptar?, yo soy cinta naranja en judo-

- Y yo corro cantidad-, la joven se sonrió.

-Con ese cuerpazo que tienes, ¿tú me quieres hacer creer a mí que vas a correr?-

-Ves, las apariencias engañan, no me gusta la violencia-

-¡Mira que bien!, a mi tampoco, pero siempre es bueno estar preparados por si acaso, y bien atleta, ¿a que dedicas esos músculos?-

-A muchas cosas, pero te aseguro para evitarnos muchas molestias que ninguna traerá problemas nunca, además, trabajo en un mercado agropecuario, y mi nombre es Noel; ¿y tu?-

-Bueno, yo trabajo en la dirección nacional de vivienda, allí soy la mala de la película-

-¿Como se entiende eso?, no puedo creer que dentro de tanta belleza pueda haber tanta maldad-

-Yo soy la que supervisa todos esos temas de construcciones de vivienda ilegales, ampliaciones, y esas cosas por las que a la gente se les da un permiso, o se les niega, y luego se les imponen multas por hacerlo sin la debida licencia-

-O sea que si tú dices, no construyes, no se puede-

-No es tan así, yo reviso la documentación, y si existe un caso que se le ha dado el permiso y no está dentro de las prioridades pertinentes, entonces tengo la obligación de echar a tras todo el trabajo mal hecho por estos compañeros, retirándole automáticamente la licencia a la persona, por mediación de los inspectores que tenemos, claro que eso lleva un proceso de análisis-

-Si, ya sé, por eso es que en vivienda las cosas se resuelven dentro de 2 o 3 años, pero bueno, ese es tu trabajo y a ti te gusta lo que haces, y a mi me gustas tu y te estoy invitando a donde tu quieras para que conversemos y nos conozcamos mejor, ¿qué me dices?, además de tu lindo nombre que no me has dado aún.

-No acostumbro a salir con extraños-, dijo la joven con una mirada de picardía.

-Pero si no somos tan extraños, llevamos ya 25 minutos hablando, además, te prometo que me portaré bien-, dijo el joven pensando al mismo tiempo en las variantes posibles de las respuestas de ella, para así tener a mano la respuesta adecuada, porque aquella joven lo había impactado y no pensaba dejarla ir así de fácil sin luchar.

-Esta bien, me llamo Solange, ¿a dónde me vas a llevar?-

-¡Yesss!-, pensó el muchacho y dijo; -A donde tu quieras-, entraron al Burgui de Galiano y allí, entre cervezas, pizza, y helado conversaron de forma animada de diferentes temas, y midiendo a cada instante las posibilidades de cada uno de ellos al lado del otro como pareja desde el punto de vista de cada cual; percatándose a cada instante de que tenían muchísimos puntos en común y por lo menos si él decía que era imposible encontrar tanta belleza en una sola mujer; ella se decía que no podía haber un hombre con tanta agilidad de pensamiento, capaz de tener siempre la respuesta justa a mano, siempre listo para convencer, y eso además de su físico, se sentía atraída por el muchacho.

-Bueno, ya estamos en Cayo Largo, ahora veremos si esto es tan bueno como lo pintan-, se decía Orlando al desembarcar de la aeronave que lo transportó junto con otros trabajadores, lo llevaron para el habitacional donde dormiría esos 20 días, luego para el lugar donde trabajaría, allí en un principio todo fue bien, las personas aparentemente eran buenas, se veía cierto compañerismo pero él en lo personal respiraba un aire de tención entre las personas que allí estaban, por lo que antes de sacar conclusiones decidió comenzar a trabajar y hacer su trabajo de la mejor forma posible para conocer bien y luego poder decirse a si mismo quienes eran las personas que lo rodeaban. En la noche vio a su hermano y estuvieron conversando largo rato.

-Mira hermano, aquí las cosas no son como la gente las pinta en la Isla, yo siempre te dije en la casa que esto estaba malo, pero tú de todas formas quisiste venir, ya estas aquí, felicidades, pero sí te digo algo, aquí no confíes en nadie, no hables de tus cosas con nadie, aquí el que trabaja al lado tuyo todos los días codo con codo, cuando tiene la primera oportunidad o cuando hagas algo que no le convenga va hacer cualquier cosa para que te saquen, aquí existe mucha envidia entre las personas, aquí no vale eso de vive tu y deja que el otro viva, aquí la cosa es vivo yo y si te puedo quitar del medio para vivir más, mejor, has tu trabajo bien hecho para que no te señalen y lo que vallas a hacer hazlo con mucho tacto, y recuerda siempre esto hermano, aquí cualquiera puede ser un chivatón, cuídate siempre, aquí las mujeres en ocasiones son mas hombres que los hombres; ya con este consejo Orlando confirmó que sus suposiciones eran ciertas y empezó entonces a observar con mas detenimiento a todos los que lo rodeaban, dentro y fura de la UEB de Aseguramiento donde trabajaba.

Tiririri…; -Ese es Raymond-, dijo Alicia, que sabía que un solo timbrado era su clave y que solo tres personas conocían el número de aquel celular que estaba sonando en su cartera, -Dime, ¿que puedo hacer por ti?-

-¿Ya tienes confirmación de los pasajes?-

-Si, ya Antonio me mandó los pasajes-

-Eso lo sé, llamé solo para asegurarme de que todo estaba bien, ¿como está mi muchachita?, ¿y Rodolfo?-

-Ella esta bien, en el cuarto con Rodolfo recogiendo las cosas para el viaje, ¿quieres hablar con ella para que la tranquilices un poco?-

-Si ponla por favor, ase tiempo que no hablo con ella-, se escuchó a la madre hablarle a su hija.

-Niña toma el teléfono, alguien quiere hablarte, a Ignara el corazón se le quería salir del pecho, solo porque en ese momento le cruzó por la cabeza la idea de que del otro lado de la línea pudiera estar Heiron y tomando el teléfono en las manos.

-¿Si?-

-Dime mi niña ¿Cómo estas?, no me has llamado desde ase tiempo, no me contaste nada de tu graduación, ni se nada, ¿ya no quieres que yo sea tu banco de secretos lindos?-

-Si tío Raymond es que he estado ocupada con lo del viaje, ya sabes, buscando cosas, comprando ropa, zapatos y cosas así de mujeres, tu sabes, pero siempre me acuerdo de ti, tu sabes que yo te quiero mucho-

-Si mi niña, no te preocupes, yo sé que ya te estas haciendo toda una mujer, y yo ya me estoy poniendo viejo-

-No diga eso, usted no es viejo, al contrario, ya quisiera yo llegar a su edad con esa fortaleza y esa capacidad-

-Jajaja, gracias por el cumplido, no me lo digas dos veces que me lo voy a creer-

-No seas modesto, tu sabes que si eres así y mas, ¿Vas a estar en el aeropuerto esperándome cuando lleguemos?-, interrogó la muchacha con el propósito de saber si también su príncipe azul estaría en el aeropuerto, esperaba demorar ese encuentro a solas con él al máximo, aún cuando su corazón le decía a gritos déjame verlo aunque sea de lejos.

-Mejor aún, voy a esperarlos en el hotel para ser yo el primero en darles la bienvenida-, dijo el hombre acentuando cada palabra.

-Ah no, tu nos vas a esperar a todos en el hotel, y yo quiero que me esperes a mi solita, porque mi mamá siempre dice que tu nos, que tu nos, y que tu nos y todo lo demás, y yo quiero que tu me-

-jajaja-, Ignara tenia la habilidad de con sus infantilonerias hacer reír siempre a Raymond, ésta era la sonrisa que a ella le gustaba escuchar siempre que hablaba con él, porque por lo general siempre estaba serio, como pensando en algo muy importante y eso no era bueno, por lo menos Ignara lo veía así, ella sentía que su tío Raymond debía relajarse de ves en cuando y reírse un poco, y por tanto ella lo llamaba siempre que tenia un tiempo y le contaba chismes de la escuela y cosas de sus amiguitas y lo hacia reír un poco con sus cosas y arranques infantiles.

-Que muchacha, que malcriada te tengo, esta bien, te estaré esperando a ti solita en el aeropuerto y luego esperaremos a tus padres los dos juntos en el hotel-

-Así está bien-, dijo la joven sacándole la lengua a su madre que la miró preguntándose.

-¿Qué le habrá dicho Raymond?-

-Bueno mi niña ponme con tu mami-, la muchacha le alcanzó el teléfono a su mamá y siguió conversando con su papá.

-Si dime-

-Bueno, ya esta hecho, ahora bien, necesito que alguien visite a Elizabeth; para ver como sigue, no he recibido ningún mensaje de ella y me está preocupando su salud-

-No hay problema enseguida me encargo de eso-, y se cortó la comunicación, ella miró a su esposo y éste le dijo.

-¿Descongelaste el pollo?-

-Eres un amor-, le dio un beso, otro a su hija, y ya de salida; -Regreso enseguida, no coman sin mi-, y allí frente a la entrada de su casa en cuanto ella puso los pies en la acera apareció un auto moderno marca Toyota con un conductor que tenia mas bien la cara de Hades, por la mirada fija en la distancia, ya que sabía a donde iba y a lo que iba, ella por su parte, en cuanto abordó el auto e hizo una señal de saludo a su hija que estaba en el portal de la casona, se recogió el pelo con una felpa y al mirarse en el espejo mientras el auto avanzaba a buen paso pero sin excesos por la vía, vio como su rostro se había transformado en el rostro de una persona de facciones finas, pero sin piedad alguna en la mirada, capaz de cualquier cosa con tal de lograr su objetivo, y hablar de cualquier cosa en una situación similar a ésta, al referirse a Alicia...

Dindon, dindon...dindon, dindon, se escucha un timbre, alguien se asoma por la hendidura de la puerta para ver quien es, ésta se abre lentamente y ante los visitantes se ve una joven hermosa, con un cuerpo casi perfecto, y mirando al interior de la casa bien amueblada, les invita con un ademán de cortesía a pasar, ya en el interior, la india los conduce al fondo donde tenia una nevera grande diciéndole a Rafael.

–Pon esto aquí en esta esquina, para que la carne quepa mejor-, el otro muchacho le entrega la otra caja a ésta, recibe veinte CUC de manos de Rafael y es conducido por otra joven hasta la salida, luego de una breve frase de.

–Muchas gracias, y cuando tengas mas, no dudes en llamar, yo siempre me voy a quedar con toda la mercancía que tengas-

–Te has convertido en una experta en este negocio, ya tienes hasta mensajeros que te traen las cosas y todo; me voy a poner celoso-

–¿Celoso tu?, no me digas, si tu no me quieres tanto como para eso-, la india estaba muy enamorada de Rafael y lo respetaba mucho como para atreverse a permitir que otro hombre la tocara que no fuera él; mientras que él por otro lado también la amaba pero no se atrevía a confesárselo por el temor a que esta confesión en algún momento pudiera ser usada en su contra, así que de ves e ves le dejaba caer sus cositas como para que ella sintiera su afecto, y siempre estaba presente para cualquier cosa que le hiciera falta además de que él, de sus ganancias en el negocio pagaba luz, agua, y algún que otro capricho de ella.

–Buenas tardes, ¿es usted Elizabeth?-, dijo aquella mujer de facciones finas y ademanes sencillos, mientras movía los dedos de las manos de manera casi imperceptible, como si sintiera la necesidad de agarrar algo con las mismas.

–Si, pasen por favor-, dijo la interrogada a la desconocida que venia acompañada de un hombre alto, bien fuerte, que parecía por el trato entre ellos, su esposo, es natural que los halla dejado pasar aun siendo completamente desconocidos para ella, porque ha de saberse que Elizabeth vendía ropa y calzado de todo tipo, y por el aspecto de estas personas, no tenían la pinta de policías que ella hubiera reconocido al instante; al cerrarse la puerta, aquella mujer que acababa de cruzar el umbral de la misma, se transformó en una fiera que observa a su presa, segura de que no tiene escapatoria, y mirando a Elizabeth directamente a los ojos, dijo, con un tono suave, pero marcado por la expresión de su rostro y sobre marcado por la de sus ojos.

-Solo he venido a interesarme por su salud de parte de Raymond, hace ya 8 días espera un mensaje de usted y aun no lo ha recibido, así que me envió a ver que usted estuviera y permaneciera bien, ¿tiene algo que decirme?-, aquella mujer tenia una mirada tan fría y un hablar tan suave que aterrorizaba y confundía al mismo tiempo que era escuchada, Elizabeth, la miraba a los ojos incapaz de moverse, como hipnotizada, sentía el temor y el temblor que le recorría el cuerpo al ver aquella expresión, y al mismo tiempo temía que un movimiento suyo pudiera desatar una mano de palos o ni se sabe que otras atrocidades le haría aquel monstruo de mujer que la acechaba, sin contar al bruto animal que la acompañaba.

-Siéntate, ponte cómodo, estoy segura de que Elizabeth es una buena chica, ella tiene el mensaje que vinimos a buscar, y me lo va a dar-

-Mm..mire, es que yo no tengo todo el dinero completo, por eso es que no lo he enviado, se lo juro-

-Ssss-, dijo Alicia haciendo con su dedo una cruz de silencio en su boca; con vos suave, y con el rostro ya rojo de la ira, lo cual hacia endurecer aun más sus facciones, atemorizando aún mas a la mujer.

-Si que lo tienes, y me lo vas a dar-, y empujándola contra una pared, sin darle tiempo a reaccionar, acto seguido, con un giro extrajo de la ropa que llevaba puesta una pequeña correa con la que rodeó los tobillos de la mujer y con un fuerte alón la hizo desplomarse pesadamente al suelo y para cuando ésta reaccionó, ya era tarde, la misma correa que antes rodeara sus Tobillos ahora rodeaba su cuello, haciendo que le faltara cada ves más el aire, mientras que ya lejos escuchaba una vos suave que preguntaba a su oído.

-¿Me dices donde está el dinero, por favor?-, cada segundo que pasaba Elizabeth sentía como la vida se le iba escapando de entre las manos, en cambio, la doctora Alicia, sabía muy bien cuanto podía apretar la correa, y muy importante, por cuanto tiempo podría sobrevivir esta mujer con un ritmo de respiración limitado, sin provocar su muerte por asfixia, el objetivo era recuperar el dinero, reestablecer el orden y establecer un nuevo orden de respeto para Elizabeth, ya que evidentemente, ésta estaba confundiendo la bondad y la amabilidad con una mezcla extraña de bobería, y eso no es saludable; además, cuando se trata de dinero, y sobretodo de mucho dinero, no se anda con juegos por lo que.

-Ddéjame decirte-, Alicia no aflojó la correa y dijo.

-Te escucho querida-, con la misma vos impasible.

-Está en mi cuarto, abriendo la segunda gaveta de la cómoda, de derecha a izquierda en la segunda columna de gavetas-, a una señal de Alicia, Antonio entró al cuarto de la mujer, ya que conocía de antemano toda la casa, las costumbres, los horarios y el funcionamiento de la entrada y salida de las personas que la frecuentaban, como por ejemplo, sabía que Elizabeth sostenía una relación con un sujeto un poco mas joven que ella, que éste era quien estaba haciéndola gastar mas dinero de la cuenta, y que esa era la razón por la que se había atrasado en el pago, pero que de una forma o de otra se las había arreglado para en esta fecha ya tenerlo completo, pero sucede que para éstas personas el problema no es precisamente el dinero, la cosa es que en estos casos sino que mas bien de la informalidad, se trata de una cuestión de orden, de una cuestión de respeto para con las personas que te han dado la vida prácticamente, respeto por la mano que te alimenta, por la mano que siempre ha estado presente para sostenerte en las malas, que es la misma mano que siempre quiere estar ausente en las buenas porque sabe que estas bien, que no la necesitas, es precisamente eso.

-En esa gaveta no hay nada-, dijo el hombre parado todavía en la puerta del cuarto, Alicia apretó un poco mas la correa y la mujer dijo.

-La gaveta tiene un falso fondo, levántalo por el cordoncito blanco que se ve ahí para que veas el dinero animal, aquella mujer trataba de luchar por su vida pero la falta de aire la tenia ya casi sin fuerzas y esa vos le susurraba describiendo a su oído lo que le iba sucediendo, lo que iba sintiendo a cada instante, ahora le decía.

-Tus brazos son pesados y tus parpados también-, en efecto así se sentía, el reloj seguía avanzando, y Alicia tenia el agarre hecho alrededor de su cuello de forma tal que podía ver como cada minuto, cada segundo de la vida de esta mujer pasaba de su cuerpo a sus manos, -Pronto perderás el control de tu cuerpo por la falta de oxigeno en tu cerebro, caerás en un letargo adormecedor y sentirás el transe del desmayó-, Elizabeth se sentía como que se sumergía en una profunda oscuridad, ya no veía nada, solo escuchaba aquella vos que sin importar ya lo que dijera se escuchaba aunque lejos, tranquilizadora por la suavidad del sonido inentendible de las palabras.

-Aquí está, podemos contarlo-, se soltó la correa que rodeaba el cuello de Elizabeth, unos brazos que para ella parecieron como un colchón la sostuvieron en el aire por unos instantes, fue depositada en el sofá y sintió como le regresaba la vida, y como su alma volvía a formar parte de su cuerpo; para ese momento ya había delante de ella una mujer de facciones finas y ademanes sencillos que sostenía un baso de agua en la mano y le preguntaba.

-¿Se siente usted bien?-, aquella pregunta atravesó los oídos de la mujer como un flechazo, confundida totalmente, se quedó mirando perpleja a aquella mujer tan sencilla que le hablaba, y en efecto la comparaba con la que antes la había agredido, sosteniendo el vaso en la mano aun temblorosa.

-Si, ahora estoy mejor, ¿está todo completo?-

-Ahora no te preocupes por eso, sabemos que está completo, lo que no sabíamos era donde estaba-

-Pero si yo lo iba a mandar en estos días, no había necesidad de esto-

-También sabemos que lo ibas a enviar pasado mañana a mas tardar, como que tenemos conocimiento sobre el hecho de que estas enamorada de ese hombre con quien estas compartiendo tu vida, que éste te ha estado maltratando, y malgastando el dinero que con tanto sacrificio luchas para mantenerte, por eso vinimos, porque nos preocupas, porque no tienes que aguantarle esas malacrianzas a ese bueno para nada que no vale la pena, porque tu vales muchísimo mas, porque no permitiremos que ni él ni nadie provoque un problema entre tú y nosotros, por tanto, a partir de éste mes entregaras tu mensaje todos los días 28, y si por alguna casualidad cayera domingo o día que no se pueda enviar, lo mandas el día antes, nunca después, tu sabes lo estrictos que somos con éstas cosas, en cuanto a ese hombre que hoy vive contigo verás como notaras el cambio, en lo adelante será todo un amor de hombre, no mas maltratos, no mas abusos, ni mas gastadera de dinero en borracheras sin ti, y sin tu consentimiento, ¿Ok?-, le acarició la mejilla con aquella mano tan delicada y frágil, que a Elizabeth al reconocer que en todo lo que esta mujer acababa de decirle tenia razón, se le salieron las lagrimas, y le parecía como algo imposible que esas mismas manitos delicadas hacia unos minutos por poco le arrancan la vida, fue entonces cuando.

-Esta todo completo, ¿se siente usted bien?-, dijo Antonio con mucha amabilidad, en los minutos siguientes la trataron tan bien; le prepararon café, le prendieron un cigarro, la acomodaron con unas almohadas, le pusieron los pies en alto, y la hicieron reír tanto, que para cuando estos se marcharon, Elizabeth casi agradeció su visita, dos horas después apareció aquel hombre del que hablaban, al que se referían como su pareja, éste parecía que le había pasado un camión por encima, y al entrar por la puerta le dijo.

-Perdóname mi amor, nunca mas volveré a maltratarte, he sido un estúpido; no me preguntes nada, no te preocupes por nada, quédate donde estas, descansa amor mío, yo prepararé la comida-, en ese momento Elizabeth se percataba de cuanta razón tenia aquella mujer que acababa de marcharse, parece que a este solo le faltaba que alguien lo hiciera entrar en razón, y por lo visto su razón llegó de la peor manera, pero de todas formas se sentía segura en todos los sentidos, estaba segura de que no le pasaría nada sin que nadie hiciera algo por ella, estaba segura de que en lo adelante su relación iría mejor, de que no estaba sola, y por sobre todas las cosas, estaba convencida de que no volvería a fallar en su entrega, nunca mas.

Aeropuerto internacional José Martí, terminal 1, minutos antes de la salida del vuelo de Nueva Gerona, se recibe una llamada.

-No muevas ese avión de ahí hasta que yo llegue, necesito solo 2 minutos-

-Ok, te espero-, 2 minutos después.

-Aquí está el paquete, ya sabes lo que tienes que hacer-

-No te preocupes-, el hombre salió por una puerta que daba a la rampa y le entregó el paquete a la aeromoza diciendo.

-Este paquete debe ser entregado personalmente a un hombre que lo estará esperando en tu destino, la descripción del hombre la tienes en este papel, de todas formas el tiene la descripción tuya y anda en un willy negro, con los asientos tapizados con gamuza amarilla, llantas niqueladas, y neumáticos anchos, el carrito esta bonito, te será fácil identificarlo, ¿algún problema?, ¿entendiste bien?, cualquier situación, el paquete regresa contigo, y entrega personal a mi ¿Ok?-

-Si, entiendo-, la aeromoza no preguntó nada, sabía cual era el contenido de aquel paquete, no era la primera entrega que hacia, por eso es que miraba con cierta impaciencia al hombre mientras éste le daba las instrucciones, pero tampoco lo interrumpió, puesto que también sabia que todo cuanto le estaban diciendo era estrictamente obligatorio, era una forma de entregar la responsabilidad de aquel paquete de una mano a otra; firmó el documento que le extendiera su compañero y se condujo al avión con delicadeza como es característico en las aeromozas, pero con agilidad, porque solo quedaban 3 minutos para que dieran el abordo y ella debía estar lista para recibir a sus pasajeros, -Buenas tardes, la El Capitán Daniel Rivero y la tripulación les da la bienvenida a su vuelo...-, y mientras ella decía estas palabras, se encendían los motores de la aeronave.

-Envío confirmado, aproximadamente dentro de 30 minutos debe estar arribando el paquete a Gerona-

-¿Debo recoger algo más en algún otro lugar, o entregar algo?-

-No gracias, puedes irte, recuerda que mañana debes estar a las 10:35 am en el aeropuerto del Colony para que recojas a Alicia y a su esposo-

-Esta bien, voy a buscar un auto más cómodo entonces para ellos-

-Eres un buen muchacho, si necesitas mas dinero para eso me dices, no quiero que gastes el dinero de tu casa en cosas que son generales-, Raymond sabía que éste muchacho le estaba muy agradecido a la doctora, pues su esposa había sufrido un accidente un tiempo atrás, le habían hecho una operación que había sido un exitazo, sin marcas, ni secuelas, ni nada, y para su profesión eso era muy importante, la joven era modelo.

-No se preocupe, tengo suficiente; ¿y Heiron?-

-Salió desde temprano para ver lo del servicio social, esta encaprichado con hacer las cosas por sus medios, no se quiere dejar ayudar, que muchacho-

-No se preocupe, el sabe cuidarse solo, además con el historial de estudio que tiene seguro que cae en un buen lugar; ¿pero lo del servicio social no empieza después de agosto?-

-Si, pero como ya le dijeron para donde va, entonces él esta yendo por las mañanas para ir conociendo el trabajo-

-¿Y donde lo pusieron?-

-En la Industria de Materiales de Construcción-

-Esa no es una mala empresa para quien va a aprender, tengo un amigo ahí, pero para Heiron no es el mejor lugar, el puede aspirar a algo mejor, de todas formas voy a hablar con mi amigo para que lo ayude en lo que pueda-

-Te estaré agradecido hijo, pero que él no se percate de eso porque entonces no aceptará la ayuda de tu amigo y pensará que yo me estoy metiendo en su vida, y no quiero que eso suceda-

-Así se hará, no se preocupe, pero yo me pregunto, ¿por que Heiron no acepta su realidad?, ¿por que no se da cuenta de que somos como somos porque la vida nos ha hecho ser así?, porque solo de esta forma es que se logra hacer lo que uno quiere, tener lo que uno quiere, sin que le falte nada ni a ti ni a los tuyos, la verdad es que no lo entiendo, usted disculpe por meterme en lo que no me importa pero es mi parecer, y usted es como un padre para mi, así como es él un hermano-

-Esta bien hijo, yo por mi parte solo me voy a limitar a observarlo, a ayudarlo en lo que necesite, brindarle siempre mi apoyo, y dejar que él solo se percate de porque somos así, démosle tiempo al tiempo, en su momento él solo nos llamará y nos hará el anuncio de que se hará cargo de todo, y para cuando eso suceda, se verán grandes cambios, porque su potencial es para mucho mas de lo que somos hoy, eso te lo aseguro, y no es porque sea mi hijo, es porque lo he observado desde la muerte de su madre y es capaz de analizar las cosas y las situaciones con una agilidad y una exactitud, que es difícil que no tenga solución casi inmediata para cualquier cosa que se le diga o pregunte-, y estaba en lo cierto Raymond.

A la mañana siguiente, fue todo muy rápido, Alicia y familia fueron transportados al aeropuerto en un taxi azul plateado marca Hyundai, conducido por un muchacho joven que a Alicia le pareció que debió haber sido medico y no taxista, por su forma de conducirse para con ellos, su platica era agradable y su cortesía impecable, además de tener muchísimos temas de los que hablaba con mucha fluidez y seguridad, ya en el parqueo del aeropuerto, al llegar, no escapó a la vista acostumbrada a observarlo todo de Alicia, la presencia de un auto moderno de color negro, llantas niqueladas, gomas anchas de balón, cristales oscuros que impedían ver desde afuera su interior, pero que sabia perfectamente que desde su interior, quien estuviera, lo podía ver todo, se esbozó en su rostro una ligera sonrisa, y luego de que Rodolfo le pagara al taxista y le dejara una buena propina, echaron a andar los tres.

-Por aquí por favor-, dijo el hombre que los esperaba en la puerta, éste los condujo por un pasillo hasta la cafetería, les recogió los documentos y los pasajes, para chequearlos en el vuelo y luego se los entregó diciendo, -Su vuelo saldrá en breves minutos, tengan un buen viaje y un buen día-

-Y bien, ¿qué dice esa familia feliz?-, dijo aquel hombre alto de aspecto feroz por su fortaleza física y su voz gruesa.

-Hola Antonio, ¿como va todo?-, dijo Rodolfo poniéndose de pie y estrechando la mano del recién llegado.

-La cosa va Rodolfo, nosotros somos los que la hacemos ir bien o mal, tu sabes como es eso-

-Me imagino-

-Señores, ella es Helena, mi esposa-

-Tú me disculpas Helena pero tengo que decirle un poco de cosas a tú esposo-

-A mi, ¿porque?, ¿Qué hice?-

-Ya casi ni vas por la casa, siempre que vas es apurado, ni llegas, recoges a mi mamá y te pierdes-, le reclamó Ignara, a aquel hombre que la había visto crecer y llevado a la escuela en muchísimas ocasiones en su auto, en los tiempos donde su mamá decía que la calle estaba mala.

-Es verdad, te prometo que los visitaré más a menudo-

-¿Llevas mucho tiempo aquí?-, fue lo que dijo Alicia, después de haber observado con detenimiento a aquella mujer que presentara Antonio como su esposa y de dirigirle un cordial saludo.

-El suficiente, ¿nos vamos?-, dijo Antonio al ver que una aeromoza les hacia señas para que la siguieran.

Heiron se ocupó junto con otros hombres que fueron llegando de preparar y organizar todo para la fiesta de conjunto con los trabajadores del hotel, que el gerente había puesto a su entera disposición, y ya sobre las 09:20 am salieron en un auto marca kia para Gerona en busca de algunos detalles necesarios para la misma, que no los habían en el lugar.

-¡Tío!-, fue el saludo de la joven Ignara al bajar del avión, abrasó a Raymond, éste la miró, le dio una vuelta y.

-Eres toda una mujer, te has puesto lindísima-, saludó también a su amiga Alicia y abrasó a Rodolfo, conduciéndolos a un auto marca Mitsubishi en el que a su lado los esperaba un joven que les abrió la puerta y preguntó.

-¿Tuvieron un buen viaje?-, en lo que Raymond e Ignara salían ya en otro Mitsubishi a gran velocidad rumbo al Hotel Colony, al llegar, Ignara quedó maravillada con el hotel, era una muchacha impresionable y le gustaban las cosas sencillas, y al ver la entrada de este sitio tan sencilla, pues le encantó, así como él pirata del parche en el ojo, que es el logo del mismo, allí los esperaba el gerente del hotel en la recepción, el cual sintió una gran emoción al ver a aquella joven alta y hermosa que acababa de hacer entrada, pensando y preguntándose.

-¿Como Alicia ha podido conservarse tanto?-, hasta que la tubo enfrente que dijo.

-Alicia, los años no han pasado para ti, sigues hermosa como siempre-

-Muchas gracias, señor, pero me confunde usted, mi nombre es Ignara, Alicia es mi querida madre-, dijo la joven con mucha cortesía y elegancia, y con aquella vos melodiosa y apacible, que unos días atrás había escuchado por teléfono, cosa que lo contrarió un poco, y quiso saber.

-Pero, entonces, ¿fue con usted con quien hablé el otro día por teléfono?-

-No mi estimado señor, desconozco el número de este lugar, y es la primera vez que vengo-

-Bueno, entonces sean bienvenidos al Hotel Colony, esperamos disfruten de su estancia-

-Gracias-, dijo la joven, entonces.

-¡Mire ahí llegan!-, y en efecto, el hombre se quedó perplejo al ver el gran parecido entre aquellas dos mujeres, donde la única diferencia era la edad y el color del cabello, el hombre se adelantó para abrir la puerta del auto, pero la seriedad con que lo miró el joven que acababa de bajarse del lado del conductor lo detuvo en seco, por lo que aguardó tranquilamente.

-Alicia, ¿Cómo estas?, ¿Cuánto tiempo sin verte?, acabo de conocer a tu hija, son igualitas las dos-, Alicia que hacia mucho no veía a su antiguo compañero de estudios lo saludo cariñosamente.

-¿Y tu familia, como esta?, tu niña debe estar grandísima-

-Es casi una mujer, esta estudiando relaciones públicas-

-Mira, te presento a mi esposo-

-Mucho gusto señor, permítame decirle que tiene usted una familia maravillosa-

-Muchas gracias amigo, cualquier cosa que pueda hacer por usted...-, avanzaron hasta el interior del hotel donde se registraron.

-¡Ven!, él es Raymond Gridson, Raymond él es Javier Fernández, gerente de este hotel.

-Mucho gusto-, dijo Raymond con tranquilidad mirando fijamente a los ojos de aquel que fue presentado.

-El gusto es todo mío señor, siempre he querido conocerle, tengo tanto que agrad...-

-No señor mío, usted no tiene porque hablar de cosas desagradables, usted merece esto y mucho mas, recuerde siempre que en este mundo existen cosas justas y cosas correctas, y que no siempre lo justo es lo mas correcto-

-Tiene usted razón, pero de todas formas, sepa que cualquier cosa que pueda hacer por usted, puede siempre contar conmigo-

-Muchas gracias, ya ha hecho usted bastante, yo no merezco tanto-, la carpetera miraba a aquel señor de ojos grises, mirada penetrante, de complexión fuerte, de estatura alta, con 52 años, (esto lo sabia porque había visto su fecha de nacimiento en el carnet de identidad), y pensaba para si.

-¿Quién será este señor?, bueno, sea quien sea debe ser alguien importante porque para que el jefe se ponga así, debe ser un cliente de mucha altura, pero mira que cosa, es un señor modesto-, la carpetera desde su posición podía escuchar lo que se hablaba y le admiraba como Raymond manejaba la situación y como lo trataban sus allegados, parecía como si él fuera el padre de todos ellos.

-¿Y Heiron?, ¿dónde esta mi niño?-

-Fue a buscar no se que cosa a Gerona, pero ya casi debe estar de vuelta, vengan para que se acomoden en las habitaciones-, fueron conducidos por el gerente y una camarera a sus habitaciones por una acera, y por el camino Ignara iba mirándolo todo, verdaderamente a la muchacha le gustaba aquel lugar, vio un cartel azul marino con el logo de gran Caribe que decía La Cañada, ya en su habitación Ignara se sentía como en casa, esta era por fuera de color crema claro, con el borde del alero en rojo, con una lamparita discreta en negro en el portal, en el interior era de color crema claro la pared que daba a la puerta, la que estaba detrás de la amplia cama era verde, el piso era de grey cerámico en blanco, el baño era amplio, con una bañadera blanca igual que la de su casa, con la ducha de teléfono y todo, la cortina hacia juego con las paredes que eran del mismo color crema claro, el enchapado era también de grey cerámico pero de un color verde claro, y la terminación era del mismo color de la cortina, la cama era cómoda, como la suya y pensó.

-Podría vivir aquí sin extrañar mi casa-, luego se dijo, -¿Dónde estará Heiron metido?, seguro que fue a buscar a su noviecita…baboso, en ves de estar aquí conmigo-

-Niña, ¿te gusta tu habitación?-

-Si mami, esta linda-

-¿Linda nada mas?, a ver, ¿Qué te pasa?-, dijo la madre tomando en sus manos la cara de su hija, -Ya se, quieres ver a Heiron, y eso que no querías venir-

-Si pero ahora es diferente mami, tu me dijiste que estaba todo bien y llego, y no está para recibirnos, fíjate si le importo, y eso que tu dices que aunque no me conozca el me quiere mucho-

-Mira hija, no te preocupes por esas boberías, él no te ha visto todavía, pero además, cuando él te vea, estoy segura de que si no se enamora de ti le dará un infarto-

-¡Mami!, no exageres-

-¿Tú no te has visto en el espejo?, ven, mira y dime que ves-

-Yo veo a una niña tonta, esperando a que se aparezca el nené de papá con su cara de turco y con su tonta novia, porque eso es lo que él está haciendo, buscando a su novia-

-Mira que bien, yo veo mas que eso, veo a una tonta diciéndole a mi hija, que es la que esta del otro lado del espejo, que es tonta igual que ella-, la joven se sonríe y la madre señalándole al espejo.

-Ves como mi hija se ríe de esa tonta, se ríe porque sabe que no lo es, se ríe porque sabe que con esa cara y con ese cuerpo todavía no ha nacido el hombre que no se rinda a sus pies, por eso se ríe, porque sabe que Heiron puede venir con una no, con dos o tres novias, que cuando él la vea a ella las va a dejar a todas, por eso mi hija se ríe, porque ella sabe que con ella no hay competencia, así que sigue tu con tu tontería, que yo sé que mi hija sabrá luchar por lo que quiere, y ni tu tontera la va a detener, porque ella es así, sabe lo que quiere y lucha por ello, me voy niña tonta, deja que mi hija descanse-

-Pero mami, te vas a ir y me vas a dejar aquí sola-

-La laralala-, se escuchó al cerrarse la puerta.

-Tonta, tonta, tonta, tonta, ¿porque eres tan tonta?, si él ni siquiera te conoce, como quieres que no tenga novia y que piense solo en ti, tonta, tonta, tonta, tonta-, se decía Ignara un poco para entrar en razón, -Voy para la piscina, así me relajo un poco, estoy muy tensa-, le dijo a sus mayores mientras salía de la habitación envuelta en un toallón con dibujos de colores vivos, el agua estaba tibia y se sentía a gusto en la calma.

-Apúrate Daniel, mira la hora que es-

-Voy lo mas rápido que puedo, esto no tiene mas velocidades, faltan 10 km nada mas, ya estamos llegando-, al llegar.

-¿El señor Raymond Gridson, se encuentra en el hotel?-

-Si señor, está en su habitación con los demás, es por aquí, la tercera cabaña-

-Ocúpate de que se arregle todo como está dispuesto, ¿esta bien?-

-No te preocupes, yo me hago cargo-, como Heiron había ido pocas veces al Colony no entendió bien la explicación de la carpetera y fue a dar a la piscina buscando la cabaña donde esperaba encontrar a su padre, Alicia, Alex, Antonio y demás, y por supuesto, conocer por fin a la hija de la doctora que nunca había visto, cuando al pasar; una joven que se estaba secando al borde de la piscina con un toallón que tenia unos dibujos con colores llamativos resbaló cayendo al agua con estrépito, automáticamente, por el susto, la joven comenzó a tragar agua tratando de gritar auxilio, cuando sintió un agarre poderoso que la sujetaba haciéndola emerger e impidiendo que se sumergiera su cabeza y una vos que le decía.

-Tranquila, déjame sacarte de aquí-, Ignara se quedó paralizada, aquella era la misma vos que aquella noche le preguntó.

-¿Se siente bien?-, sintió la fuerza de su agarre, el calor de su cuerpo junto al de ella, éste al llegar a orilla segura, la tomó en un brazo como si cargara a una niña y comenzó a subir la escalerita de la piscina, habían algunas personas que miraban lo que estaba sucediendo, pero solo de ver como éste joven miraba a quienes trataban de acercarse se mantenían al margen, el salvavidas solo dijo.

-Denle espacio señores que la joven necesita aire, él sabe lo que está haciendo-, Heiron aplicó todos sus conocimientos sobre el salvamento para lograr que la joven se recuperara, y pronto ésta comenzó a toser y abrió los ojos.

-¿Se siente bien?-, preguntó Heiron, seguido de, -Respira, ¿puedes ponerte de pié?, ¿puedes caminar?, ¿estás aquí con alguien mas?-, él preguntaba todo esto y ella solo lo miraba y recordaba cada segundo dentro del agua, antes de perder el conocimiento, para ella era como otra visión, esta ves mas clara, ahora lo veía más alto, más fuerte, más joven, más serio, más apuesto y.

-Si-

-¿Decías?-, dijo el joven un poco contrariado por aquella respuesta.

-Estoy bien, gracias por todo-

-Bueno, mas cuidado al secarte, sepárate del borde de la piscina-, y echó a andar, deteniéndose unos pocos metros después, para quitarse el pulóver blanco de tela de punto que llevaba puesto, estaba tan mojado que chorreaba agua y entonces, cuando Ignara vio a aquel joven sin camisa, si que se impresionó, vio toda una masa compacta de músculos bien definidos que sin esfuerzo alguno sobresalían de aquel cuerpo, y pensó.

-Ahí de mi, ¡ese es mi tigre!-, él por su parte, ya cuando la cosa se hubo calmado mientras caminaba rumbo a su habitación reparó en la joven que acababa de sacar de la piscina y se dijo.

-Tengo que reconocer que es muy linda esta muchachita, que ojos, que cuerpo, me gustaría ver que tiene dentro de esa cabecita, porque no basta solo con la belleza externa-, se dio un baño, se cambió de ropa y.

-¿Donde te metiste muchacho?, he venido a buscarte como 5 veces-

-Estaba con una muchacha que conocí ayer y ya sabes, estoy haciéndola de niño bueno, pero a ver, ¿qué hay que hacer?-

-Así que una muchacha, muchacha te voy a dar yo, dale monta que tengo una jugada que puede servirnos-

-¿Cómo es la cosa?-, y en otro lugar

-Allá va a estar esperándote un Hyundai azul, es un taxi, el taxista se llama Rafael, ¿no se te olvida el nombre?, le das esto a él-, le dijo Orlando a un compañero que ese día salía de pase de Cayo Largo del Sur y que iba para la habana, esto que le entregara era una cajita feliz, ésta contenía 2 quesos gouda, 2 tubos de jamón, y un paquete de chorizo, todo fue debidamente coordinado, y preparado de forma tal que su compañero vio la cajita ya cuando se desmontó del avión en la habana, la reconoció fácilmente porque él mismo había resuelto la cajita en una de las tiendas del cayo y le había hecho unas marquitas con tinta con ese propósito.

-¿Usted es Rafael amigo?-

-Si, ¿en que puedo ayudarle?-

-Orlando, el amigo suyo que trabaja en el cayo me dijo que le entregara esta cajita, que usted la estaría esperando aquí-

-Gracias, ponla en el maletero, disculpa que te mande, monta, nosotros te llevamos a tu casa-, el hombre, mas agradecido que ellos mismos se montó en el taxi y dijo.

-Cuando quieras-

-¿Dónde vive usted amigo?-

-En la liza, en la segunda cuadra después del puente grande-

-Ok-, minutos después.

-Todo esta bien, ya recibí tu paquete, cuando mandas el otro-

-Yo te llamo, acuérdate que aquí no se puede hablar mucho por teléfono-

-Bueno, esta bien, nos vemos-, Orlando respiró profundo como quitándose un peso de encima, le preocupaba sobremanera lo que hubiera podido pasar si sorprendían a su compañero con esa carga, pero ya todo había acabado, ahora solo le quedaba esperar a que le cayera el dinero, había conocido a Rafael en una ocasión, en que había ido a la habana a comprarse un par de zapatos y en la tienda, éste le recomendó un par que había comprado y le habían salido buenísimos, habían estado conversando largo rato y estrechado una amistad que habían mantenido ya fuera por teléfono, como personal, pues Orlando desde ese entonces visitó con mas frecuencia la capital, hasta que un buen día comenzaron las negociaciones entre ellos.

-Estoy loco por empezar a trabajar-

-Disfruta del descanso que te queda hijo, cuando empieces a trabajar no podrás ni respirar, porque en esos hoteles la gente trabaja como mulos, es verdad que ganan buen salario pero hay que trabajar-

-Bueno, eso si es verdad, porque la gente de la oficina donde voy a estar tienen siempre una cantidad de papeles sobre la mesa, que por favor la vida-

-Pero no sientas miedo hijo, que tú estudiaste para eso-

-No siento miedo mamá, pero si siento la curiosidad de saber si es tan difícil el trabajo como lo parece el estudio de mi especialidad-

-Ya tendrás tiempo para eso, ahora disfruta de tus vacaciones-

-Voy a ver a Nidia, para ver si damos una vuelta esta noche por ahí-

-Cuida a esa muchachita que es de oro-

-¡Mi amor!, llegaste-, Nidia siempre recibía a Erik como si hubieran pasado varios meses o años sin verse, se veía el amor en sus ojos cuando lo miraba y en todo lo que hacia que tuviera que ver con él, había sido su primer novio, su primer hombre, su primer amante, y estaba dispuesta a que fuera su único esposo.

-¿Cómo ha pasado el día, mi reina?-

-Esperándote, ¿no te me habrás corrido por ahí con otra, verdad?-

-No mi reina, yo soy tuyo nada mas-

-Ha bueno, entonces ¿Dónde esta mi besito?-, y así parecían un par de tortolos, mientras que en la habana.

-Tu pediste jamón y yo te traje jamón, ¿que te parece?-

-Es de primera, ¿tienes más?-

-Calma socio, calma, ¿para cuando quieres más?-

-Cuando tu tengas, me traes, yo siempre voy a querer, y mas si es de éste, ¿y queso?, ¿tienes posibilidad de queso?-

-Aquí está, escuchando la conversación, no te había dicho nada porque no sabia si te interesaba-, cuando el comprador vio el tipo de queso que era preguntó.

-¿Cuánto tienes de éste?-

-Tengo 2 pero ya están encargados, te vendo uno a ti y el otro a la persona que me lo encargó, no me gusta quedar mal nadie-

-¿A como te lo va a pagar esta otra persona?, yo te voy a dar 2 CUC por encima-

-En este mundo las cosas no funcionan así socio, yo quedo bien contigo y mañana cuando yo te diga, voy a llevarte mercancía, tu aunque venga quien venga, al precio que sea, me esperas a mi porque yo soy tu garantía, mientras que si yo un día, fíjate, un solo día, quedo mal contigo, mañana cuando te traiga mercancía me vas a decir que ya compraste porque no sabias si vendría o no; ves-

-Esta bien, pero en cuanto tengas me traes de las dos cosas-

-Como tú has aprendido conmigo muchacho-, le dijo Noel a su amigo mientras transitaban por la calzada del cerro.

-¿Viste?-, fue la respuesta que dio Rafael con tono de burla.

-Y bien, ¿quién es la homenajeada?-

-Es una mulatica linda que trabaja en la dirección nacional de vivienda, estoy viendo posibilidades, hasta ahora todo va bien, no muestra intereses, es inteligente, trabajadora, muy profesional en lo que hace, aunque no me gusta mucho la idea de que le esté partiendo por ahí la vida a la gente pero bueno, ese es su trabajo-

-¿Y que es, Inspectora de vivienda?-

-No, es una especie de jefa de algo que tiene que ver con lo de las construcciones ilegales y las ampliaciones esas que hacen la gente por ahí-

-Ya entiendo, ella es la que manda a los inspectores a poner multas por las construcciones ilegales-

-Bueno, a veces porque se hizo un mal trabajo en el departamento que otorga las licencias de construcción-

-¡Que bien!, si hasta hablas ya como ella, y eso que la conociste ayer-, dijo el conductor del taxi riéndose de su amigo.

-No te rías de mi jevita payaso, que te voy a romper un ojo-

-¡Siii!, ¿tu y cuantos mas, baboso?-, y se echaron a reír los dos, era evidente la confianza que existía ya entre este par.

Se disponía a salir rumbo a la habitación donde suponía encontraría a su padre cuando tocaron a la puerta de forma discreta toc, toc, toc.

-Adelante-

-Menos mal que estas aquí, me dijeron que habías llegado y me preocupó que no pasaras a saludar a los demás-

-No es nada padre, es que al llegar una joven calló en la piscina y me tocó sacarla, ya sabes, no voy a aparecerme frente a la familia todo empapado, así que me di un baño y ya salía para allá cuando tu entraste, ¿en que puedo ayudarte?-, esta última pregunta el joven la hizo ya con un tono más serio, se respiraba el respeto en el ambiente.

-Necesito que recojas a Alex y a su esposa, que el auto en que venían se ponchó en el camino-

-No es problema padre, pensé que sucedía otra cosa, pero si es eso, para mi será un honor, hace tiempo no veo a Alex-

-Bueno hijo, en ese caso, ve, que ese hombre debe estar ansioso-.

En la habitación, por otro lado Ignara le decía a su madre.

-Y cuando me sacó de la piscina mami, si lo hubieras visto, que lindo, que grande-, mientras su madre la observaba con tanta atención que, -No te digo mas, porque me parece que estas pensando, ¡que boba es mi hija!-

-No niña, como vas a pensar eso, yo seria incapaz de una cosa como esa, estaba pensando mas bien en cuando conocí a tu padre-

-¿Y como fue mami?, ¡cuéntame!-

-Nada, un buen día estaba en la playa, sabes cuanto me gusta nadar, pero ese día no sé que me pasó que me fui muy lejos y entre una cosa y la otra, cuando emprendí el regreso a la orilla se me encogió una cuerda, el dolor era casi irresistible, quedé casi paralizada, no podía mover por lo menos la pierna izquierda, y ya había tragado algo de agua por el susto y por el dolor, cuando de la nada, sentí unas manos que me sujetaron y una vos que no supe de donde salió que me dijo al oído.

-Si mantienes la calma, evitaras que nos ahoguemos los dos y podré sacarte de aquí-

-¿Y entonces mamá, que pasó?-

-Nada, me sacó del agua en brazos y me llevaron entre él y las muchachitas que estaban allí conmigo al hospital, y luego de salir del mal rato conversamos y fue cuando empezó todo entre nosotros-

-Que romántico ma-

-Si pero lo tuyo es mas bonito hija, porque es algo lindo, romántico y tiene su toque de ingenuidad infantil, y eso es lo que lo hace mas interesante, porque es limpio, es un amor puro, amor a primera vista-

-Hay mami, quien te oye dice que soy candela, que no puedo ver a un hombre cerca de mi-

-Jajajaja, no hija, quien me oye y escucha la versión de cómo se conocieron ustedes dirá exactamente lo mismo que yo-

-¿Qué nos conocimos, dices?, si ni siquiera pude decirle que estaba aquí con mis padres, se me hizo un nudo en la garganta que para que te cuento, me puse tan nerviosa-

-Hay muchacha, y cuando se lo dirás-

-Yo tengo mis trucos, esta noche voy a demostrarle a la tonta esa que se para en el espejo, que yo si sé luchar por lo que quiero-, mientras decía estas palabras se veía en sus ojos un brillo extraño, era la imagen decidida que ya ha emprendido y no se detendrá hasta cumplir su objetivos.

-Claro, que hay que ver como él lo toma-, esta otra frase borro por completo aquella imagen de su rostro y su madre no salía del asombro de ver como su hija era capas de transformar su carácter con tanta rapidez como lo hacia ella desde que era una niña, hay que tener en cuenta que estas personas no son personas volubles, son mas bien personas que saben ubicar su carácter de acuerdo totalmente con las exigencias de la situación.

-Y no me vas a contar lo que piensas hacer-

-No madre, esta ves no, este es mi propio problema, esta ves quiero resolverlo sola-, a la doctora Alicia le asomaron unas lagrimas a los ojos, vio en su hija a la Alicia de su juventud, a la joven decidida, a la joven que no teme a nada por su futuro, a la muchacha que se apasiona, pero que está segura de que todo saldrá bien porque ella sabrá como hacerlo.

- Alex, me alegra verle, ¿y usted como está Esperanza?, vine en cuanto mi padre me dijo de la avería del auto-

-No te preocupes muchacho, todo está bien, si Antonio hubiera traído su auto nada de esto hubiera pasado, menos mal que estamos aquí en la Isla porque de haber estado en la habana si me hubiera preocupado un poco, tu sabes que allá se puede esperar que cualquier cosa suceda en cualquier momento y que uno siempre tiene que estar preparado para lo peor, ¿me entiendes?-

-Alex, no le digas esas cosas al niño-

-No se preocupe Esperanza, mas o menos sé a que se refiere, y ya no soy tan niño-

-Si hijo, pero es que no me gusta que hablen de esas cosas, me asusta un poco cuando lo oigo hablar así, y para mi sigues siendo mi niño, así que estate tranquilito que bastante que me orinaste cuando eras de meses-, a Heiron esto le dio un poco de vergüenza y dijo.

-Esta bien, pero bueno, vamos, que los demás esperan y ya casi es hora-

Eran ya las 7:38 pm cuando entraron al hotel y casi sin percatarse junto con ellos hicieron entrada otro grupo de personas a las que Heiron no conocía, por lo visto también eran huéspedes que llegaban retrasados. Cuando se disponía a ir en busca de su padre, éste lo interceptó en el pasillo.

-Hijo, ven que quiero decirte algo antes de la cena-

-Si padre-, esto alarmó un poco a Heiron, nunca había visto a su padre comportarse de esa forma, y menos con él, entraron a la habitación de Raymond.

-Hijo, hoy vas a conocer a muchas personas que no sabias de su existencia, vas a saber todo lo que te será necesario para el futuro, no te pido que sigas mis pasos, ni que seas como yo, solo quiero que conozcas, y que sepas, en una ocasión hablamos y esa conversación quedó pendiente para un futuro, sé que todavía ese día no ha llegado, pero también sé, que algún día estarás convencido de porque hacemos lo que hacemos, somos lo que somos, y por que nos comportamos de esta manera y no de otra, por tanto, es preciso que conozcas a todas estas personas para que cuando llegue su momento sepas a quien dirigirte, y con quien puedes contar, hoy van a conocer a su familia, a su gran familia, que hacen, van a saber todo lo que quieran saber y todas sus dudas les serán aclaradas, por mi parte, creo haber hecho un buen trabajo contigo y estoy seguro que serás de mucha utilidad cuando por fin despiertes, ¿tienes alguna duda al respecto?, ¿algo sobre lo que quieras preguntarme?, creo que nunca te lo he dicho, y quiero aprovechar este momento en que solo estamos tu y yo para decirte que estoy muy orgulloso de ti-, mientras Raymond hablaba, Heiron observaba cada movimiento, cada paso, la postura, la forma de pronunciar cada palabra, grababa casi instantáneamente cada sonido, cada acción o cada gesto de su padre, pues para él era algo completamente nuevo ver la expresión que mostraba su padre en ese momento, aquellos ojos grises centelleaban, la vos se hacia cada ves mas grave y mas ronca, mantenía una calma constante sin variación alguna entre cada palabra, y no le perdía los ojos de vista, era como si estuviera mirando dentro suyo en todo momento, Heiron sentía que se le descubría el alma, sentía que su padre sabia a cada instante lo que él estaba pensando y entonces.

-Padre, ¿dice usted, sabrán, a que otras personas se refiere?-

-Me refiero a Ignara y a ti hijo mío, ustedes son el futuro de esta gran familia, han sido educados y preparados para esto, pronto lo sabrás, no te desesperes-

-Pero papá, como van a meter a esa niña en esto, es una niña, entiende-, Raymond volteó la cabeza para mirar frente a frente a su hijo, asomaba en sus labios una leve sonrisa, la cual fue interpretada por Heiron como señal de aviso para darse cuenta del descontento de su padre, pues él mismo solamente mostraba una leve sonrisa similar cuando ya era inevitable molerle los huesos a alguien.

-Es una niña que tiene tu edad, que es tan profesional como lo eres tú, tan inteligente como tú mismo, es una niña que sabe muy bien lo que quiere, que sabe exactamente como llegar a donde quiere, y por sobre todo, posee todos los conocimientos psicológicos, mentales y profesionales para ello, ¿entiendes de que clase de niña estamos hablando?-

-No sabía tanto de esta muchacha-, fueron las pocas palabras que pudo decir Heiron ante toda aquella explicación que acababa de escuchar, al parecer, no era él el único que había sido preparado durante toda su vida para esto.

-Pues entonces manténgase en su posición, para que vea las casas, aquí se juega al duro hijo, y lo mejor de todo es que todos sabemos que tu sabes para eso, porque preparado estás, anda vamos que ya nos deben estar esperando-, en realidad Heiron había entendido lo que su padre acababa de decirle pero lo que no tenia bien claro era cual era la segunda intención que tenia implícita.

-Niña, ¿estas ahí?, parece que ya se fue, ¡que raro que no nos esperó!-

-Alicia, te estas preocupando demasiado por la niña, ya está grande, además aquí ¿que le podría pasar?-

Dijo Rodolfo mirando a su alrededor y avistando a varios hombres que caminaban por los alrededores y que parecían a ojos vista huéspedes del hotel, cuando mas bien, en el fondo, ambos sabían que eran personas designadas para mantener el lugar seguro y que darían el aviso si sucedía algo inesperado, allí estaba todo debidamente planificado, que hacer, a quienes avisar, por donde van a salir, quienes saldrán primero que se va a decir, quien va a hablar, todo, estas personas lo tenían muy bien pensado todo, todos sabían quienes eran los que iban a estar en ese salón reservado, y se imaginaban que temas se hablarían allí dentro y por tanto no podían darse el lujo de permitir que algo saliera mal, pues de esa reunión dependía el futuro del bienestar de todos.

-Buenas noches, siéntense por favor-, por primera ves en su vida Heiron vio a cuantas personas importantes su padre tenia de su lado, entre las personas que allí estaban reconoció a un señor mayor, que le pareció, era el director de una empresa, solo que no recordaba cual, y a una señora de aspecto simpático que la había visto en una ocasión entrando en un auto a las oficinas del poder popular, también habían otras personas pero a estas no las conocía.

-¿Buenas noches Raymond, como esta usted?-, dijeron todos casi a coro ante el saludo, enseguida que se sentaron él y Heiron en los dos asientos que estaban dispuestos para ellos entraron un hombre alto muy serio, acompañado de una joven muy bonita que traía en una bandejita cervezas que fueron servidas en las copas de cada uno de los presentes, minutos después, cuando estos se hubieron retirado.

-¿Dónde esta Ignara Alicia?, ¿porque no esta aquí sentada con nosotros?-

-¡Pensé que ya había venido para acá!, enseguida la traigo, voy a buscarla-

-No es necesario, ya estoy aquí, disculpen la tardanza-, en ese instante todos asintieron con la cabeza en señal de aceptación de las disculpas que ofreciera la joven, pero Heiron se puso de pie al ver a aquella muchacha, a aquella joven hermosa que acababa de atravesar el umbral y serrado la puerta tras de si, observaba cada detalle de su impecable figura, aquel pelo cuidadosamente peinado que brillaba con la luz de las lámparas, sus ojos que resplandecían y saltaban a la vista por su belleza, ese vestido azul marino entallado al cuerpo, que definía la figura de una gran mujer, aquella vos capas de tranquilizar a la fiera mas salvaje y ese andar delicado, definitivamente Heiron había quedado tan sorprendido con aquella joven que para cuando la tubo enfrente y ésta le dijo.

-Mucho gusto, mi nombre es Ignara-, éste solo quedó mirándola y.

-Hei. Heiron-, fue todo lo que dijo, lo cual le dio total convicción a la joven de que todo saldría bien, por lo que.

-Me fascina tu elocuencia; Heiron-, dijo la joven con vos suave, pausada, tranquila, serena, pero firme, al mismo tiempo que lo miraba a los ojos directamente; Heiron nunca había conocido a ninguna mujer capaz de sostenerle la vista por tanto tiempo que no fuera su madre, pero esta joven no apartaba sus ojos azules de los suyos como si buscara algo en ellos.

-Siéntese, por favor, disculpe mi falta de cortesía-, dijo acomodándole el asiento que estaba vacío del otro lado de su padre; fue la mejor salida que encontró aún sin poder quitarse aquella mirada de encima.

-Gracias-

-Bueno, en este día los he reunido a todos porque hay cosas que quiero que sepan y otras que quiero que conozcan; aquí a mi izquierda tengo a la señorita Ignara, que aunque ya todos la conocen no hemos tenido la oportunidad de presentarlos a ella formalmente, a mi derecha tengo a mi hijo, todos lo conocen y sucede lo mismo que con Ignara, no les han sido presentados, pues bien; comenzaremos por Ignara-

Dijo Raymond con aquella inconfundible vos que a todos llamaba a la escucha, observaba cada detalle de las reacciones que provocaban sus palabras a los presentes con una mirada serena que imposibilitaba por completo que los demás se sintieran observados.

-La señorita como es sabido, es la hija de la doctora Alicia aquí presente, esta joven ha sido educada, y preparada con el objeto de observar, analizar, ganar terreno en cualquier aspecto, y entre otras cosas proteger-, entre tanto, Ignara no salía de su asombro al escuchar decir todas estas cosas que ni ella misma sabia que podía hacer, pero había algo en su interior que la hacia ver impasible, provocando aun más la admiración de los presentes.

-Y digo proteger refiriéndome al punto jurídico, ya que es graduada de derecho, y este es un punto que nos interesa a todos, Alex por su parte, se encargará en su momento de mostrarle como proceder en la especialidad, y así ella, haciendo uso de sus habilidades logrará vencer todos los obstáculos que se nos presenten en el camino; ahora bien Ignara, seguramente te preguntaras, ¿como es posible que seas capaz de tanto sin haberlo descubierto por ti misma?, es una pregunta normal, sucede que tu madre ha ido plantando en tu subconsciente con la ayuda de tu padre la idea de lo que debes ser, pues perteneces a esta familia y aquí todos debemos protegernos, ¿entiendes?-

-Si pero lo que no entiendo es como es posible que esto sea así, yo hubiera podido estudiar otra cosa, yo estudié derecho porque me gustó esa especialidad-, dijo la joven con aquella vos que denotaba inteligencia, muy en el fondo, ya de antemano ella sabia lo que Raymond le iba a contestar, en ese momento sin saberlo, Ignara había llegado al clímax de su preparación, al parecer, necesitaba una ultima emoción fuerte para tomar posesión de lo que era, pues tenia todos los conocimientos, poseía la habilidad, pero aun no sabia como hacer uso de ella, y en estos momentos, ya su cerebro funcionaba sin mayores dificultades como la mejor computadora, analizaba cada gesto, cada detalle, escuchaba la vibración de las palabras y a través de ellas podía definir el comportamiento de la persona, lo que la hacia capaz de anticiparse a lo que fueran a decirle.

-Es cierto, pero créeme cuando te digo que tu interés por la carrera fue inducido por tus padres, y para que no me preguntes, ¿como es esto posible?, si tus padres, una es doctora y el otro es profesor de filosofía de la universidad, te he traído una pequeña prueba para que te descubras y comiences a creer en ti-, le entregó un papel con unas líneas que ella leyó con rapidez, la nota contenía la descripción física, económica, y social de uno de los presentes que acababa de conocer, su tarea era convencerlo de aceptar un trato, pero lo que Ignara desconocía por completo era que éste sujeto tenia instrucciones de no dejarse convencer bajo ningún concepto, ella no miró a nadie, no era necesario, ya había visto lo suficiente como para saber por la descripción que el cuarto hombre a su derecha de la mesa era la persona a la que debía convencer, lo curioso era que nunca se había detenido a pensar sobre su capacidad de análisis, su facilidad de expresión y eso sin contar con su poder de convencimiento.

-Por otro lado está Heiron, mi hijo, éste joven ha sido educado, y entrenado para, ayudar, defender, proteger, analizar, estimular, alentar, observar, comprender, actuar en el momento de la acción, decidir, e incluso hasta para matar si fuera necesario por las personas queridas, pues sucede que los tiempos van cambiando, las calles están revueltas, y entonces se hace necesario que la juventud que en un futuro se hará cargo de nuestros asuntos esté bien preparada, es graduado como contador, su habilidad en su profesión nos ayudara sobre manera a desarrollar nuestros intereses, claro, eso será en su momento-, concluyó Raymond mirando a su hijo como esperando que éste dijera algo.

-Suponiendo que yo decida asumir ésta gran responsabilidad de la que se está hablando, pregunto, ¿ustedes creen que el gobierno nos va ha dejar hacer lo que nos de la gana así y ya?, ¿ustedes piensan que la seguridad del estado no estará todo el tiempo pisándonos los talones?-, todos los presentes se miraron, sabían que el muchacho estaba claro de lo que decía.

-Felicitaciones hijo, creo que esta nota aclarara tu preocupación-, el joven leyó con detenimiento la nota y luego la dobló lentamente, como analizando lo que en ésta se planteaba, mientras escuchaba que se hablaba de otros temas que no los incluían a ellos dos, pero que si tenían que ver con el desarrollo de la economía de la familia como lo llamaba su padre, tampoco necesitó buscar entre los presentes, llevaba suficiente tiempo en aquella sala como para saber de quien se hablaba por la descripción física que le habían dado.

-¿Entonces, te gusta el hotel donde te pusieron?-

-Bueno, es un lugar muy agradable a la vista, las persona aparentemente también lo son, ahora hay que ver hasta que punto eso es verdad, tu sabes que las personas no siempre son lo que parecen, por lo demás, para lo que yo quiero me sirve-

-Ten cuidado mi amor, no has empezado y ya me preocupas-

-No te preocupes mi vida que todo saldrá bien, además, ¿que puede salir mal?, si lo único que voy a hacer es trabajar con números y documentos-

-Erik, te conozco y sé que no es solo eso lo que piensas hacer, pero de todas formas cualquier cosa que hagas sabes que puedes contar siempre con mi apoyo-, conversaban Erik y Nidia, la chica se preocupaba, pero sabía que su novio era lo suficientemente inteligente como para salir sin dificultades de cualquier situación que se le presentara.

En el Hotel Colony, se seguía hablando de negocios, de cosas importantes y se le propuso a uno de los presentes, hacer algo con respecto a una inversión que implicaba tomar parte de los inventarios de la empresa donde trabajaba como director, éste por su parte, planteó sus argumentos para evitar la inversión, pues basándose en lo que había planteado Heiron, suponía un explote por la cantidad de productos que se debían transportar, Raymond trató de llevarlo al convencimiento diciéndole.

-Tenemos personal en el puerto y en la empresa de camiones que transportaran la mercancía-, éste señor entonces planteo.

-Los GPS ahora se están convirtiendo en un problema, pero además, no veo la ventaja de ese negocio para la familia, Raymond-, y en realidad era un negocio que surtiría muchísimas ganancias y Heiron lo sabia, porque su padre en dos o tres ocasiones le había pedido sacar algunas cuentas para el análisis que llevaba meses haciendo, claro, esto el hombre no lo sabia, el pensaba que era solo un negocio planteado como prueba, donde él con toda seriedad debía presentar todos los argumentos necesarios, los habidos y los por haber para rechazarlo, esa era su instrucción, a menos que le presentaran argumentos irrefutables que lo convencieran, al fin y al cabo él también era un contador, y había sido auditor por varios años antes de asumir la dirección de la empresa donde se encontraba en ese momento trabajando, y fue entonces cuando.

-Disculpe usted González, me parece que debe usted reconsiderar la posibilidad de hacer esta inversión, comprando esta cantidad de mercancía, podemos dejar como deposito de pago unos kilos, lo cual se vendería y distribuiría en el comercio de la calle aquí mismo, el resto seria transportado para la habana, y una ves que se haga la venta pues, tan felices como siempre, como que por otra parte está la parte de la transportación, ésta es segura, el puerto no es problema, y los GPS también son manejables, estoy seguro de que tenemos o tendremos gente también para eso-

-Y quien me garantiza entonces que en caso de auditorias no habrá situación conmigo-

-¡Yo se lo garantizo!-, esta frase la dijo con un tono que impresionó a todos los presentes, ya que les pareció escuchar al mismo Raymond por mediación de éste joven que hablaba en ése momento con tanta seguridad, -Me encargaré personalmente de efectuar los análisis económicos pertinentes, de forma tal que su contabilidad quede totalmente limpia, y de que estos inventarios desaparezcan de la misma antes de salir de la empresa, así usted no tendrá problemas en caso de ser auditado en un futuro próximo o lejano-

-En ese caso se pudiera valorar, pero de todas formas está el tema de la documentación de la mercancía-

-De la documentación me encargo yo-, dijo Ignara de forma espontánea, se había mantenido escuchando y estudiando cada palabra, al mismo tiempo que analizaba de forma casi instantánea cada paso de la situación, sabia para ese momento las palabras exactas que decir, estaba ya convencida de que todo lo que había escuchado sobre ella misma era cierto y veía con claridad como una película toda la situación que se acababa de exponer y por tanto, -Los camiones tendrán los conduces en orden, los vales de salida de almacenes estarán claros, las facturas se fiscalizarán por el compañero para mayor seguridad-, dijo señalando a Heiron; -En cuanto a la transportación marítima, la ampararemos con un documento jurídico legal para ser presentado en caso de emergencia, de todas formas, como todo estará bien coordinado nada puede salir mal, ahora bien, usted debe mantener una conducta intachable en su trabajo como hasta el momento, su nivel de vida no debe disminuir en nada, y debe mantenerse realizando todas las actividades a las que está acostumbrado, para así evitar levantar sospechas sobre su persona, recuerde que la sencillez es su mejor arma, y que la modestia es su fortaleza-, Ignara hablaba, hablaba, y decía tantas cosas sin parar, con su vos cadenciosa y suave, de forma tal que todos para cuando hubo terminado, quedaron convencidos de que había que hacer la inversión, incluyéndose ella misma.

-En ese caso, parece que está todo pensado y planificado, haremos la inversión-

-Bueno señores, ya que todos han escuchado, les diré que éste negocio es real, que acaba de ser resuelto por estos dos jóvenes, y que yo llevaba dos meses analizándolo, pero siempre me quedaban uno o dos cabos sueltos, y sin embargo, ellos han resuelto todo sin dejar nada suelto en solo 55 minutos, que es lo que llevan en ésta sala-, Alex, Antonio, Alicia, Alejandro, Ernesto, e Iván, habían tomado nota de todo lo que les correspondía hacer a cada cual, pues ellos eran los encargados en éste tema de resolver lo que habían planteado los muchachos para que el negocio saliera bien, Alex, la parte documental y legal, Antonio, todo lo referente al puerto, Alicia establecería los contactos en la habana, Alejandro se encargaría de los GPS y de los camiones, Ernesto de toda la parte contable, e Iván se encargaría de la policía.

-Es a eso a lo que me refiero hijos míos, ustedes son la fusión de la lógica y el razonamiento, con todo lo que eso implica, ustedes son lo que acaban de hacer, son especialistas del análisis, especialistas en sus diferentes especialidades y además, son imparables cuando trabajan en equipo, es por eso que no se conocieron nunca hasta hoy, no queríamos que se distrajeran de sus propios asuntos, así que esperamos lo mejor de ustedes, son nuestro orgullo, sin menospreciar a los demás hijos de la familia que están afuera, pero que no se mezclaran con éstos temas hasta que no sean mayores y se sepa que les corresponderá, ustedes dirán-, a la doctora Alicia le brotaron lagrimas de los ojos, veía en su hija su imagen de la juventud, la veía reluciente, segura, sin temores, y eso la llenaba de orgullo.

-Yo, por mi parte, quisiera saber, como es este tema de la familia, ¿como es que somos familia si nunca nos habíamos presentado?-, todos rieron mirándose entre sí.

-Es simple apreciación niña, nos sentimos como una familia porque confiamos unos en los otros y ninguno, escucha bien, ninguno de nosotros nos traicionará nunca, es por eso que somos una familia, tu familia, ¿entiendes ahora?-

-Bueno, pues entonces todo está dicho, estoy dentro-, y esto lo dijo sin pensarlo dos veces, Ignara tenia un gran sentido de lo que es la familia, de lo que es respetar y cuidar a los suyos, y en ese momento sentía que debía estar al lado de aquellas personas, aun cundo a algunos los acababa de conocer.

-¿Y tu, hijo?, ¿nos das una mano?-

-Siento que todavía no estoy listo para esto-

-Bueno, si tu lo dices, nosotros te apoyamos-, y dijo esto pasando la vista sobre los presentes, los cuales asintieron sin problema alguno.

-Hijo, todos los presentes tenemos nuestras propias razones para estar aquí, solo espero que tu convencimiento no sea muy doloroso, pero en fin, aquí estas, entre los tuyos, y siempre serás bien venido-

-Una ultima pregunta, ¿Cómo lo logran sin tener problemas con la justicia?-

-Hijo, cada país tiene sus propias leyes, y sus propias costumbres de acuerdo con su idiosincrasia, que no exime a nadie de defender sus propios intereses, esto sin importar raza, color, credo religioso, nivel social, ni ocupación, ya sea política o laboral, por lo que nosotros no nos mezclamos, ni con la política, ni con las leyes, claro, siempre mantenemos la ley de cerca, pero es solo para ver hasta donde cumplirla, y en que medida utilizarla en nuestro beneficio, evitando incumplirlas al máximo, por lo demás, lo otro se resuelve con dinero, pues desgraciadamente, todos tenemos problemas financieros, lo cual no excluye a nadie, ni a nosotros, esto también es contigo Ignara.

-¿Y si no existiera este gran problema financiero?-

-Pues sencillamente fuéramos más libres de hacer lo hacemos, seriamos más respetados, y no tendríamos que vernos tan esporádicamente, porque entonces habría menos presión sobre las personas y se podría vivir de otra manera, pues habrían entonces otras necesidades, intenta vivir como un trabajador común y veras como sentirás la necesidad de ser parte de lo que acabas de ver, ¿dime que trabajador común tiene la cobertura de comprarse un auto de segunda mano con su salario de toda la vida antes de morirse sin privar de muchos beneficios a su familia?, ¿dime quién puede salir de este país a pasar sus vacaciones en cualquier otro con su salario?, ¿dime cuantos meses de salario debe acumular una persona para poder comprar un buen par de zapatos para sus hijos, pagando luz, agua, créditos sociales y comida?, dime hijo, dime, ¿Por qué si yo pagué por un refrigerador IMPUT en un momento dado cuando no pensabas ni nacer, hoy tengo que entregar mi IMPUT y además pagar otros $7000.00 pesos, si mi salario es solo de $500.00 pesos?, ¿dime por qué tengo que comprar el aseo personal nuestro y pagarlo en una moneda que no es en la que me pagan?, ¿tu sabes por que?, entonces hijo, cuando te contestes todos esos por qué, entenderás porque estamos aquí-

-No puedo creer que sea así, no puede ser-, Heiron en ese momento se expresaba con tanta claridad y convicción que todos lo miraron con cierta reserva, pero por tratarse de quien se trataba no se preocuparon demasiado, pero lo cierto era que al joven le costaba creer que todo lo que su padre le decía funcionara de esa manera.

-La verdad es dura, pero es la verdad-, y en ese momento quedó concluida la reunión; al salir, todos se fueron presentando con grandes demostraciones de afecto, y a medida que los iba conociendo iba descubriendo que parte le correspondía a cada cual dentro de la familia y fuera de ésta, y pensaba él.

-Por lo visto mi padre durante toda su vida se ha dedicado a los negocios, y todas estas personas forman parte de todo lo que cubre, oculta y limpia su imagen, es verdad que hay que tener cabeza para lograr esto y mantenerlo sin dificultades durante tanto tiempo, solo espero que nunca halla problemas, tengo que hacer algo, pero que, eso es lo que no sé-

-Bueno Heiron, ha sido un placer conocerte, no entiendo por qué dudas tanto en formar parte de lo que te ha dado la vida y mas ahora que lo sabes todo, discúlpame si soy entrometida-, a la joven Ignara le provocaba cierta nostalgia el hecho de pensar que Heiron no participaría de sus acciones, se habían visto tan bien los dos trabajando juntos, la coordinación de sus ideas había sido tan sincronizada, que parecía que siempre lo habían hecho, eran la combinación perfecta para esto.

-No me cuesta trabajo asumir mi responsabilidad, lo que me cuesta trabajo es creer los límites que a alcanzado la corrupción, a llegado hasta tal extremo que las personas son capaces de cualquier cosa por dinero,

¿donde están los principios?, ¿donde esta la razón?, ¿que pasó con los ideales?, ¿en qué estamos cayendo?, eso es lo que me cuesta trabajo aceptar, yo confió en la dignidad de las personas, amo la paz, pienso que utilizar estos conocimientos que la he adquirido a lo largo de estos años para mi beneficio propio, creo que no sería justo-

-No recuerdo que tu padre haya dicho que seria justo, pero además resulta ser, que para algunos, no es así, y por eso es que estamos como estamos, date cuenta que hoy el trabajador promedio pasa mas trabajo que cualquiera que está sin trabajar inventando en el mercado negro, tampoco que te conviertas en un vago habitual, solo se trata de sobrevivir haciendo tu aporte, por una parte contribuyes en pago de tus conocimientos con tu trabajo, y por otra parte te ocupas de tus asuntos personales con la clara idea de que tus problemas son tuyos y no le interesan a nadie que no sea tu familia, nosotros, es lo que tienes que ver de todo esto, además, todos en esta sociedad viven así-

-Si, yo sé que la gente hace negocios en la calle, pero esto es diferente, esto es prácticamente defalco-

-¿Y tu crees que en las demás empresas no se hace igual?, fíjate en los directores, en los económicos, en los administradores, en los almaceneros, en esas personas que trabajan en empresas donde se manejan recursos que se pueden convertir en dinero con facilidad, vamos, no quieras tapar el sol con un dedo, no sé hasta que punto la familia tiene dominio sobre las empresas de este lugar, pero me imagino que en la habana, que es mas grande, el dominio sea mayor, incluso supongo que hasta existan otras familias y se transfieran ganancias entre ellas o se hagan negocios de conjunto donde todos salgan beneficiados, supongo que me entere mas adelante, pero piensa en eso, si no somos nosotros, son ellos, y no se tu, pero yo pienso que es preferible no pasar trabajo y poder ayudar a quien te necesite, que no poder ayudar a nadie porque estas tan embarcado como el que necesita ayuda, pero además, desde tu posición es fácil ver los defectos de la vida, también yo le agradezco haber tenido la oportunidad de estudiar, pero no dejo de reconocer que con un salario de $400.00 pesos o $500.00 peso no se vive, y que este vestido cuesta CUC 78.75 pesos convertibles y no te voy a hablar de los zapatos, son vía uno-

-En eso tienes razón y yo soy un hipócrita por pretender ser quien no soy sabiendo todo lo que hace mi familia y beneficiándome de esas cosas-

-No lo veas de esa forma, tu solo acepta la realidad-

-Discúlpame Ignara, me gustaría mucho que habláramos mas, pero necesito analizar esta situación que es imparable en otro momento, en otro lugar, porque me voy a volver loco-

-No te martirices mas, relájate, toma, tomate mi cerveza-, Ignara sostenía la mirada de Heiron sin apartar sus ojos, hablaba con tanta calma que el joven se sentía tranquilo al lado de ella, sentía que estaba entre personas normales; bueno, eran personas normales, lo que poco comunes, ella por su parte se sentía en el aire, sentía como que su sueño se estaba haciendo casi realidad, se sintió maternal, bailaban sin escuchar la música, en ese momento solo importaban ellos dos, no escuchaban nada, ni a nadie, ambos sin decir nada querían que ese momento no terminara nunca, sentían el calor de sus cuerpos, sus respiraciones, eran uno solo y ahora estaban allí, Heiron no se atrevía a expresarle sus sentimientos, por respeto, a sus padres y mas a ella; y ella pensaba.

-¿Cuando me dirá que siente algo por mi?, ¿cuando me dirá que quiere que seamos una linda pareja?, es una lastima que no me diga ni que lindos ojos, pero por lo menos me abrasa, me aprieta fuerte con mucha delicadeza contra su pecho, siento todo lo que siente por mi, y eso me tranquiliza, porque sé que algún día me lo dirá-, mientras que él.

-Ella es la joven de aquella noche, es la muchacha de la piscina, es sumamente inteligente, admiro a la mujer inteligente, se preocupa por mí, y apenas nos conocemos, siento tranquilidad a su lado, es la que me gusta, es la hija de Alicia ¡Oh!, ¡es la hija de Alicia!-

10:00 am Cayo Largo del Sur, se escucha, -Pasajeros que tomaran el vuelo con destino a la habana, favor de presentarse en el salón de ultima espera.

-Bueno hermanito, que tengas un buen viaje-

-Te llamo cuando esté en la casa-, y al llegar a la habana, en el aeropuerto de Playa Baracoa.

-Orlando, él es Noel, el muchacho de quien te hablé, Noel, él es Orlando el amigo mío que trabaja en el cayo-

-Mucho gusto, que tal el viaje-

-El gusto es mío, pero el viaje no termina hasta que no estemos en lugar seguro, así que vámonos de aquí, pareces mas joven en persona que por teléfono, yo pensé que eras un puro-

-Ya somos dos, yo también pensaba lo mismo de ti-

-Oigan, dejen el romanticismo y vámonos-, cuando llegaron a la casa de Rafael que abrieron el maletín.

-Ahí deben haber mas o menos como 20 libras de carne de res, lo que está en la cajita es lo que tu sabes, mañana hay que ir al aeropuerto a buscar otra cajita feliz, ¿tienes los compradores?-

-Si, ya eso está seguro-, dijo Noel, -Bueno pues en cuanto terminemos de desempacar esto nos vamos para salir de todo hoy mismo, lo que viene en ese otro paquete es para ustedes, así no nos comemos la inversión-

-Esta bien, no te preocupes-, y así era como poco a poco este trío se iba solidificando, ya habían hecho negocios juntos en otras ocasiones y en estos momentos ya tenían un capital bastante bueno, y podrían seguir adelante sin dificultades, lo único que les hacia falta era que Orlando no tuviera problemas con el trabajo, por otro lado, Noel ya tenia coordinado hacer una inversión en unas mercancías que llegarían la semana próxima de la isla de la juventud, y había previsto de ante mano quienes iban a ser las personas que se quedarían con todo, lo cual les daría a ellos buenas ganancias, permitiendo que Orlando pudiera tener mas soltura en el cayo para hacer otras inversiones.

-¿Cuantas libras?-

-Yo quiero 10 libras, pero ¿te queda más?-

-Dime, ¿Cuántas más quieres?-

-Es que mi hermana me había dejado un dinero para 5 libras más-

-Hecho-

-Yo quiero 10 libras-

-Me quedan 5 nada más, pero si quieres puedes quedarte con un tubo de jamón-

-Está bien, me encanta el jamón-

-Aquí te traje el jamón y el queso que me pediste-

-Verdad que con ustedes siempre se queda bien-

-La calidad del servicio es la que garantiza a los buenos clientes-

-Siempre que tengas, ven por aquí-

-Ok-

-Bueno hermanos, a contar dinerito-, dijo Rafael con la sonrisa en toda la expresión del rostro.

-Que baboso te pones papo-

-Orlando soltó la carcajada y los tres se echaron a reír, Noel tenia la habilidad de hacer reír a cualquiera, porque decía las cosas con cierta gracia, pero con una expresión ligeramente seria en el rostro, que era inevitable la risa si el estaba presente, y así transcurrían los días, unos por un lado hacían su parte, otros le pagaban a quienes correspondía, otros recibían lo que les tocaba, y otros pensaban para que todo saliera bien, había tal conexión entre estas personas que difícilmente algo pudiera salir mal, hasta que un buen día.

-Chofer, ábreme aquí que si doblo contigo me quemo-, Orlando vio el auto de la policía parqueado a la salida del hotel y a uno de ellos que se posicionaba para detener y revisar el ómnibus donde éste venia, por lo que al abrirse la puerta saltó con este en mismo en marcha, sin detenerse, aprovechando la oscuridad de la noche y que la luz deslumbraba a los policías al doblar, se internó por un sendero a un costado del manglar a toda velocidad con su mochila al hombro sin mirar a tras, atravesó la manigua saliendo a la orilla de la carretera, podía ver todavía el resplandor de la luz del ómnibus detenido, continuó la marcha con un trote regular, lo que le permitió avanzar unos cuantos metros después de la curva que había a continuación de la entrada del hotel, allí se puso a cubierto para no ser visto en caso de que el auto policial pasara primero, lo cual sucedió, y una ves que se vio casi fuera de peligro, esperó a que pasara el ómnibus para hacerle señas y abordarlo nuevamente.

-Oye muchacho tu si que te mueves rápido, ni te vi pasar-

-Tranquilo chofe, si yo te digo para, tu paras, que después yo te alcanzo, lo único que quiero es que no me dejes botado por ahí-

Y en la habana, -Esto es todo-

-Aquí esta el moni, cuéntalo-

-No es necesario, ¿hay confianza no?-

-Si, hay confianza, pero el dinero es para que sea contado, y las cuentas claras conservan amistades-, y me voy pá la calle, sonó el celular de Noel con ese tono musical que a él le gustaba, -Si, ya esta aquí, gracias por todo, siempre es un placer hacer negocios con usted-

-¿Que vuelta mío?-

-Tengo que presentarte en cuanto tenga un chance a esta mujer que me llamó para que la conozcas, no valla a ser que un día me de un patatún y entonces te mueras de hambre-

-¿Que mujer chico?, no me digas que otra jevita-

-Bueno, no es jevita mía, pero si es una mujer que en su juventud debió haber sido una cañón, aunque todavía se le puede hacer algo-, y del otro lado de la línea que acababa de cortar la comunicación con Noel.

-Ya la mercancía llegó a destino seguro-

-¿El muchacho es de confianza?-

-Hasta el momento nunca ha quedado mal conmigo, es un muchacho correcto, hasta en ocasiones he pensado en presentártelo como uno mas de la familia, tiene potencial, tiene muchísima chispa, y no pierde tiempo-

-Esta bien, luego vemos eso, de momento, ve que todo esté como es debido-, y se cortó la comunicación.

Santiago de Cuba

-¿Cómo te fue hoy?-

-Bien, el trabajo no es tanto nada, los primeros días si me atacaba un poco pero como ya tengo más práctica voy mejorando y lo tengo todo al día-

-Vas a llagar lejos hijo, sigue así-, Erik había trabado amistad con uno de los almaceneros del hotel donde estaba haciendo las practicas y había resuelto por mediación suya un paquete de café cubita y se lo había llevado a su madre, pues sabia que le encantaba éste café, las cosas para él comenzaban a tomar ya, el camino que quería.

-Buenos días-, contesta Heiron el teléfono de su casa.

-¿Cómo estas?-, aquella pregunta le dio un giro total a su mañana, en ese momento sintió la emoción en aquellas breves palabras y fue acogido por una alegría extraña, pues sabia que del otro lado de la línea quien le hablaba era Ignara.

-Bien, dentro de lo que cabe, sabes como me siento con toda esta situación-

-No voy a hablar mas de ese tema contigo, sé que eres mas inteligente que yo o que por lo menos analizas mejor las cosas, así que solo me limitare a esperar como lo hacen todos, de momento solo me preocupa ¿como estas tu?, en lo personal-

-Bueno, en lo personal estoy bien, mi vida no es una vida cargada de emociones, ni de grandes cosas que contar, soy más bien uno más entre tantos-

-No hables así, sé como te sientes, es una lastima que no estemos frente a frente, para decirte todo lo que estoy pensando en estos momentos-, el tono de la vos de Ignara había variado tanto que Heiron en un momento pensó que hablaba con la doctora Alicia, pero al mismo tiempo, por la expresión de Ignara se daba perfecta cuenta de que la joven estaba molesta.

-No me hagas caso, no tienes porque ponerte así-

-¿Así como?, no tengo nada, estoy contenta de ver como tiras toda una vida por la ventana-

-No estoy tirando la vida por la ventana, estoy analizando para evitar que la vida se me escape de entre las manos-

-Bueno, si tu lo dices, yo no soy nadie para meterme en tus asuntos, y soy mas bien una tonta por pensar que en algún momento pudiera interesarte lo que yo pienso-, estas palabras fueron palabras salidas del corazón de una mujer que siente que su hombre esta dejando escapar su vida.

-No digas esas cosas, no sabes lo importante que eres para mi-, y estas fueron palabras salidas del alma de un hombre enamorado que siente que debe guardar silencio sobre sus sentimientos y que sabe que la mujer que ama esta sufriendo por su causa, pero que al mismo tiempo se siente entre el dilema de la conciencia y la razón.

-¡Buenos días a todas!; ¿Cómo van las cosas, por aquí?-

-Todo bien, ¿Qué hay de nuevo?-

-Nada, pasamos a verlas y a traerte algunas cosas-

-Tu amiguito no pierde tiempo-

-Tú sabes como es él, ¡cuando se trata de dinero!, la piensa en grande-

-Eso es bueno-

-Noel, ven acá un momento, disculpa que te interrumpa en la mejor parte-

-Dime, ¿Qué hay que hacer?-

-No hay que hacer nada muchacho, ya con esto has hecho bastante, tanto así que puedes servirte cuanto gustes que la casa invita, solo quería saber si ¿te van a traer mas mercancía de esta?-

-Eso no te lo puedo garantizar, pero si te garantizo que en cuanto me traigan la primera carga es tuya; en cuanto a lo otro te lo agradezco pero en estos momentos me pones en una situación difícil y es mejor que pase para no complicarme la existencia-

-Bueno, esa ya es tu decisión, de todas formas sabes que Estrella siempre esta dispuesta para ti-

-Gracias pero mejor me tomo una cerveza y converso un poco con las muchachitas, después de todo, no todo se resuelve en el cuarto-

-Como tu quieras, ahora déjanos solos para que hablemos de nuestros asuntos, ¿quieres?-

-¡Pero si yo no los llame a ustedes!, ustedes me llamaron a mi, de todas formas los dejo solos para que se pongan babositos como a ustedes les gusta, chaoo-, y en cuanto salió Noel de la amplia cocina se empezaron a escuchar las risas y la vos de este haciendo cuentos e historias que hacían reír a todas la chicas, e incluso hasta ellos se reían en ocasiones de las cosas que se le escuchaba decir.

-¿Y bien mi vida?, ¿que mosca le pico a este niño ahora?-

-Nada, la cosa es que está medio metido con una muchacha que conoció el mes pasado y mas o menos las cosas entre ellos van, y es por eso

que está así, tranquilito, por lo menos lo veo mas concentrado en lo suyo y eso es bueno para todos, yo por mi parte me siento tranquilo con que se sienta bien-

-Me alegro, al menos encontró a alguien merecedor de un muchacho como él, ya quisieran muchas encontrarse a uno así-

-Bueno tú por lo menos ya tienes el tuyo-

-Gracias mi amor, ¿debo sentirme alagada con eso?-

-No me hables de esa forma mi reina que sabes bien que vivo para ti-

-A tu manera, claro-

-No discutamos por eso, mejor hablemos de otra cosa, disfrutemos de este tiempo que tenemos para nosotros, por favor, estoy agotado y solo aquí me siento bien, ¿quieres?-

-Haces esto porque sabes que yo si vivo solo para ti, pero, ¿alguna vez te has preguntado si yo deseo tener una familia?, ¿te has preguntado si yo quiero seguir durmiendo sola en espera de que Rafael aparezca por esa puerta cargado de cosas?, en ocasiones no quisiera que vinieras cargado de cosa para mi o para este negocio que me has ayudado a mantener, me conformaría con que me dijeras, vamos a sentarnos en el malecón esta noche solo tu y yo mi reina, que pasáramos la noche juntos y luego al caer la tarde llegues a casa, tener la certeza de que no te iras más, de saber que estás seguro a mi lado y que todo este amor que siento por ti es reciproco, me siento sola Rafael, ¿puedes entender eso?-, la india hablaba con el corazón entre sus manos, Rafael nunca la había visto llorar, nunca ella le había dicho tantas verdades juntas en su propia cara, Rafael se sentía más que ofendido, asombrado, se daba cuenta de cuanto lo amaba esta mujer, le acaricio en la mejilla, esta apartó el rostro y él la tomo en brazos, la llevó hasta la habitación contigua y se tendió a su lado acariciándola y secando con besos sus lagrimas, mientras que con vos suave, como nunca, le dijo al oído.

-No me volveré a ir de tu lado, desde hoy vivirás conmigo, vendrás aquí en el día solo para atender el negocio, me llamaras cuando termines para pasar a recogerte, serás mi esposa; ¿Estas de acuerdo?-, tras estas palabras, la india no salía de su asombro, no dejaba de llorar de forma incontenible, lo abrasaba, lo besaba repitiendo tras cada beso.

-Te amo, te amo-

-Muévete mío que estamos atrasados-

-No te preocupes que de salir limpio de aquí me ocupo yo-, el cargamento de carne y pollo que llevaba Erik era algo serio por la cantidad, pero él sabia que no era nada que no pudiera resolver con unas pocas cuentecillas bien hechas, ya en este momento la situación de éste iba sobre ruedas y avanzando a pasos de gigante, estaban en los comienzos del alza turística y sabia que todo mejoraría según avanzara el tiempo, demostraba cuanta capacidad de análisis tenia, sus facultades a cada paso dejaban asombrados a sus compañeros, él por su parte de forma muy modesta se limitaba solo a observar y a preguntar, así ganaba en conocimiento, entre tanto su capital continuaba creciendo, estaba seguro de que pronto podría empezar a comprar las cosas que le hacían falta para su casa, al fin y al cabo, esa era su meta.

Isla de la Juventud

-Pero papá, entiéndeme, no puedo ser como tu, tengo que ser yo-

-No quiero que seas como yo, quiero que seas tú pero que dirijas lo que con tanto esfuerzo he forjado para ti-

-Ahí es donde está el problema precisamente, que quiero que usted deje eso papá, el día menos pensado algo va ha pasar, ¿y entonces?-

-Nada hijo, cuando pase algo estará toda la familia lista para hacer lo que haya que hacer-

-Pero padre...-

-Nada de peros, sabes bien que tengo razón, lo que no tienes bien claro es cual es mi razón-

-Bueno si, sé que la situación en el país está algo difícil y que las personas en ocasiones tienen que inventar mas de cuatro cosas para poder seguir adelante, pero no hasta el extremo que llega esta familia-

-No es ésta familia hijo, es tú familia, mi familia, no olvides eso-

-Esta bien, mi familia, ahora bien y cual es exactamente tu razón padre, impresióname-

-No tengo que impresionar a mi hijo, mi hijo es quien me debe impresionar a mi, cosa difícil-, el tono de la vos de Raymond se agudizó violentamente, por lo que Heiron enseguida.

-No se moleste conmigo padre, fue solo una expresión, discúlpeme usted-

-Veras hijo, no es un problema el hecho de que no quieras aceptar las cosas como son, tampoco es un problema que quieras vivir como todo un ciudadano común, al contrario, me alegra que así sea, de todas formas siempre serás mi hijo y siempre te estaré observando por si te hiciera falta algo, pero para que todo sea como tu quieres deberás hacer tu vida solo, eres ya todo un hombre, tienes un trabajo, y tienes a tu padre que siempre te va ha apoyar en todas tus decisiones aunque no sean las mas adecuadas, por tanto, aquí tienes la llave de un apartamento que te compré en La Fe, allí vivirás, harás tu vida, y te probaras a ti mismo y a mi que si se puede vivir como tu dices, pero antes de que eso suceda hijo mío quiero que te vallas conociendo toda la verdad, toda la historia de tus ancianos, quiero que sepas quienes fueron los padres de mis padres, mis padres, que son tus abuelos y quien es tu padre y cual es la razón por la que soy quien soy, siéntate-, éstas palabras salían de Raymond con tanta calma y con un sonido tan agudo que Heiron tenia la convicción de que lo que iba escuchar era algo que solo su padre y su madre conocían, era la historia de su familia original, por lo que tomó asiento y sin pronunciar palabra alguna se limitó a escuchar.

-Mi padre, Samuel, no era nadie, era simplemente un muchacho que un buen día, en un safari en la India, fue recogido y acogido en el seno de la familia de Sir Thomas Gridson, que es el hombre de la pintura del cuadro que está en mi cuarto, éste señor recogió a mi padre en la puerta de su tienda una noche en que cuando todos dormían, hubo un ataque de tigres, en medio de la confusión uno de los tigres se había llevado a la madre de éste y su padre, mi abuelo, sin basilar se acercó a la tienda y en un ingles casi inentendible por el nerviosismo le dijo al señor que salía-

-Cuide de mi hijo mi señor, yo voy en busca de la fiera que me arrebato a su madre-

-Sir Thomas, era un hombre de gran corazón; quiso ir con el hombre, pero éste se lo impidió diciendo-

-Mi señor, usted solo cuide de mi hijo, así mi familia no morirá mientras él viva, mi dios y su Dios lo protegerán a usted y a los suyos-

-Sir Thomas tomó al pequeño en brazos, lo acomodó en la tienda donde dormía y se posicionó en frente con su fusil con la firme decisión de que a ese pequeño no le pasaría nada mientras él viviera; el padre de la criatura nunca regresó, el niño fue llamado Samuel, eso fue en septiembre 1921 mas o menos-

-Entonces, mi abuelo fue adoptado por éste señor-

-No específicamente, pero resultó que luego de llegar a Inglaterra y explicarle a su esposa, doña Cristina de Gridson, ésta se compadeció tanto del pequeño que lo crió como si fuera propio, entonces, el año siguiente nació Raymond Gridson, el cual seria el primer y único hijo de Sir Thomas, como se llevaban poca diferencia de edad, Samuel y Raymond crecieron juntos, como hermanos, Samuel destacaba siempre por su inteligencia y fortaleza física, es nuestra complexión, somos así por naturaleza, pero además, era un indio poco común, tenia el pelo así, como el tuyo, era claro como nosotros, y tenia los ojos grises como los míos, cosa que llamaba mucho la atención, tenia muy buena educación, dicción, sabia como tratar con todos, y por sobre todas las cosas era muy respetuoso; como tú-

-¿Y entonces?-

-En 1938, la cosa se puso fea, los alemanes amenazaban con una agresión militar y los ingleses ya estaban tomando medidas, por lo que dentro de las medidas que tomó Sir Thomas estaba la de proteger a su familia a toda costa, así que tomando todo su dinero se dirigió a Samuel, que contaba con solo 18 años de edad y le dijo-

-Samuel, he cumplido la promesa que le hice a tu padre, quiero que hoy me prometas que cuidaras de mi familia así como yo he cuidado de ti, prométeme Samuel que nada le pasara a los míos y que como dijo tu padre, tu dios y mi Dios los protegerán-

-Samuel confundido por aquellas palabras-

-Pero señor, habla usted como si algo terrible le fuera suceder-

-Sir Thomas sabia que la guerra era inminente y que por su posición le correspondía un lugar en el frente para defender su país, por tanto, estaba seguro de lo que estaba hablando; entonces le entregó unas cajas y unos baúles que estaban cerrados con llave, le entregó éstas, e hizo venir a su esposa e hijo al despacho-

-En estos baúles y estas cajas está el dinero de la familia, Samuel los llevará a lugar seguro y cuidará de ustedes en mi ausencia-

-La esposa empezó a llorar, sabia lo que estaba sucediendo y temía por la seguridad de su esposo-

-No quiero que llores Cris, quiero que te sientas orgullosa de que tu esposo luchará por su país y que te está poniendo a salvo en buenas manos, solo en Samuel confío-

-También yo, pero me preocupa, ¿que será de ti?, confío plenamente en que no nos pasará nada si Samuel está con nosotros, ¿pero tu...?-

-Doña Cristina de Gridson estaba casi segura de que no volvería a ver a su esposo-

-Nada de peros, ésta noche saldrán de esta casa y en la mañana tomaran el barco que saldrá para América, con el dinero que llevan les será fácil establecerse hasta que todo acabe y puedan regresar-

-Y así se hizo, ya en lo que hoy es los Estados Unidos de América, se establecieron, conocieron a otras personas, los jóvenes hicieron algunas inversiones pequeñas, con buenos resultados, de ves en cuando les llegaban cartas del señor Gridson, hasta que un buen día llegó la fatal noticia de su caída en combate; ésta fue la muerte en vida de doña Cristina, a partir de ese momento enfermó hasta el día de su muerte, Raymond y Samuel siguieron adelante con los negocios, decidieron no regresar a Inglaterra por los tantos recuerdos, y seguir adelante con sus vidas, pasado un tiempo, Raymond comenzó a beber mas de la cuenta, al parecer la añoranza se apoderó de él, por lo que Samuel decidió que viajarían a Cuba, que era un pequeño paraíso según se decía en los Estados Unidos de entonces, una ves aquí, iniciaron algunas negociaciones en los casinos, Samuel tenia muy buena vista para los negocios, todo les iba saliendo bien, para éste momento tendrían unos 27 y 28 años respectivamente, contaban con grandes sumas de dinero tanto en cuba como en los Estados Unidos; cuando una noche en que Raymond regresaba de hacerle la visita a su prometida la señorita Eleonor, se armó un tiroteo entre un movimiento subversivo y la policía, donde fue baleado gravemente, y muerto su chofer; enseguida lo trasladaron a un hospital, para cuando Samuel llegó, apenas le quedaban unos pocos minutos de vida, éste, con lagrimas en los ojos y experimentando grandes estremecimientos en todos sus músculos que saltaban de forma tal que parecía que pronto saldrían de su lugar debajo de la piel, decía una y otra ves-

-¿Dime quien te ha hecho esto hermano?, no te mueras coño, no me dejes solo, yo te cuidaré -

Raymond volteó la cabeza para mirar de frente a su hermano de crianza y con su sonrisa característica le dijo-

-Hermano, no estarás solo, siempre estaré contigo, prométeme que harás grandes cosas, prométeme que tendrás una hermosa familia, que le hablaras de mí, que no confiaras en nada ni en nadie, y que te convertirás en todo un hombre de bien-

-Si hermano, te lo prometo, pero no me dejes ahora-

-Y apretaba su mano fuertemente contra su pecho hasta que sintió que ésta perdió todas sus fuerzas; pocas semanas después del entierro en los Estados Unidos, Samuel recibió un citatorio de la oficina de un abogado al que él no conocía, al llegar éste le dijo-

-Póngase cómodo señor, tome asiento, por favor-

-¿A que se debe esta citación?-

-Tu abuelo tenía claramente las palabras de no confiar en nadie, que le mencionara su hermano antes de morir-

-Verá, señor Samuel, éste es el testamento que fue puesto bajo mi custodia el día 22 de Marzo de 1946, y en él se plantea que solo será leído dos semanas después de la sepultura de Sir Raymond Gridson, le aseguro que le conviene escuchar-

-Se apresuró a decir el abogado cuando vio que los ojos de mi padre comenzaban a ponerse de un color gris intenso y que comenzaba a hacer movimiento de ponerse de pie para marcharse-

-Si después decide que no le interesa, entonces podrá retirarse-

-Esta bien, usted dirá-

-Este testamento consta de dos partes, donde una deriva de la otra, primero; cito las palabras que aquí constan según lo manifestado por el en vida Sir Raymond Gridson, "Sé que no he sido el orgullo de los que en algún momento de la historia llevaron el apellido Gridson, por lo que en estas líneas le estoy pidiendo de todo corazón a mi hermano Samuel que lo asuma como propio, para que con él éste sea enaltecido, así como el titulo de Sir, con todo lo que eso implica, será un honor para mi, y sé que mi padre también estaría orgulloso de ello"; luego entonces señor Samuel, ¿Está usted de acuerdo con lo establecido en esta primera parte del testamento?-

-Mi padre, con lagrimas en los ojos asintió con la cabeza, se daba cuenta ahora del porque Raymond le había dicho que siempre estaría con él-

-Entonces, que entren los testigos-

-Al decir esto entraron en aquella sala cuatro abogados más, los cuales saludaron a mi padre, tu abuelo, con notable reverencia-, Heiron escuchaba con atención, y al mismo tiempo se iba imaginando en su mente cada detalle de lo que su padre le estaba contando, no pudo contener sus lagrimas, así como tampoco las había podido contener su padre al recordar al suyo anciano, cuando se la contó por primera ves.

-Firme aquí Señor Samuel-

-Mi padre se incorporó, leyó minuciosamente el documento antes de firmarlo y luego de firmarlo también lo hicieron los cuatro abogados que servían como testigos, así como el abogado que tenia bajo su custodia la documentación, seguido de esto-

-Luego de dar formal cumplimiento a lo dispuesto por Sir Raymond Gridson en su primera parte del testamento, procedo a dar lectura de la segunda parte del mismo; cito, "Sé que no soy muy bueno para tratar con el dinero, soy muy malgastador, pero mi hermano sabrá que hacer con este legado de la familia; por lo que si le están leyendo estas palabras, es porque ha aceptado hacernos el honor de asumir el apellido Gridson, por tanto, con mucho orgullo, y quiero que estas palabras se cumplan textualmente; ¡ponga su rodilla izquierda en el suelo Samuel!"-

-Tu abuelo lloraba como un niño, al escuchar al abogado pronunciar estas palabras sentía como si escuchara a Raymond hablar, de niños, en

Inglaterra, jugaban a los caballeros y a los señores, pero además de esto, el abogado le daba un aire muy solemne a lo que estaba aconteciendo, de hecho era algo serio-

-"A partir de este momento tomará usted total posesión de todos los bienes de la familia Gridson, y de todo el efectivo con el que ésta cuenta en las diferentes cuentas bancarias; ahora bien; ¡póngase de pie, Sir Samuel Gridson!, y que el Dios de nuestros padres lo iluminen para siempre a usted, y a su honorable descendencia", es todo, Sir Samuel Gridson, firme aquí por favor-

-Mi padre leyó el documento que se le extendía, las lagrimas le corrían aun por las mejillas, luego de ver que todo estaba en orden, firmó, todos los presentes también lo hicieron, y una semana después regresó a cuba, entregó una considerable suma de dinero a la señorita Eleonor, no tocó ni un solo centavo del que había en las cuentas que le acababan de entregar, continuó con sus negocios en éste país, aquí conoció a tu abuela, una joven cubana; de ese matrimonio nací yo, y en honor al tío Raymond, llevo su nombre, pasaron los años, yo crecí, y tu abuelo me contaba que-

-Cuando machado asumió el poder en 1952, cuba se revolvió, en casa no se pasaba trabajo porque nosotros teníamos dinero, y negocios, pero con el cambio de gobierno, comenzaron los problemas, primeramente el señor batista como buen cabrón que era se fue del país con todo el dinero que había en los bancos, o por lo menos con todo el que pudo echarle mano, y por otro lado el nuevo gobierno intervino todos los negocios, bares, tiendas, casinos y hasta las etcétera cogieron candela, por lo que dejé de creer para siempre en los bancos, en los gobiernos, y en los políticos-

-Luego de semejante perdida, tu abuelo viajó a los Estados Unidos, recogió todo el dinero que tenia en los bancos, situó a personas de confianza en las diferentes tiendas y bares que tenia allá; luego viajó a Inglaterra, allí vendió todas las propiedades que tenia, regresando con todo ese dineral a cuba, entonces hijo mío, no todo el dinero que posee tu familia, es ilegal, pero si tu abuelo nunca lo puso a disposición del gobierno, tampoco lo voy a hacer yo, porque ese dinero tiene su historia y en ello va el honor de ésta familia, además hijo mío, la vida me ha demostrado que tu abuelo siempre ha tenido razón, no se debe confiar ni en los políticos, ni en los bancos, al final todos halan para si mismos, y para los suyos, yo simplemente no me meto con ellos, no me interesan, solo me interesa vivir yo, los míos, y ayudar a aquellos que me necesiten a como de lugar; esa es toda la historia muchacho, esa es la verdad de tu familia-

-¿Entonces es por eso que haces todo lo que haces?-

-Si, pero esto que soy hoy es poco para lo que fuéramos si no nos hubieran quitado todo cuanto teníamos antes, ¿tu sabes cuantas familias comían de manos de tu abuelo?-

-Si, pero esas familias siguen viviendo, y la vida les ha ido mejor en estos tiempos-

-¿Quieres preguntarle a alguno de los pocos que viven todavía para que te digan si ahora es mejor?, estoy seguro que no, de todas formas hijo, quiero que sepas que todo lo que se hace es con un propósito, que el único propósito que tiene tu familia en esta vida es seguir siendo respetada como lo ha sido siempre, y seguir adelante sin joder a nadie que no se lo merezca, de momento es todo lo que debías saber, cualquier cosa que quieras hablar conmigo, sabes como encontrarme, cuídate mucho; puedes irte-, Raymond quedó perturbado cuando su hijo cerró la puerta al salir, pero sabia que esa era la única forma de que su hijo viera lo que él veía, por lo que llamó a varias personas, y a todas les dijo.

-A partir de este momento Heiron está solo, no quiero bajo ningún concepto que nadie lo ayude, que nadie le dé dinero, que nadie haga nada por él, es hora de que aprenda a vivir, a ver hasta donde llega solo, de ustedes depende que él regrese pronto a nuestra familia-

El tiempo fue pasando, Heiron se rodeó poco a poco de sus propias amistades, cambió de trabajo en barias ocasiones, buscando siempre mejoras salariales y mejores condiciones de trabajo, entre una cosa y la otra había adelgazado un poco, de ves en ves hablaba con Ignara, ésta, siempre preocupada por él, él siempre diciendo.

-En cuanto tenga un chance voy a visitarte-

-Ya no vivo con mi mamá, compré una casa en playa, así que cuando vallas a venir me avisas para recogerte en el aeropuerto-, le decía ella animada, pero Heiron sabia claramente que no podría volver a verla por largo tiempo, pues entre el trabajo y la casa no le quedaban ni tiempo, ni mucho dinero como para hacer un viaje de esa índole, además, en el fondo sentía la impotencia de saber que no tendría dinero suficiente como para invitarla a ir algún sitio que estuviera a la altura de ella; así que se limitó a trabajar y a reunir dinero, pero siempre pasaba algo, cuando no tenia que pagar la luz, era el agua, cuando no, la turbina, o comprar comida, porque se acabó el arroz, o el aceite, o el gas, y por favor la vida.

-Se rompieron estos zapatos, tendré que coger los de salir para trabajar, y reunir para comprar otro par-, a todos estos dilemas se enfrentaba Heiron solo, y en ocasiones se preguntaba.

-¿Que he hecho mal?, ¿será que mi padre tenia razón?, no Heiron, es muy pronto para acobardarte y echarte a tras, eres un trabajador de esta sociedad, eres un joven que ha estudiado, pronto tendrás tu oportunidad, pronto encontraras un mejor trabajo, ya veras-, y se daba aliento a si mismo, no quería dejarse vencer; mientras todas estas cosas le sucedían a Heiron, en otra casa.

-Pero para ir a formatur, tienes que pagarle a alguien para que te cuide el niño, porque, ¿con quien lo vas a dejar?, yo no lo puedo llevar para mi trabajo, allí no es seguro para un niño-

-Ya veremos que se me ocurre-, en la calle, cerca de la cafetería.

-Oye, estas perdido, muchacho-

-No digas eso, es que he estado ocupado con el trabajo, ya sabes; ¿y los tuyos, cómo están?, ¿y tu niño?-

-Todo el mundo está bien, y el niño está acabando-

-¿Y el salvaje de tu esposo?-

-No me hables de él, estoy hasta aquí de sus cosas-, dijo la joven tomando un pequeño mechón de su cabello.

-¿Pero y eso Nadia?, ¿Qué pasa?-

-El problema es que me llegó formatur, tú sabes el tiempo que llevo tratando de coger un curso para ver si mejoramos un poco, porque Leonardo lleva ni se sabe que tiempo en la bolsa de empleo esperando que lo manden para el cayo y nada-

-Si pero, ¿de que quiere ir él?-

-¡De Cantinero!, tu sabes que eso es lo único que él sabe hacer, bueno entre otras cosas-

-Bueno, esas otras cosas nada mas que las sabes tú porque a mi no me interesan; pero bueno, y ¿de que es tu curso?-

-De dependiente-

-Bueno, los dos tienen buenas perspectivas si caen juntos allá, ¿y tu hermana que dice?, ¿no te puede ayudar?-

-Tú sabes que ella es muy poquita cosa, ella es tan delicadita, tú sabes como es ella-

-Si, por eso es que te pregunto, porque Katia, no es ni tan poquita cosa, ni tan delicadita como tú crees-

-Yo sé chico, el problema es que no quiero darle mas carga a ella, ahora está terminando la universidad y la niña le ocupa mucho tiempo, las niñas dan mas trabajo que los barones-

-Bueno, en realidad eso no lo sé, pero supongo que tengas razón, bien voy a hablar con algunas personas y luego paso por la casa y te digo, para

ver que hacemos-, cuando el joven dijo estas palabras a la muchacha se la
iluminó el alma, Heiron era una persona según su hermana que siempre
tenia solución para todo.

-Gracias Heiron, pero si no puedes ayudarnos con esto, no importa,
de todas formas ve por allá así conversamos un poco-

-Está bien, nos vemos-, a la mañana siguiente.

-Necesito hablar con Norma, por favor-

-Si, ¿con quien hablo?-

-Con Heiron-

-Dime papo, ¿Cómo estás?-.

-Bien, gracias, Norma, la llamo por un asunto personal-

-Si está a mi alcance, dime-

-El problema es que una amiga mía tiene un niño que necesita
ponerlo en el circulo, para ella poder pasar un curso en formatur y-

-No mi vida, discúlpame que no te pueda ayudar en eso, es una
lastima, porque nunca me has molestado para nada y en esta primera
ves que lo haces no te puedo ayudar, el tema de los círculos infantiles
ahora esta complicadísimo, si fuera otra cosa a lo mejor-, interrumpió la
compañera con vos de quien lo siente muchísimo.

-Esta bien Norma, gracias de todas formas, que tenga usted un buen
día-, a Heiron le preocupó que este tema no tuviera solución, pero de
todas formas prefirió pensar que Norma le había dicho la verdad.

-Pero no te pongas así muchacha, a ver, si me dices que pasó seguro
que podemos resolverlo, vamos a ver dime-

-Chico, el problema es que en mi trabajo, mi jefe quiere que yo
haga las cosas como a él le da la gana y no puede ser así, mi trabajo es
muy delicado y lo que él me está pidiendo que haga es una violación
mayúscula y por cosas menores que esas he visto ir presa a mas de una
persona, ¿me entiendes ahora?, no aguanto mas, es preferible que pida la
baja-

-No mi amor, no es necesario hacer eso, mira, vamos hacer una cosa,
tu no lloras mas, yo hago dos o tres llamadas que tengo que hacer con
tranquilidad, me das el nombre de tu jefe, su dirección, luego nos vestimos
bien lindos como somos los dos, y nos vamos para la calle a dar una vuelta,
mañana vas para tu trabajo y todo estará arreglado, ¿que te parece?-, la
chica mientras escuchaba hablar a su novio no salía de su asombro,
analizaba cada palabra que este decía, pero lo que mas le llamaba la
atención era que sabia que detrás de estas, había algo de maldad, solo que
no sabia con exactitud que era.

-Noel hablas como en clave, me asusta que hables así, ¿Qué piensas hacer?-

-Nada mi amor, te prometo que nada-

-¿Y entonces para que te hace falta la dirección de mi jefe?-

-Bueno, no importa, no me la des, solo quería hablar con él sin que supieras, pero si te hace feliz que no lo haga pues no lo haré-

-Bueno, eso me tranquiliza, y no hables mas así, que no me gusta, hablas a veces con un sentido oculto detrás de cada palabra-

-Esta bien mi sol, como tu digas, pero si tengo que hacer mis dos o tres llamadas ¿Ok?-

-Dale, me voy vistiendo-

-Enseguida te alcanzo, ponte bien linda-, dijo Noel al mismo tiempo que buscaba un numero en su celular.

-Alicia, ¿Cómo esta?, disculpe si la interrumpo en algo-

-No interrumpes nada muchacho, ¿en que puedo ayudarte?-

-Bueno, sucede que mi novia tiene un problemita ahí con su jefe, éste le está haciendo la vida imposible a la muchacha en el trabajo, ¿Usted cree que pueda hablar con él?, como usted es una persona mas dócil, mas estudiada que yo-

-jajaja, no me hagas reír muchacho, no te preocupes, dile a tu novia que mañana valla para su trabajo, que yo te garantizo que su jefe la va ha dejar tranquila-

-Gracias Alicia, muchas gracias, le debo una-

-No me debes nada, eres casi de la familia-, Noel no sabia lo que quiso decir Alicia y lo tomo como un cumplido, pero ella si estaba clara de lo que estaba hablando, y cortó la comunicación.

-Raymond, ¿te acuerdas de Noel?, ¿el muchacho del que te hablé?-

-Si, como no voy a recordarlo, ese muchacho tiene tremenda chispa, ¿que hay con él?-

-La cosa es que su novia tiene un problemita en el trabajo y quería saber si podemos hacer algo por él, ¿Qué me dices?-

-Déjame eso a mí, no te preocupes-

-Esta bien, ¿y Heiron, como está?-

-Está; luchando con el mundo, pero no da su brazo a torcer, es duro como roble-

-Tiene a quien salir, déjalo, que ya reaccionará, nos vemos, llámame si cualquier cosa-

-No te preocupes Alicia-, ésta sabia que si Raymond se ocupaba personalmente del problema de la novia de Noel era porque éste le había caído bien, unas horas después se encontraba Noel en la discoteca del Habana Libre con su novia, cuando siente la vibración de su celular en el bolsillo de su pantalón.

-Si, ¿con quien hablo?-

-El problema de su novia acaba de ser resuelto-, no le dio tiempo de dar las gracias, pues en cuanto le dijeron estas palabras la comunicación se cortó.

-Bueno mi socio, tengo algo bueno para ti-

-¿Qué hay?-

-Tengo diez cajas de cerveza, un carro que viene a buscarlas y cuatro son tuyas, ¿Qué hacemos?-

-Dame los papeles, mañana te digo cuando puedes sacarlas-, evidentemente Erik se había convertido ya en un verdadero especialista de los inventarios en los almacenes, sabia como moverlos, para él, esto era como jugar ajedrez cual mejor experto, hablaba con tanta seguridad que cuando decía.

-Dame los papeles-, era seguro que la mercancía saldría dentro de poco tiempo, por tanto, todo iba viento en popa y a toda vela, para él, su novia estaba contenta porque en su trabajo le iba bien, pero.

-Mi amor, ten mucho cuidado, tu sabes que si le da por pasar una auditoria en tu trabajo puedes tener problemas-

-No te me preocupes mi muñeca, a tu papi no le va a pasar nada-

-Espero que así sea vida mía-

-Mira, con este dinero voy mandar hacer todas las ventanas de angulares y que le pongan los cristales a toda la casa, si no fuera por este trabajo, no podría hacer nada de esto, pero además, espero poder comprar todo lo demás, es cuestión de tiempo, ya veras-

-Bueno amor, eso me alegra, solo deseo que te cuides-, Erik calculaba constantemente todas las variantes, todas las posibilidades e incluso hasta las posibles preguntas que pudieran hacerle en algún momento si pasaba algo, por tanto, estaba preparado constantemente para cualquier eventualidad, nada podía salir mal, tenia calculado hasta un posible chivatazo, por lo que mantenía a distancia a todo el mundo de sus asuntos.

-¡Buenas tardes por aquí!-

-Entra muchacho, tú sabes que aquí no eres visita, eres de la casa-

-Honor que me haces Nadia ¿y Leonardo?-

-Está trabajando, viene tarde hoy porque el otro muchacho le dijo que le cubriera, tú sabes, cosas de hombres-

-Me imagino, pero bueno, a lo que vine, no pude resolver lo del circulo del niño pero te tengo una solución alternativa, vas para la escuela,

y yo me quedo con tu niño, lo que no puede pasar es que pierdas esta oportunidad-

-Pero Heiron, ¿y tu trabajo?-

-No te preocupes, yo me las arreglo-

-No Heiron, no puedo permitir eso, como te vas a poner a pasar trabajo tú con mi hijo si tú no tienes hijos, eso seria una falta de consideración, yo voy a hablar con mi mamá, a lo mejor ella me lo cuida-

-Mira, tu mamá ya esta viejita, ella ya no esta para luchar con muchachos jodedores como el tuyo, además él y yo somos buenos socios-

-No sé que decirte, déjame hablar con Leo a ver que me dice-

-Bueno, la decisión es de ustedes, además yo tengo quien se quede con el niño, y tú tienes que estudiar, espero por ustedes-, Heiron sabia que tenia que encontrar pronto con quien dejar al niño porque su amiga tenia que pasar esa escuela y él se sentía en la obligación de ayudarla, para eso son los amigos, buscó a una señora que se dedicaba de forma ilegal de cuidar niños, había que pagarle $ 80.00 pesos mensuales, era casi la mitad de su salario, pero Nadia y Leonardo lo merecían, ésta pareja había sido su salva vida durante este tiempo en que se ha sentido tan solo, una tarde en que conversaba con Katia, ésta le había presentado a su hermana y a su cuñado, y desde ese momento habían hecho muy buena amistad.

-Buenos días-, dijo Solange al entrar en la oficina, recogió los documentos que tenia listos sobre el buró y los puso en él de su jefe, se extrañó de no encontrarlo en su oficina al entrar pero de todas formas los dejó allí, no iba a formar parte de esa farsa que éste quería hacer, la mañana avanzaba y sobre la 10:00 AM se escucha timbre del teléfono.

-¿Con Solange por favor?-, era la vos inconfundible del jefe.

-Para ti Sol-, la joven tomó el auricular preguntándose quien era.

-Sol, buenos días, los documentos que te dejé sobre tu buró ayer, no te preocupes por eso mi niña, déjamelos sobre mi mesa, tienes razón, eso no se debe hacer así, luego, cuando yo me incorpore al trabajo lo vemos para que me orientes sobre como proceder con respecto a ese tema, discúlpame si en algún momento te ofendí, el problema es que tengo mucha presión sobre mi, ¿esta bien?-, a Solange esto le tomó por sorpresa, su jefe no era tan bondadoso, ni era de los que pide disculpas, ni reconoce cuando se equivoca, con él las cosas se hacen como y cuando él dice, pero de todas maneras.

-Disculpas aceptadas, no se preocupe-, al colgar quedó pensando en...,

-¿Noel habrá hablado con Carlo?, no es posible porque él estaba conmigo en la disco, pero además pasamos toda la noche juntos, él me trajo en el taxi de Rafael hasta aquí, y aun cuando hubiera querido no hubiera podido hablarle porque me cuidé mucho de no decirle ni su nombre, ni donde vivía, me estoy poniendo paranoica, mi Noel es un chico bueno, aquí lo que pasó es que a mi jefe se le pasó la perreta-, lo que Solange no sabia ni se le ocurrió pensar era ¿a quienes Noel había llamado?, ni ¿para que era tan importante hacer esas dos o tres llamadas que él había hecho?, ella desconocía totalmente, que detrás de toda la estructura organizada de la sociedad, existían hombres capases de cualquier cosa por el bienestar de los suyos, y que su Noel, aunque no lo sabia aún, ya era uno de ellos.

Llaman a la puerta.

-Adelante-, se escucha que alguien dice desde el interior de la oficina.

-Me dijeron que pasara a verle hoy, ¿usted dirá?-

-Luego de hacer una serie de investigaciones y pasarte por la comisión que tenemos en nuestro hotel, se tomó la decisión de aceptar tu solicitud para la plaza que tenemos como animador turístico, debes pedir la liberación en tu empresa para que entre la entrega y el cierre de este mes puedas ya incorporarte con nosotros el mes entrante, ¿puede ser?-

-En eso no hay problemas, gracias, que tenga un buen día-, Orlando sentía que todo iba saliendo a pedir de boca, en tan solo unos meses ya había conseguido pasar para un hotel, esto le permitiría mas posibilidad de movimiento, por lo menos desde el punto de vista económico, no es lo mismo estar fuera, que ya desde adentro, a su modo de ver las cosas.

-Nos acaba de llegar un informe de actividades ilícitas que se están efectuando en el municipio, se hace necesario tomar medidas para contrarrestar esta situación, se dice que están saliendo productos del municipio, por vía marítima, que están siendo transportados en camiones y que quien o quienes están detrás de este tráfico de productos no son cualquier tipo de personas, lo que nos corresponde a nosotros es dar con este pequeño grupo organizado y desactivarlo lo antes posible-

-Permítame mayor, pero en este caso se debe ser cuidadoso, porque un error podría ser el fin, si estas personas se dieran cuenta de que estamos detrás de ellos podrían desaparecer y entonces todo estaría perdido-

-En eso tiene usted razón, pero en caso de que desaparecieran seria solo por un tiempo, el perro huevero aunque lo quemen, ya usted sabe el resto-

-Si pero, ¿y si estas personas resultan ser mas inteligentes de lo que pensamos y en lugar de desaparecer, solo cambian su modo de operación?, creo que también debemos pensar en eso-

-Esta bien, también en eso tiene usted razón, por eso hemos mandado a busca a uno de los mejores investigadores que tenemos para que dirija la investigación, y lo quiero a usted en ese equipo teniente-, el mayor estaba verdaderamente molesto por la situación que se le estaba presentando, pero lo que mas le molestaba era el hecho de que hubieran mandado a un investigador de fuera de su unidad a resolver un caso que era de su localidad.

-A sus órdenes compañero mayor-, aquello se regó como pólvora en toda la estación, y pocas horas después.

-Entiendo, gracias muchacho, siempre he sabido que podemos contar contigo-, en un apartamento de la damajagua se reunieron un grupo de personas, casualmente eran casi todas las personas que estaban en la fiesta que se celebrara en el Colony por la graduación de Heiron e Ignara.

-Señores, nos encontramos ante una pequeña dificultad que puede convertirse en un problema si no se ataja a tiempo, sucede que en estos momentos debe haber llegado ya al municipio un investigador de la habana, el cual tiene información sobre nuestras actividades, no sé hasta que punto está informado sobre nosotros, pero si de algo estoy seguro es de que entre nosotros hay alguien que ha filtrado nuestra información, ustedes saben que hablo claro, no me da la gana de que por un soplón se joda lo que con tanto sacrificio hemos hecho hasta el día de hoy por el bien de esta familia, espero que este soplón salga a la luz pronto, que recuerde todo lo que hemos hecho por él y por los suyos, y que por una cuestión de agradecimiento se aleje de sus actividades antes de ser sorprendido; digo agradecimiento porque evidentemente no tiene conocimiento alguno de lo que es el honor, luego entonces vean entre ustedes donde está, que yo revisaré entre los míos-, en esta reunión Raymond se escuchaba tan tranquilo, tan pausado, pero con un toque tan diferente, que todos los presentes sentían en sus oídos y hasta en su alma el peso y la frialdad de cada palabra, por la agudeza de su vos; todos sabían la suerte que correría aquel que había traicionado la confianza de aquel hombre, sus ojos relampagueaban, se habían tornado de un color gris intenso que al mirarlos de frente, sentías como si mirara dentro de tu cerebro y pudiera ver lo que estabas pensando.

-Entonces debemos estar tranquilos, al menos por un tiempo-

-No, al contrario, ellos piensan que eso es lo que haremos, si lo hacemos así, les daremos tiempo para organizarse, montar un operativo, y con un poco de suerte, astucia y algo mas cogernos cuando empecemos de nuevo pensando que ya todo está calmado, recuerden una cosa, la policía no descansa, y la gente de la seguridad menos, debemos seguir adelante, solo que con mas precauciones, de momento, vamos a mandar este envío a la habana de forma diferente, todo saldrá en avión, aunque tengamos que dividirlo en varios paquetes, allá en la habana Alicia y su gente tendrán que arreglárselas para transportarlo todo sin levantar sospechas, ve a ver a tu gente en el aeropuerto y en cuanto lo tengas todo listo me avisas, no te puedes dormir con esto, el tiempo es oro y nos estamos jugando la calle en esto, pronto me harán llegar una descripción de éste tal investigador, al enemigo hay que conocerlo bien para poder enfrentarlo y defenderse de él cuando nos ataque-, pasado unos días.

-Debes planificar todo con mucha cautela, ¿estás seguro de que nadie sabe que estas aquí en la Isla?-

-Nadie me vio llegar, hice el viaje en un contenedor y no fue por gusto-

-Bueno, cuadra bien con tu gente en el puerto, no olvides que quizás, solo quizás allí esté el soplón, por eso te hice venir a ti, en estos momentos no me puedo dar el lujo de confiar en nadie, cuando lo tengas todo coordinado, me avisas y hacemos el envío, nadie debe saber que estas aquí y no puedes hacer contacto con ninguno de los de aquí, ¿Ok?-

-No te preocupes amigo mío, ya eso está resuelto-, Antonio tenia todo el control sobre el personal de los puertos y de los camiones, tanto en la isla, como en la habana, había sido camionero durante muchos años.

-Soy el teniente Israel Harensibia, del departamento de investigaciones de la seguridad del estado, tengo instrucciones para resolver de forma rápida este caso, espero de su colaboración y su ayuda para la resolución del mismo-

-Como no, tendrá aquí toda la ayuda que necesite, ¿en que podemos ayudar?, seguramente estará cansado del viaje, ese barco no es fácil-

-No se preocupe mayor, descansare en su momento-

-Bueno, en ese caso, ¿Qué información tenemos de estas personas?, ¿a que se dedican?, ¿Qué mercancías son las que están sacando del municipio?-

-Muchas gracias, estaba esperando esto desde ayer, dale mis saludos a nuestro amigo, de manera tal que ¿éste tal Israel Harensibia, de 34 años de edad, nacido en Santiago de Cuba y con residencia permanente en la habana es el sujeto que pretende hacernos la vida imposible?, veamos, teniente graduado con honores en la academia militar, ¡no está mal!, primer expediente en el departamento de instrucción, ha sido condecorado con reconocimientos por el buen desempeño de sus tareas, y nunca a perdido un caso, esto es lo mas importante, ahora hay que ver a que casos se ha enfrentado, porque si es coger a cuatro locos en un intento de salir del país en una cámara de tractor eso no es un caso, y si cogió a un sonso que se robó un blúmer en una tendedera eso tampoco es un caso, pero además, si depende totalmente de lo que le digan sus matones para resolver sus casos, esta perdido con nosotros porque tenemos autonomía, hacemos un consenso, planificamos los hechos y luego, cada cual piensa por si solo como cumplir con sus objetivos, sin apartarse de lo planificado-

-Según éste informe, del combinado cárnico están saliendo grandes cantidades de pollo, así como que del frigorífico están saliendo otras grandes cantidades de carne en sentido general, no voy entrar en detalles, el hecho es que se están desviando recursos del estado y eso tenemos que evitarlo, ¿me siguen hasta aquí?-, los presentes asintieron con la cabeza.

-Partiendo de esto, se le practicaron dos auditorias fiscales a estas entidades, y adivinen que-

-Se formó el sal pá fuera-

-Eso esperábamos, pero no fue así, tanto los directores, como los económicos de estas estaban tan tranquilos como si fuera un día normal de trabajo, e incluso hasta se fueron a la misma hora de siempre, fueron a los mismos lugares a los que acostumbran ir habitualmente, y dato curioso, estos sujetos no se conocen, no hay nada que los vincule, solo que en alguna que otra ocasión han coincidido en reuniones y cosas así-

-Pero teniente, si éstos son directivos de empresas, ¿como es posible entonces que anden envueltos en hechos de ésta índole?-

-Todos aquí sabemos que por la situación que tiene nuestro país, cualquier persona que no esté firme en sus ideales, es un delincuente potencial-

-Pero en concreto, ¿Qué tenemos?-, dijo el mayor un poco incomodo, ya quería echarle mano a ésta gente.

-Nada, solo que para estos días se esta planificando mandar mas mercancía y que con un poco de inteligencia, si hacemos poco ruido, podremos intervenir éste envío, quien sabe si también caen algunas de las cabezas pensantes de este grupo-

-Bueno, pues a trabajar, vamos a poner un chequeo constante en el puerto, tenemos gente en el frigorífico, y también podemos insertar a alguien en la empresa de camiones-

-Tranquilo mayor, todavía no sabemos por donde van a sacar la mercancía, tenemos que esperar a que mi contacto me diga-

-Pero bueno, yo pensé que todo salía por el puerto, esas grandes cantidades de productos solo pueden salir por ahí, ¿por donde mas?-

-Mayor, usted vive en una Isla, los únicos medios de transportación masiva son, los barcos, las patanas, los catamaranes y los remolcadores, por vía marítima, por aire el avión, y alguna que otra avioneta que entre al municipio, esas son características del terreno que usted debe siempre tener presente en un proceso investigativo, disculpe usted si peco de autosuficiente en algún momento, es que me gusta que las personas que están trabajando conmigo sepan como analizo las cosas, por tanto, existe mas de una posibilidad de sacar esa mercancía de aquí, a nosotros solo nos corresponde descubrir cual es la que van a emplear, además, tampoco debe usted descartar que estas personas tengan a alguien aquí, entre nosotros-

-Eso es imposible, todos nuestros agentes son personal altamente confiable, sin antecedentes, bien preparados, e incorruptibles-

-No esté tan seguro de eso, ya usted lo dijo son un personal, esta palabra viene de persona, y persona se refiere a seres humanos, permítame recordarle que el ser humano es imperfecto en toda la extensión de la palabra, que el hombre en especifico a medida que incrementa su posibilidad económica, también incrementa el costo o el valor de sus necesidades, y que gracias a esa naturaleza ambiciosa de siempre querer mas, es que hoy cocinamos con gas y no tenemos que esperar a que caiga un rallo para cocinar al mamut, discúlpeme si he sido un poco duro, pero éste trabajo me ha enseñado que como mismo hay delincuentes superinteligentes, también existen policías corruptos, además, si nosotros tenemos un contacto entre ellos, si son tan inteligentes, deben tener alguno aquí también, es mas, si es así, a esta hora deben estar planificando que hacer para que no los descubramos, y saltará el error, porque no es lo mismo planificar sin presión, que planificar sabiendo que te están siguiendo los pasos-

-Bueno, si usted lo dice, usted es el especialista-, rin, rin, rin, se escucha un teléfono.

-Ordene-

-Con el teniente Israel-

-Un momento-

-Dígame-

-La cabeza de todo según tengo informado es un sujeto que se llama Ramón o Raymond, algo así, tiene un hijo, pero a ese no lo conozco, bueno al tal Ramón tampoco pero si sé que el hijo no está muy de acuerdo con lo que hace el padre, le mercancía debe salir en avión en estos días para la habana, te dejo no es bueno que me vean en el teléfono, espero que esto te sirva-

-Claro que me sirve, dale, suelta ya el teléfono, no te quemes, cuídate hermano-, y se cortó la comunicación.

-Bueno, la mercancía debe salir en avión en los próximos días, debemos reforzar el chequeo en el aeropuerto, pero sin descuidar las demás posibles salidas, por otra parte ya empezamos a tener nombres, hay que investigar a un tal Ramón o Raymond, éste ciudadano tiene un hijo, éste muchacho no está muy de acuerdo con lo que hace su padre, pienso que si damos con él nos puede ser de mucha utilidad, ahora si podemos empezar a trabajar ya tenemos un caso-

En otro lugar.

-Gracias por todo señora, ¿entonces mañana le traigo al niño a las 7:30 AM?-

-Si, papo, tráelo-

-Gracias Heiron, no sabes la ayuda que me estas dando-

-Te dije que lo que no podía suceder era que tu perdieras ese curso, así que cuando te avisen ya puedes empezar, por lo pronto, mañana vengo a buscar al niño a las 7:20 AM, tenlo listo, por la tarde vas y lo recoges en la casa de Rebeca-

-Heiron, yo quisiera poder ser como tú, gracias hermano-

-No Leo, no seas como yo, se como tú, te necesito así, yo sé de que hablo, y no me agradezcas nada, que yo solo hago lo que tú hubieras hecho por mi, de eso estoy seguro-

-¡Heiron!, ¿Cómo estas?, te veo mas flaco, ¿Qué te pasa?, ya sé, ¿estas enamorado?-

-No Katia, es que el pienso esta malo-

-Serás descarado muchacho, con la cantidad de dinero que tú tienes-

-No Katia, eso era antes, hoy soy un trabajador común, como los demás-

-A él no le gusta que yo hable de estas cosas pero cuando estábamos en la unidad de destinos especiales-

-Aquí vamos otra ves-, dijo Leonardo con un ligero tono de burla.

-Leo, te voy a partir la cara, así que cállate y escucha, que esto no lo sabes-

-No discutan, siempre están en las mismas-

-No mi amor, el problema es que tu hermanita todo lo que sabe lo aprendió en ese dichoso lugar, y yo de militares estoy hasta los …-

-Oye-

-Tú sabes-

-En una practica de salto de paracaidismo, cuando saltamos, llegado el momento de desplegar el paracaídas, el mío no abrió, y de no haber sido por él yo no les estuviera contando ahora-

-Yo pensé que era mentira, cuando le dijeron a mi mamá aquella ves-

-Pero ahora que veo a Heiron, me doy cuenta de que es posible, porque en aquel momento debió haber estado mucho más fuerte-

-Y en una natación, en los cayos, me quitó mi mochila, todos mis bártulos, y me llevó nadando a su lado para que no me ahogara, allí la ayuda es muy escasa y él siempre estuvo dispuesto a ayudarme desinteresadamente, cosa extraña, porque los hombres siempre que te ayudan es pensando en la forma de meterse dentro de tus pantalones, pero con Heiron es diferente, él si sabe ser amigo-

-Ya Katia, que esas fueron cosas de las que ni vale la pena hablar de ellas-

-Y pretendes que yo me olvide de lo que hiciste por mi, ¿no te das cuenta de que si hoy estoy aquí y tengo una niña es gracias a ti?-

-Si, pero cualquiera lo hubiera podido haber hecho-

-Claro, lo que pasa es que cualquiera no tiene los pantalones bien puestos para hacerlo, y eso se agradece de por vida-

-Esta bien, tú ganas, pero no me metas el pie que la gente va ha pensar que eres mi mamá-

-¡O tu esposa!-, dijo Nadia abriendo grande los ojos-

-Yo no estoy aquí-, dijo Leonardo tomando a su esposa por la mano y caminando rumbo a la cocina de la casa.

-Oigan, me van a dejar solo aquí con Katia, ¿donde están los amigos?-

-¿Y ahora?-, dijo Katia con la mirada fija en los ojos de Heiron, parpadeaba con regular frecuencia, en ese momento a Heiron le vino a la memoria aquella noche en el Colony cuando vio por primera ves a Ignara, como ella no parpadeaba mientras lo miraba, en la forma en que se había mantenido mirándolo tan fijamente, cuando, sintió el tema musical de la película misión imposible, que era el que le había puesto al número de Ignara, para recordarse a si mismo que era imposible llegar a ella.

-Te salvó la campana, ¿no vas a contestar?-

-Tengo que contestar, discúlpame-, Heiron sabia que Katia sentía algo por él, pero éste la veía como una hermanita pequeña a la que había que cuidar.

-Tengo todo lo que me pediste, además te tengo una buena, ya estoy trabajando en el hotel, ahora me será más fácil chocar con la verdad, cuando logre mandarte las cosas, te llamo, esto aquí se ha puesto medio complicado pero ya veremos, ¿y como le va a Romeo con su nueva Julieta?-

-Ahí están, de babosos, ellos dicen que son los más lindos del mundo, ya sabes como son-

-Salúdalos de mi parte-

-¿Si?-

-Oye, no hables ahora, solo escucha con atención, tu papá no quiere que se te diga nada, pero siento que debo decirte para que estés alerta, escúchame bien, solo para que estés alerta, no para que te metas, meterte podría complicar las cosas, hay un investigador detrás de los asuntos de la familia, de momento no tienen prácticamente nada, pero es posible que haya un chivatón entre nosotros, todavía no se sabe quien es pero ya están en eso, tu mantente al margen, no te acerques a nosotros por el momento, ¿esta bien?-

-Pero, ¿Cómo voy a dejar a mi padre solo en un momento así?, no me pidas eso-

-Mira, no es la primera vez que esto pasa, mi mamá me lo dijo, de situaciones peores él ha salido solo, así que mejor déjalo pensar con calma, que ya encontrará una solución, de momento has lo que te digo y yo te mantendré al tanto-

-Trataré-

-¿Cómo que trataré?, ¿Qué te esta pasando Heiron?, ¿no me estás escuchando mi amor?, esto es mas que serio, confía en mi, por favor-

-Esta bien, si dices que mi padre va a estar bien, entonces haré lo que me digas, voy a confiar en ti, no me defraudes, cuídate mucho tú también-

-No te preocupes, todo va a salir bien-

-Espero tú llamada todos los días, piensa en todo, hasta en los detalles mínimos que seas capas de imaginar, esos son los que llevan al fracaso a las personas comunes, no permitas que nada te confunda, el pensamiento frío hace que al mejor analista se le quede la mente en blanco, pues no sabrá como vas a reaccionar, ¡ten eso presente!; no te dejes coger-, en ese momento la mente de Heiron funcionaba con exactitud cronométrica, aconsejaba a Ignara con la convicción de que si seguía su consejo todo saldría bien.

-¡Ese es mi muchacho!, tendré presente el consejo, un beso, chao-, la vos de Ignara se escuchaba tan tranquila y melodiosa como la primera ves que la escuchó hablar, pero había algo en el tono que le hacia pensar que había algo mas en todo aquello.

Se escucha el timbre de un teléfono.

-¿Con el teniente Israel?-

-En seguida-

-¡Dime!-

-El nombre del hijo de este señor es Heiron o Jairon, algo así, deben ser cuidadosos con este caso porque estas personas no se andan con juegos y esto me puede costar caro-

-No te preocupes, tenemos al mejor investigador en el caso y al mejor agente de campo dentro-

-Gracias por lo de mejor pero de todas formas, cautela, ahora te dejo, espero que esto acabe pronto-

-Esta bien, ten mucho cuidado-, al cortar la comunicación al teniente se le cruzaron barias ideas en la mente que quiso comentarle al mayor; luego de varios cálculos.

Ya lo tenía todo planificado, por lo que se dirigió al almacén y le dijo al almacenero.

-Dile al hombre del carro que pase mañana a recoger la mercancía, ya todo está listo, pero además dile que venga preparado para llevarse tres cajas de pollo y tres tubos de jamón-

-Pero, ¿como es eso Erik?-

-No hagas preguntas bobas, eso lo tienes ahora mismo como sobrante en almacén, así que sácalo de la mejor forma, no tienes que tocar tus papeles, solo sacar el físico de aquí-

-Esta bien, ¡ahora yo si sé que eres un quemao chama!-

-No es eso, se hace lo que se puede, si me sobra me lo llevo y si me falta, lo pongo, claro que siempre trataré de que me sobre, tú has lo tuyo, yo hago la magia-

-Pues, ¡que viva la magia!-, la casa de Erik iba tomando forma, ya los angulares estaban puestos, el próximo fin de semana pondrían los cristales, y solo llevaba cinco meses en aquel hotel.

-¿Cómo te fue en tu trabajo en el día de hoy mi sol?-

-Bien, pero me preocupa una sola cosa-

-¿Qué le preocupa a mi ángel?-

-¿Por alguna casualidad, solo por casualidad?, ¿hablaste con mi jefe?-

-No mi amor, te lo prometo, si me lo paras delante no sabría decirte si es él o no, pero, ¿Qué te dijo tu jefe ahora?, por que si sigue jodiendo entonces si que voy a tener que hablar con él-

-No ha hecho nada, precisamente eso es lo que me preocupa, no vino al trabajo el otro día, pero además antes de ayer cuando vino ni siquiera me preguntó por los documentos, y hoy me llamó para que procesara el expediente según el procedimiento, o sea que no cuestionó para nada todo lo que le dije que había que hacer con ese caso y eso es extraño, es como si no fuera él, pero además, en las dos o tres ocasiones en que entré a su oficina, se ponía como nervioso cuando me veía, y ese tampoco es él-

-¿Es eso?, no te preocupes mi amor, tu jefe lo que acaba de darse cuenta de lo que sabes y de lo que vales, y por eso ha comenzado a respetarte, no es otra cosa-

-Si pero de todas formas me parece raro-

-Además, tu eres mi sol, como va haber un sonso haciéndote sentir mal, ¡si yo no lo hago!-, Solange confiaba plenamente en Noel, en el poco tiempo que llevaban juntos había aprendido a conocerlo, lo admiraba, lo respetaba, e incluso sentía que lo amaba, pero a juzgar por el brillo que se veía en los ojos de éste mientras hablaban del tema, sabia claramente que el cambio de su jefe tenia que ver de alguna forma con él, y eso lejos de preocuparla, mas bien le causaba cierto orgullo, ya que se sabia segura a su lado.

-¿Que tenemos con respecto al tal Ramón?-

-De momento nada teniente, ¿usted tiene una idea de cuantos sujetos responden a ese nombre en esta isla?-

-En realidad pregunto por preguntar, porque he estado pensándolo mejor y deberíamos para dar con el padre enfocarnos en el hijo-

-¿En el hijo?, pero su fuente no le dijo que este muchacho no tiene nada que ver con los asuntos del padre-, dijo el mayor con una ligera expresión de confusión en el rostro-

-Así es, pero de todas formas el muchacho no deja de ser su hijo, y lo que me interesa es saber quien es el padre, como bien usted dice, aquí en esta isla muchos hombres responden a ese nombre, o al otro quizás, Raymond, ¿no es así?, ¡aaah!, pero de lo que estoy seguro es que no todos tienen un hijo con un nombre tan poco común, Heiron-

-Ahora si entiendo a donde quiere usted llegar-

-Pues entonces pongámonos en acción que el tiempo corre-

-Necesito un informe urgente de todos los ciudadanos que respondan al nombre de Jairon o Heiron-

Entre tanto, dos de los hombres que respondían al servicio de seguridad interna de la familia conversan de forma aparentemente tranquila.

-¿Qué es lo que pasa?, ¿Por qué todavía no hemos podido mover la mercancía?-, decía Vicente.

-Porque todavía no es el momento, no te preocupes que cuando llegue la hora no vas a poder ni pestañear-, le aseguraba Yosvany.

-¿Tú crees?-

Mientras que por otro lado.

-De momento todo va bien, no tienes de que preocuparte, hice todo como me dijiste, claro que con mis aportes, ¿y tú?, ¿Cómo estas?-

-Estoy alterado, no dejo de pensar constantemente en todo lo que está pasando y en de que forma puedo ayudar, ¿y tú?, ¿Cómo estás?-

-Yo estoy bien, un poco cansada por el trabajo, pero ya se me pasará cuando esto acabe-

-Ten cuidado Ignara, me alegra que hayas hecho todo como te dije, pero... ¿y ahora que falta?-

-No seas loco muchacho, hay que esperar, cuando llegue el momento tú papá dirá-, terminaron su conversación y se despidieron cariñosamente como siempre lo hacían, pero Heiron quedó muy preocupado, la vos de Ignara la había delatado, su vos tenia un timbre extraño que la hacia vibrar entre cortando ligeramente alguna que otra frase, lo cual fue una clara señal para Heiron de que las cosas no estaban del todo bien, así que se dio a la tarea de descubrir que era lo que estaba sucediendo, sabia que nadie lo iba a ayudar por lo que era fácil para él percatarse de que estaba solo, al mismo tiempo que sabia que si Ignara no le había dicho nada era para no preocuparlo.

Se escucha el teléfono, comienza a llover, el agua da directamente en los cristales de la ventana.

-¿Si?-

-Acaban de dar la orden de hacer una investigación sobre su hijo, tenga cuidado-

-Ok, gracias por todo-

-Lo mantendré al tanto-, Raymond pasa la mano siguiendo la trayectoria de una fina gota de lluvia que puede ver en su ventana, vuelve a escucharse el teléfono, la gota da un giro leve.

-¿Si?-

-Lo tengo todo cuadrado, cuando quieras puedes mandar a sacar las cosas del almacén-, sigue girando lentamente y.

-Ok, nos vemos-, de repente, de forma inesperada una lagartijita pasa sobre el cristal y hace que la gota cambie su trayectoria, de súbito, se le iluminó la mente, y repetía para si mismo las mismas palabras haciendo diferentes montoncitos sobre la mesa con el mantel.

-Esta es la puerta-, y tocaba un montoncito.

-Éste es el barco-, y repetía haciendo la misma acción, pero esta ves de forma inversa.

-Éste es el barco, y ésta... es la puerta-, así pasó largo rato, pero para cuando escampó.

-¿Si?-

-Ya los carros están listos, cuando me digas se puede recoger la mercancía, ahora, todavía no me dices por donde saco todo esto-

-Tranquilo, limítate a resolver lo de la transportación-

-¿Ya sebes quien nos mandó a matar?-

-Estoy en eso-, dijo Raymond y tras estas palabras se cortó la comunicación.

La oficial Carmen a primera hora de la mañana hace entrega al mayor de un expediente con un grupo de documentos donde se incluían fotos, dirección y otros datos de un ciudadano.

-¿Y bien?, ¿Qué tenemos aquí?-

-El informe que me pidió sobre Heiron ayer en la tarde compañero mayor-

-Gracias, puede retirarse-, el mayor de conjunto con el teniente Israel examinaron con mucho interés el expediente, y a cada paso se asombraban mas, veían en Heiron a una persona totalmente preparada para lo que estaba sucediendo y mas; por lo menos así lo interpretó Israel, sabia que una persona con esa preparación era capaz de hacer mas de cuatro cosas, pero también sabia que necesitaría a mas de cuatro personas para llevar a cabo sus objetivos, por lo que se vio en la obligación de.

-Compañero mayor, necesito que se le haga un chequeo permanente a este ciudadano, así veremos a donde va, que es lo que hace, en fin, a que se dedica, pero mas importante aún, como es su comportamiento con relación a su padre, veremos ahora que tal de la vida de Raymond Gridson, pida un informe-

-¿Cómo va todo en tu curso?-

-Bien, no es nada con lo que no pueda, ¿y a ti como te va?-

-Me va, tú sabes como es eso, ¿y Leonardo?-

-Está para el trabajo, pero le va bien, por lo menos gracias a eso vamos tirando-

-Me alegra que todo esté bien por aquí, bueno nos vemos-, cuando Heiron cerró la puerta Nadia quedó pensativa unos instante, era evidente que algo le molestaba a su amigo, llamó a su hermana y.

-Katia, ¿eres tú?-

-Si Nadia, ¿quien más?-

-Necesito que vengas urgente a la casa-

-¿Que pasó?-

-Chica yo no sé que pasó pero me parece que algo va a pasar, así que ven lo más rápido que puedas-

-Dame veinte minutos-, se cortó la comunicación y unos pocos minutos después entraba a la casa de paredes blancas, con lamparitas de colores en las paredes aquella mulata alta, muy bonita en su totalidad física, pero con una mentalidad capaz de analizar cualquier tipo de situación con la exactitud de un reloj suizo, aquellos ojos negros se posaron en su igual, por que de hecho eran mellizas, al mismo tiempo que preguntaba.

-¿Qué es lo que pasa?-, su vos en ese momento no era como la vos de la persona con quien hablara Nadia unos minutos antes, por lo que.

-¿Qué tienes mi hermana?, noto algo extraño en ti, me asusta esa expresión que tienes ahora mismo en la cara, parece como si fueras a matar a alguien-

-Y lo haría por ti si fuera necesario-, dijo Katia aún mirando fijamente los ojos de su hermana.

-Oye, no es para tanto, ven siéntate aquí para contarte-, ambas recorrieron la sala del apartamento, y se sentaron frente al televisor en un amplio sofá, quedando cómodamente frente a frente, como cuando eran niñas, Nadia le dijo.

-Oye como te pareces a mi-, Katia mirándola le dijo.

-En todo caso tú eres quien se parece a mí, además yo estoy más buena-

-Está bien pero yo soy más linda-, se tomaron de la mano y.

-Mi hermana, me preocupa que algo le esté pasando a Heiron, hoy vino aquí, me preguntó por como estaba todo y luego se fue, pero en la expresión que tenia, por la forma de hablar, pude darme cuenta de que hay algo que lo trae preocupado, habla con él, a lo mejor contigo se abre, me pareció como que necesitaba hablar con alguien, solo que al parecer no era yo la persona indicada, a lo mejor eres tú-

-Pero, ¿qué dijo?, ¿Preguntó como estaba todo y se fue?-

-Eso fue todo lo que hizo, pero la pregunta no preocupa, lo que preocupa es su expresión, algo tiene que estarle pasando-

-Dime una cosa, cuándo se iba, al cerrar la puerta, fíjate bien, en el momento justo antes de cerrar la puerta, ¿Volteó la cabeza para mirar a tras?-, Nadia quedó confundida con la pregunta y en un esfuerzo por recordar.

-Me parece que no-, Katia la miró fijamente a los ojos y le apretó las manos.

-¿Si, o no?-

-¡Oye, Oye!, no miró-, dijo Nadia finalmente liberando sus manos del agarre de su hermana.

-¿Qué tiene que ver si miró o no?-

-Hermanita, sucede que Heiron necesita ayuda, en lo que sea que esté, está solo, ya tomó la decisión de hacer lo que valla hacer sin importar las consecuencias, y entonces hermanita, sucede que estoy yo aquí para ayudarlo, gracias por tan valiosa información-, Katia comenzaba a reaccionar como un soldado en batalla, su cerebro se disparó transformándola en un profesional en espera de instrucciones.

-¡Un momento!, ¿tu crees que yo me voy a quedar de brazos cruzados a esperar?, ¡te voy a dar una arrastrá!-

-Bueno, entonces vamos, que para luego es tarde-

-Espero que lleguemos a tiempo para lo que sea que halla que hacer-

-¿Si?-, cuando Ignara escuchó la vos de Heiron se sintió confundida por un instante, era como escuchar a Raymond cuando trataba cosas demasiado importantes en alguna conversación.

-¿Qué te sucede?, ¿te sientes mal?-, en cuanto Heiron escucho la vos de Ignara.

-¿Cómo va la cosa?-

-Todo va bien, solo esperamos por la decisión de tú padre, el tal investigador sigue preguntando cosas, según tengo entendido te investiga a ti también-

-Es para dar con mi padre, quiere decir que el soplón es de las personas que conoce los movimientos de la familia, a lo mejor participa en ellos, pero no está cerca de mi padre, por lo que debe estar entre el personal de afuera, ¿me entiendes?-

-Si pero el problema es quien, sabes que tenemos mucha gente-

-¿Tienes a alguien en ETECSA?-

-Claro, ¿cómo es que todos tenemos teléfonos en casa y celulares?-

-Bien; vas hacer lo siguiente; ve a tu gente en ETECSA, ésta persona debe ser muy cautelosa con esto, es sabido que cuando se llama desde un teléfono común, la conversación queda grabada, al igual que cuando se llama desde un celular, por lo que ETECSA puede certificar a quien o a quienes llamaste así como lo que se habló, ¿entiendes a donde quiero llegar?-

-Casi-

-Como abogado de la familia, Alex debe tener una lista de las personas que tenemos, con sus números de teléfono, espérate un momento, están tocando a la puerta…!va!-

-¿Se puede?-

-Si pasen, enseguida las atiendo, estoy hablando con alguien-, dijo el joven amablemente haciendo un gesto de que tomaran asiento saliendo al balcón de su apartamento.

-Así como de los celulares de cada uno, lo que quiero que hagas es que cojas esa lista, y le digas a tu contacto, que te avise si alguno de esos números llamara a la policía, si es posible tener una grabación de la conversación seria mejor, pero de momento con eso resolvemos, luego me llamas, tengo personas esperándome aquí, cuídate-

-Bueno, nos vemos, no te preocupes, luego te llamo-

-¿A que se debe esta visita?-

-Sucede que te pasa algo y no nos vamos a ir de aquí hasta que nos digas que es o hasta que nos permitas ayudarte-, dijo Katia clavando su mirada fijamente en sus ojos, ésta pestañeaba lentamente, Heiron sabia que tendría que decirle, sabia que no aceptaría un no por respuesta, sabia que para Katia era un profesional entrenado y que para ella perder, no era una opción.

-Mi padre tiene problemas serios y tengo que ayudarlo, eso es lo que pasa, pero no quiero involucrarlas a ustedes en esto, es mas de lo que imaginan, además, es un problema de familia y no es mi decisión el que ustedes estén presentes o no, créanme-

-Heiron, tu sabes mejor que nadie cuanto te debo y nunca me has permitido hacer nada por ti, mi hermana te estará agradecida toda la vida por el gesto que has tenido con ella, al igual que Leonardo, sebes que puedes contar y confiar en nosotros, déjanos ayudarte-, Katia tenia la mirada severa, pero al hablar con Heiron en ese momento, recordó cuando en la caída libre, al perder el conocimiento por las volteretas que había dado sin control tratando de abrir su paracaídas, al caer en tierra, luego de haber sido salvada por él, escuchaba su vos a lo lejos que gritaba.

-¡No te mueras cadete, es una orden, no te mueras coño!-, y por eso no podía evitar las lagrimas en sus ojos.

-Alicia, quiero una lancha rápida en júcaro, eso debe ser mañana a las 0300 horas am-

-Antonio, tengo instrucciones para ti, los carros saldrán en la madrugada, a las 0200 horas am del día de mañana con destino a júcaro, allí los esperará una lancha donde embarcaran la mercancía-

-Leandro, recogerás la mercancía a las 0800 horas am en el cárnico, te dirigirás con rumbo a Santa Fe por la carretera de La Tumbita, serás interceptado en las inmediaciones del cementerio de los americanos, desviaras tu curso a la derecha por un terraplén que te indicaran, en ese lugar se hará el trasbordo de tu mercancía para los vehículos que te estarán esperando, luego te dirigirás al puerto para despachar tu camión en la patana, que tengas suerte-

-Por lo visto este señor Raymond es mas inteligente de lo que imaginábamos, tiene un hijo excelente y él es un terremoto, tráiganme a ese hombre aquí-

-Teniente, pero sin una buena justificación no podemos traer a nadie a la unidad-

-Según las leyes de la constitución, todo ciudadano está en el deber de presentarse ante las autoridades siempre que ésta lo cite, de lo contrario incurre en el delito de desacato y eso es sancionable, ¿comprende usted?, luego entonces este señor es tan inteligente que se presentará y veremos que tan bueno es; proceda usted por favor-, se escucha el teléfono.

-Heiron, en estos momentos Omar está haciendo una llamada desde su celular a la policía, también me van hacer llegar la grabación de lo que hable con ellos, ¿Qué hago?-

-Teniente, la mercancía sale mañana, de momento hasta donde sé, se hará de forma discreta en unos vehículos particulares que estarán situados en el cementerio de los americanos, lo sé porque soy el ayudante del carro que trasladará la mercancía hasta ese lugar-

-No hagas nada, déjalo que corra, debe estar transmitiendo la información de que la mercancía será movida mañana-

-¿Y como sabes eso si yo mima no lo sé?-

-Recuerda que soy un Gridson, sé como piensa mi padre, aunque no esté a su lado, lo que necesito es saber que es lo que va hacer exactamente-

-Bueno eso tampoco lo sé, mi trabajo es hacer los documentos legales y no se mas-

-No importa, de momento mantén el chequeo de Omar, y no hagas nada, ni contarle a mi padre, contarle cambiaria muchas cosas en su plan, seguramente en éste esta incluido ese riesgo, otra cosa, dile a tu contacto que estas conversaciones deben ser eliminadas, para todo el mundo estas llamadas nunca existieron-

-De más está que me lo digas, está orientado hacer eso siempre, para el mundo nuestras conversaciones son comunes, como las de los demás, por eso se paga un buen salario-

-bien, entonces no hay de que preocuparse-

-Buenos días señores, ¿ustedes dirán?-, dijo Raymond al entrar en la oficina a la que fue conducido bajo la mirada indiferente de un sargento.

-Raymond, seré directo, no me caracterizo por darle rodeos a las cosas, ¿usted trabaja?-

-Por supuesto-, la vos de Raymond retumbaba en su pecho, al salir por su boca era como plomo de ametralladora, mantenía una calma insuperable, hablaba de forma pausada pero precisa.

-¿Dónde trabaja usted?-

-En el combinado de Mármol-

-¿Que hace allí?-

-Te llamo porque en estos momentos tu padre está en la estación de policía, deben estarlo interrogando-, en ese mismo instante la mente de Heiron se disparó, escuchó la vos de su madre que gritaba en sus oídos.

-Te toca ahora a ti hijo mío, cuida de tu padre-

-¿Me estas escuchando?-

-Si, te escucho-

-Tenemos a alguien dentro, estamos esperando noticias para saber que hacer, en cuanto sepa algo te llamo-

-¿Donde esta Álex?-

-Sale en un vuelo a medio día para allá-

-Esta bien, en cuanto llegue lo veré, cuídate, llámame si sabes algo, nos vemos-

-Con permiso compañero mayor-, dijo el oficial de guardia asomando la cabeza en la puerta y haciéndole señas a éste para que se aproximara.

-Allá afuera hay un ciudadano preguntando por el señor que tiene en su oficina, dice ser su hijo-

-Un momento; mejor, hágalo pasar a una oficina donde esté solo y que espere ser atendido allí, así piensa un poquito-, luego se le acercó al investigador y le trasmitió el mensaje de lo que había hecho.

-Por lo visto señor Raymond es usted todo un ciudadano ejemplar, pero para ser una persona tan ejemplar levanta demasiada preocupación por parte de su hijo, ¿acaso tiene usted algo que ocultar?, ¿algo de lo que nosotros no debiéramos enterarnos?, ¿algo que su hijo no quiere que usted nos diga?, ¿quiere fumarse un cigarro?, dijo el teniente de forma amigable alargando la mano que contenía una cajetilla de cigarros criollos con una fosforera dentro.

-Vamos por parte, no tengo nada que ocultar, además, si existe algo en mi persona que ustedes no deban saber, sencillamente nunca lo sabrán, no pienso decirles nada de mi vida privada ni a ustedes, ni a nadie, ese es un derecho que tengo, por otra parte a mi hijo no le interesa para nada lo que yo les diga a ustedes o lo que no, y para finalizar con sus preguntas; no gracias, me gusta fumar de mis propios cigarros-

-Y si a su hijo no le importa tanto este tema, ¿Por qué está esperando ser atendido allá abajo?, eso demuestra que si le preocupa-, esto un poco que desestabilizó a Raymond y dijo.

-Quiero ver a mi hijo, ¿Por qué lo han detenido?-

-Espérenos aquí-, dijo el teniente mientras salía de la oficina acompañado del mayor, sin dar explicación alguna dejando que Raymond diera riendas sueltas a su imaginación y pensara que su hijo estaba siendo detenido.

-Ahora le toca pensar un poco al viejo, ¿ve como va encajando todo?, por el hijo localizamos al padre, por el padre los tenemos a los dos, todavía nos queda tiempo hasta mañana para sacarle a estos dos los nombres de todos los demás, y entonces mañana sobre las 9:00 am este caso será historia-

-Eso espero teniente-, Raymond quedó en la oficina deshecho, le había prometido a Sarah que cuidaría de su hijo y que no permitiría que nada le pasara y estaba allí, sentado en aquella oficina sin hacer nada para que lo liberaran.

-Al menos si tuviera mi celular-, pensaba inconsolablemente.

-¿Que dirá mi muchacho con su afán de comunismo?, no, no puedo desconfiar de mi propio hijo, es sangre de mi sangre, es un Gridson, pero además, es un Dencer, es un caballero como su padre y es fiel hasta la muerte como su madre, no hablará-

-¿Usted es...? no me diga, siempre alardeo de tener buena memoria para los nombres en ingles, ya sé, Heiron Gridson Dencer, el hijo del Señor Raymond Gridson-

-Si, soy su hijo, pero permítame corregirle, mis apellidos son pertenecientes a la casta inglesa, proveniente de Sir Thomas Gridson, y por la parte materna proveniente de Ana Victoria Dencer, dama que gozaba de gran prestigio en su tierra natal, pero mi nombre, es alemán-

-Que interesante, debemos sentarnos algún día a hablar de historia usted y yo ciudadano-, intercambiaban miradas como midiendo a cada instante que detalle delataría sus nervios, Heiron se daba cuenta de que no estaba tratando con un sujeto común, mientras que por otro lado Israel se decía en su interior.

-Es inteligente éste muchacho, es verdaderamente una mente entrenada para esto-

-Pero bueno, no vine aquí a hablar de mi familia, vine a interesarme por mi padre, ¿alguien me puede explicar que está pasando que lo tienen aquí?-

-¿Y tu no lo sabes?, ¿no pretenderás hacerme creer a mi que no lo sabes?-, dijo el teniente con el mismo tono amable, pero por la expresión en su rostro Heiron estaba claro de que el mas mínimo error los conduciría a su padre y a él a una celda-, Vera Teniente, yo no vivo con mi padre, recién me entero que está aquí en ésta estación, vengo a interesarme por lo sucedido, y resulta que usted no tiene nada que decirme, ¿sabe que tengo yo para pensar de todo esto?-, dijo el joven con toda la calma del mundo, sin alterar la vos, fue muy preciso, sabia que el teniente no quería soltar prenda.

-No, pero me interesaría que lo compartiera con nosotros-

-Resulta teniente que yo soy económico, no mago, ni policía para saber que es lo que usted quiere que le diga, y a juzgar por lo que usted mismo ha dicho, pues no tiene nada como para mantenernos aquí, ni a mi, ni a mi padre, luego entonces, ¿puede hacernos el favor de dejarnos marchar, por favor?-

-Pero si no están detenidos ninguno de los dos, su padre respondió a una citación que es el deber de cada ciudadano, lo dice la ley, y usted vino a interesarse por él, solo está esperando a que terminemos-

-Con permiso, también hay una ley que dice que ni él ni su padre están en la obligación de contestar a ninguna de sus preguntas sin la presencia de su abogado-

-¿Y éste señor quien es?, ¿Cómo entró hasta aquí?, ¿Quién lo dejó pasar?-

-Mi nombre es Alexandro Hidalgo Gutiérrez, soy el abogado de los señores Gridson-, el teniente no dijo nada mas, no salía de su asombro, no dejaban de sorprenderlo ésta gente, nunca había tratado con personas así, pudo percatarse de que el abogado acababa de llegar de viaje por el olor que aún traía impregnado del avión, y hablando de forma pausada y tranquila indagó.

-¿Qué tal el viaje abogado?-, a lo que Alex de forma imponente pero serena, respondió.

-Admiro su sagacidad teniente, pero consideraría un cumplido si en este instante permite que mis defendidos y yo nos retiremos de esta unidad, digo, si no tienen ustedes en su poder nada que los haga permanecer en la misma-

Alex sabía que el teniente no tenia nada en sus manos, y se limito tras aquellas palabras a verlo quedar abatido con semejante respuesta, recta y directa como flecha de arco disparada al centro de la diana, y lo vio reflexionar para sus adentros, éste lo miraba como buscando algo, caminaba dentro de la oficina pensando.

-Definitivamente éstos Gridson están bien respaldados, tendré que soltarlos porque aunque ahora si estoy seguro de que andan en algo, no tengo una maldita prueba contra ellos, pero ya veremos mañana quien ríe mejor-

-Esta bien, pueden retirarse, solo les hacíamos algunas preguntas de rutina, no es nada como para preocuparse, ¡gana usted muy buen salario abogado!, lo digo por el reloj, ¿Cuánto le costó?-

-Casi dos años de trabajo teniente, recuerde que un abogado gana mucho menos que cualquier oficial de la seguridad del estado, por favor, dígale al señor Gridson que lo esperaremos en la acera, que no demore, tenga usted un buen día teniente-

-Te debo otra Alex, ¿como supiste?-

-Me llamó Ignara, sabes que nunca voy a dejarte solo-

-En cuanto a usted Heiron, tenemos que hablar-

-¿Vio eso mayor?-

-¿Qué era lo que había que ver?, lo único que vi fue que se presentó un abogado y se llevó nuestro caso, también vi como usted acaba de descargarlo por la tasa del baño al soltarlos, ya casi los teníamos, era cuestión de tiempo, en cualquier momento el viejo iba a hablar, el muchacho a lo mejor daba algo de trabajo por la preparación que tiene, pero el viejo por consideración a su hijo si iba a hablar-

-Mayor, escúcheme, no he tirado nada a la basura, ese señor que vino es abogado de la fiscalía nacional, por lo visto es un sujeto muy bien pagado por estas personas, y verdaderamente no tenemos nada que los obligue a permanecer aquí en calidad de detenidos, pero además, como bien lo dijo el joven Heiron, son personas que previenen de una trascendencia adinerada, pueden darse el lujo de pagarle a quien les de la gana para que hagan lo que ellos quieran, pero digo mas, son las personas ideales para éste caso que estamos investigando, por lo menos tenemos la certeza de que estos son los sujetos que estamos buscando, ¿ahora lo ve?, envíe un chequeo para ellos y vera como se mueven las cosas entre hoy y el día de mañana, estoy seguro que con esta jugada que acabamos de hacer están asustados y en cualquier momento harán algo que los delatará-

-¿Qué hacías en la policía hijo?, nunca mas vallas a una estación, menos si yo estoy dentro, sabes bien que tenemos un soplón entre nosotros, sabes que abiertamente has declarado no estar de acuerdo con lo que hacemos, ¿Qué es lo que quieres?, ¿Qué piensen que eres tú quien esta vendiendo los asuntos de la familia?-

-Pero papá yo solo quería saber si podía hacer algo, no quise echar las cosas a perder, me preocupé por ti, eso fue lo único que hice-

-Hijo, le prometí a tu madre que nada te pasaría, que haría de ti un hombre de bien, no quiero que te involucres en estas cosas, por lo menos hasta que no estés convencido de que debes hacerlo, regresa a casa y no vuelvas a no ser para visitarme y hablarme de tus asuntos, del trabajo y esas cosas-, Raymond hablaba con su hijo con la imagen de Sarah en la memoria, todo lo que le decía lo estaba diciendo de corazón, tenia los ojos aguados al punto de las lagrimas, pero su condición no le permitía llorar frente a su hijo, no podía permitirse el lujo de que su hijo lo viera flaquear.

-Pero padre, ¿usted no entiende que esto está demasiado caliente en estos momentos como para que lo haga usted solo?, permítame aunque sea esta ves, solo esta ves hacerlo yo, y por favor no se me complique mas, usted es lo único que me queda, también yo prometí cuidar de usted el día del entierro de mi madre-, hablarle a Raymond de Sarah era casi como hablarle de Dios a un monje por lo que.

-¿Y que tiene esa cabeza en mente?, porque no recuerdo haberte dado detalles de lo que esta pasando-

-Usted me dirá en este instante y yo haré mi análisis, de todas formas usted dice que yo estoy hecho para esto-, Raymond le contó todos los pormenores a su hijo, la mayoría de las cosas ya él las sabia pero su padre no podía enterarse de eso, así que se limitó a escuchar y a pensar en cual seria su próximo paso, para cuando su padre hubo acabado de explicarle.

-Tienen ustedes personas en la empresa de pesca-

-Si-

-¿Cuántas personas tenemos ahí?-

-Una tripulación, y un jefe-

-Bien, ¿ese barco está en tierra?, ¿hay posibilidad de que salga en estos días?-

-Se puede arreglar eso-

-Bien, esto es lo que haremos-

Y me voy pá la calle...se escucha una musiquita en medio de la noche.

-¿Si?-

-Cambio de planes, te llamo en estos días cuando la mercancía llegue, que tengas dulces sueños-

-No saldrá la mercancía mañana, esperaras hasta nuevo aviso-

-Ya no necesitaremos la lancha para mañana, mantente en contacto, yo te aviso-

-No saldrán los camiones para júcaro, espera instrucciones-, se desató toda una red de comunicación que movió a toda la estructura de la familia, Heiron hizo contacto con todas las personas que participarían en la acción, los miró a los ojos y dijo.

-De ustedes depende que esto salga bien, no voy a decirles que serán héroes, tan solo recordarles que todos tienen familias que dependen, que viven de esto que vamos a hacer, pueden retirarse, Leandro, quédate un momento por favor, tengo algo para ti-, cuando ya solo quedaron Leandro y él.

-Tu compañero, Omar, es el soplón que tenemos entre nosotros, no te preocupes por nada, todo va a salir bien, has las cosas sin nervios como está indicado, si aparece la policía, tú tranquilo, haces lo que te pidan y todo saldrá bien, ¿confías en mi?-

-Les debo todo a ustedes, ¿como no voy a confiar en ti?, déjame partirle el pescuezo a ese chivatón-

-No Leandro, nos es mas provechoso intacto, en su momento le llegará su hora y veras que él nos hará felices a todos, ¿qué tiempo lleva con nosotros?-

-Creo que desde la gravedad de su madre, hace como diez años de eso, gracias a la doctora se operó a esa señora a tiempo y hoy está mas fuerte que nosotros mismos, lastima que su hijo sea una pila de mierda-

-Tranquilo hermano, has lo tuyo-

-Katia, éste es el hombre del que te hablé, ¿trajiste el disco?-

-Si-

-Bueno Diover, te dejo en buenas manos, esta mulatica es licenciada en informática y especialista en programación, ese disco que está instalando en tu maquina hará maravillas con tus GPS, y usted Katia, no me valla a pegar los tarros con éste blanquito, que éste es medio resbaloso-

-No te preocupes, eso es para ti nada más-

-A trabajar, seriedad en la misión cadete, que de su seriedad dependerá el éxito-, estas palabras las dijo con aire marcial, haciendo que Katia reaccionara como todo una cadete de una unidad profesional.

-¿Tenemos a alguien en guarda fronteras?-

-Si-

-¿Cuantas personas tenemos ahí?-

-Contamos con tres personas, de ellos dos son jefes-

-Averigua cuando estos hombres estarán de guardia, la mercancía debe salir en su guardia-

-Bueno señores, ya todo está listo, ¿estamos todos?-

-Si-

-¿No falta nadie?-

-No-

-¿Seguro?-

-Si-, decían casi a coro los presentes en aquella nave de la empresa de mármol.

-Pues sincronicen sus relojes, el tiempo a partir de este momento será su mayor aliado, un error en el tiempo puede costarle años de prisión a alguien, o a todos, y entonces nuestra misión será una mierda, eso es lo que no queremos-, Heiron en ese momento se sentía en medio de un campo de batalla, se sentía en una situación de infiltración o algo por el estilo, pero el hecho es que las personas lo seguían.

-Oye, ¿no has sabido nada de tu amiga?-

-No me ha vuelto a llamar, hay que esperar, este envío si que es grande, no es como los otros, ¿y que hay del socio del cayo?-

-Mañana envía un paquete, tenemos que recogerlo en el aeropuerto, igual que la otra ves-, en eso timbra un teléfono y los dos responden al mismo instante, pues la música que tenían como timbre de llamada era la misma, Noel es quien contesta.

-Si; no hay problemas, mañana estaré allí; ¿para que tengo que poner en hora mi reloj por el suyo, ya mi reloj está en hora?-

-No hagas preguntas innecesarias Noel, ponlo y ya-, cuando Noel puso su reloj en hora vio que lo había adelantado dos horas.

-Eso significa que mañana amanecerá para ti dos horas antes, ¿entiendes?-

-Esta bien, nos vemos-

-Oye socio, ¿Qué es eso de la hora?-

-Que mañana tenemos pincha como loco, el día durara veintiséis horas, era la doctora Alicia-

-Teniente, la mercancía se moverá mañana, el plan sigue siendo el mismo, deséeme suerte-

-¿Ve lo que le decía mayor?, la desesperación los ha hecho cometer el fatal error de mandarse a la desbandada sabiendo que estamos detrás

de ellos, le diré una cosa, están en la obligación de sacar la mercancía, porque es dinero que ya tienen invertido, de distribuirla y venderla aquí en el municipio perderían parte de su inversión, pero además, esperar a que la cosa se enfrié aparentemente, seria un riesgo que los hemos obligado a no querer correr, temen que se les tiren en los almacenes, y por tanto se mandan, están casi atrapados-

-Aquí hay 500.00 CUC para ti, y otros 500.00 CUC para mi, a esto es a lo que me refiero, esto si es hacer negocio, ¿ves?-

-Si, pero para que esto se mantenga así debes hacer las cosas como yo te digo, para que me des tiempo a hacer la magia, me ¿entiendes?, de otra forma en cualquier momento podemos pasar un buen susto-, a Erik las cosas le iban de película, todo tranquilo, ganando bastante dinero y logrando poco a poco, con sus riesgos, sus propios objetivos.

Isla de la Juventud, son las 04:00 am en todos los relojes del país y en parte de Latinoamérica, pero en los relojes de la familia son las 0600 horas am, suenan los despertadores, comienza la acción, a esa hora de la madrugada, con mucha precaución se mueven los camiones por los lugares menos transitados, la carga fue preparada el día anterior y por tanto es solo conducir como es debido, por donde está orientado, a esa hora la policía está siendo entretenida por una bronca callejera que es casi como la de nunca acabar, provocada por Vicente y Yosvany; dos jóvenes corpulentos con muy buenos conocimientos de defensa personal; son las 0608 horas am, entra un camión en el parqueo de la empresa de pesca, comienza el descargue de unas cajas con hielo y otras muchas cajas mas, las cuales son trasladadas al interior de un barco pesquero, por un grupo de marineros que esperan poder zarpar bien temprano en la mañana; son las 0612 horas am, un camión es interceptado en medio de la oscuridad por dos hombres que le hacen seña para que tome el terraplén que el conductor ve a su derecha, pronto son descargadas dos cajas pesadas, lo que llama la atención de Omar, éste pensó.

-Aquí hay algo extraño, se supone que debían haber mas cajas, ¿que es lo que está pasando?, menos mal que el teniente va a esperar a que estemos en el aeropuerto para lanzar el operativo, porque si le daba por venir hasta aquí iban a coger muy poco-; son las 0630 horas am, un camión con un contenedor en la plancha se aproxima al puerto de Nueva Gerona donde ya hay un auto lada particular marcando para ocupar un espacio en la patana que lo trasladará a la habana; son las 0638 horas am, un camión entra en la base de camiones, donde es parqueado y su conductor le entrega una tarjeta del equipo GPS a una mulatica muy bonita que lo esperaba, 0640 horas am, el ayudante del camión el cual acababan de parquear, luego de cerciorarse de que no es seguido por nadie y de que está a buen recaudo, se dispone a marcar un número telefónico en su celular…, demasiado tarde, es interceptado por cuatro enormes brazos que lo inmovilizan y es depositado inconsciente en el interior de un auto americano marca Chevrolet, la madrugada está fresca; Son las 0715 horas am, se escucha alejarse a gran velocidad una lancha rápida con cuatro motores fuera de borda maraca Yamaha, cuyos ocupantes se reían de aquel bulto inconsciente que acababan de recibir a bordo y decían.

-Suerte amigos, de éste nos ocupamos nosotros-, son las 0735 horas am, comienza el movimiento dentro de la ciudad, todos están en posición, cada cual ha regresado a casa sin ser visto, a cada uno le sobra un minuto, es el que se necesita para exhalar un suspiro después de haber cumplido la primera fase de una misión.

-Señores, estamos en tiempo, esto no puede fallar, actúen con naturalidad hasta que llegue el momento, ésta gente es inteligente y sabe lo que está haciendo, si se imaginan nada mas que están siendo observados, abortan y se jode todo el trabajo que hemos hecho, ¿se entendió el mensaje?, a trabajar, tenemos que estar en posición antes que ellos; son las 07:45 am-

El teniente tenia casi la seguridad de poder atrapar a los Gridson con las manos en la masa; son las 1000 horas am se ve llegar un auto lada particular, al aeropuerto, los ocupantes del mismo desmontan dos cajas y preguntan por el local de carga; son las 1020 horas am, en el muelle de pesca se escucha el sonido del claxon de un barco pesquero que se hace a la mar, el cual es despedido por sus compañeros; son las 07:50 am, desde la cabina de un camión, un chofer ve entrar a puerto varios carros patrulleros, los cuales son parqueados de forma estratégica para evitar su visibilidad, los ocupantes comienzan la revisión minuciosa de cada vehículo antes de ser embarcado en la patana, centrando mayormente la atención en los camiones, todos son embarcados sin mayores dificultades, al fin y al cabo en ninguno de estos había nada que pudiera interesarle a la policía, son las 1100 horas am, se escucha en el puerto de Nueva Gerona el claxon del pequeño pero potente remolcador que conducirá la patana con un grupo de vehículos hasta el puerto de batabanó, en el interior de un camión rojo que contiene un enorme contenedor en su plancha, hay un hombre oculto, el chofer no sabe que el otro está dentro del contenedor, entre tanto, en el aeropuerto se lanza un operativo de la policía el cual hace que dos hombres vacíen el contenido de sus dos caja sobre una mesa.

-Ya le dije oficial, lo que llevan esas cajas son limones y toronjas, son para una tía que tengo en la habana, la cual debe tomar bastante jugo natural para los riñones-, en la cara del teniente se veía reflejada la ira, estaba tan molesto que no podía pensar, dio las ordenes pertinentes y se marchó, segundos después.

-Ya se dio el explote en el aeropuerto, el tipo estaba que quería explotar como una bomba-

-Bien, seguramente querrá hablar con su amiguito, es muy eficiente este Israel, me está dando buenas noticias desde que amaneció, y eso que ahora es que son las 1135 horas am-, se escucha el timbre de un celular en medio de la mar, todos escuchan atentamente, uno de ellos tomando el celular de aquel que estuvo inconsciente en el inicio de la travesía.

-Hagan silencio-, y escucha.

-Omar, ¿que pasó?, en las cajas que ocupamos en el aeropuerto lo que había era limón y toronja, te engañaron Omar, ¿que fue lo que pasó?-, decía una vos prepotente del otro lado de la línea, que por lo visto salía de una persona que estaba totalmente molesta, del otro lado dicen.

-En estos momentos Omar está ocupado tomando el sol de las cercanías de Miami, en otro momento lo atenderá-, el teniente colgó de un tirón el teléfono.

-¿Que resultado tenemos del puerto?-

-Nada compañero Teniente, fueron revisados todos los vehículos que se montaron en la patana y no se detectó nada en ninguno-, dijo el jefe del grupo de patrulla que había estado en el puerto a la hora dale embarque.

-¡No puede habérselos tragado la tierra!, ¿Qué hay de guarda fronteras?-

-Nada teniente, tampoco han visto nada-, éste estaba sumamente molesto.

-¿Y que dice su contacto teniente?-, éste quedó mudo ante ésta pregunta, miró fijamente a los ojos del mayor, le costaba trabajo reconocer que finalmente había sido engañado, pero no dándose por vencido tomó el teléfono y preguntó.

-¿Cuál es el número de la estación de batabanó?-, llamó.

-Buenos días, quisiera hablar con el jefe de unidad, soy el teniente Israel del departamento de investigaciones.

-Un momento, enseguida le comunicamos-

-Usted dirá Teniente, ¿en que podemos ayudarle?-

-Esto es un operativo, venimos dando seguimiento a una mercancía que suponemos salió del municipio en barco, dispongan de un equipo para hacer chequeo de la patana que llegará al puerto de batabanó en las próximas horas con los vehículos, la mercancía se presume que sean productos cárnicos, no se fíen de nada, como verán en esta embarcación no va ningún vehículo refrigerado, en cuanto tengan noticias me llaman a este número-

-Ok Teniente, enseguida nos ponemos en función de eso-, el teniente estaba jugando sus ultimas cartas en esta batalla, el tiempo se le estaba acabando y lo sabia, en unas horas si no tenia nada claro, los señores Gridson como los había llamado su abogado se estarían riendo de él.

-Buenos días amigo, ¿como está usted?, ¿Cómo dejó a mi amigo Orlando?-

-Orlandito esta bien, trabajando como caballo, pero bien, aquí tienes la cajita feliz, como dice él-

-Muchísimas gracias, ¡pero monte!, nosotros lo llevamos a su casa-

-Gracias-

-¿Cual es la dirección?-

-Cuba entre Luz y Acosta, ¿sabes donde es?-

-Si mi padre, no se preocupe, ya vamos llegando-, la auditora pidió toda la documentación referente al almacén de alimentos para revisarla, Erik se la entregó con mucha confianza, ésta empezó a revisar, una hora después lo llamó para preguntarle.

-¿Y estas mercancías que salen de éste inventario?, ¿Por qué está saliendo si no le veo entrada en ningún menú?-, Erik, con un tono de gran seguridad en su vos, una postura formal como corresponde a un profesional de su categoría, y con una expresión serena en su rostro, mostrando la viva imagen de la inocencia.

-Usted verá, si nos fijamos bien, vemos que estos inventarios salen de aquí y pasan a una cuenta que responde a mermas y roturas, a esta cuenta se llevan todos los productos, en nuestro caso, que pueden ser bebidas o alimentos ya sea que estén en mal estado, en el caso de los alimentos o-

-Esta bien, solo quería cerciorarme de que no había problemas con esto, pero por lo que veo tiene usted buen dominio de la labor que desempeña-, interrumpió la auditora al ver que aquel muchacho independientemente de su juventud sabia muy bien lo que estaba haciendo.

Son las 1736 horas pm, comienza el desmonte de todos los vehículos de la patana, éstos son revisados en la puerta antes de salir del puerto por los agentes de seguridad y la policía, no fue detectado nada anormal; son las 1819 horas pm, un camión entra al puerto de pesca de batabanó y es abierto el contenedor que lleva en su plancha, donde son depositadas cien cajas de pollo, noventa bandas de cerdo, y ochenta kilogramos de carne de res, todo bien acomodado con la ayuda de un hombre corpulento de aspecto siniestro al que los marineros reconocieron como Antonio ahora que la luz del día podía iluminar su rostro.

-Teniente, si su mercancía salió de la Isla debió haber salido en avión porque en barco no vino-

-Gracias, disculpe la molestia-

-Estamos para ayudarnos teniente, que tenga un buen día-

-Si puedo-, Israel colgó el teléfono, miró al mayor que esperaba ansiosamente a que éste dijera algo.

-No iba en la patana la mercancía, solo me quedan por pensar dos cosas, o no la sacaron por esa vía, o no la van a sacar hasta que la cosa se enfríe-

-Me inclino a pensar que esperaran, yo haría lo mismo-

-Mande a hacer en coordinación con la dirección de las dos empresas un inventario fiscalizado en el frigorífico y en el cárnico, no tienen tiempo de haber vuelto a colocar tanta carne en inventario otra ves, además ellos solo están esperando un chance y para eso no pueden tener esa mercancía en inventario, por tanto si nuestras sospechas son ciertas, en estos momentos deben tener tremendo sobrante, pero antes de irnos voy a hacer una ultima llamada, sigo sospechando que esa mercancía ya está en la habana-, el teniente Israel llamo a la unidad de patrulla de la habana y pidió que se orientara la detención para la revisión de la carga de todos los vehículos con chapa de la Isla de la Juventud.

-¿Cómo va la cosa?-

-Bien, en estos momento como se puede ver el camión va por la autopista rumbo a la habana, la orientación que tiene el chofer es seguir la trayectoria normal, pero como sabemos que hay un punto de control lo vamos a desviar para evitarlo, mientras que en el servidor se mostrará un trayecto normal sin desvío alguno-

-¿No se supone que esto es infalible?-

-Recuerda que fui adiestrada para hacer que vean desde un monitor lo que a mi me de la gana, ya veras, algún día te mostraré, de momento es secreto militar-; son la 2114 horas pm, el camión donde su conductor y ayudante conversaban de forma animada en un semáforo en espera del cambio de luz, fue detenido por un patrullero, el cual pidió los documentos del mismo y los de la carga que éste transportaba, el chofer luego de parquear el vehículo, le entrega todos los documentos al oficial, el cual revisa con detenimiento, hasta que llega a la documentación de la carga.

-Por mi parte no hay problemas, ustedes pueden hacer su inventario, el problema está en que ya es hora de irnos y los almaceneros no se van a quedar, y yo necesito que estén presentes, porque si faltara algo alguien tiene que responderme por eso-

-No hay problemas, el inventario se hará mañana por la mañana, pero los almacenes deben quedar sellados por un sello oficial que hemos traído por si se daba éste tipo de situación, al igual que toda la documentación de los mismos-

-Como usted diga, estamos a su disposición-, dijo el director de la empresa con toda la tranquilidad del mundo, y luego de haber cerrado y sellado todo como el teniente Israel lo había dispuesto.

-Entonces hasta mañana, tenga usted buenas noches-

-Pueden continuar, disculpen la demora-

-No hay problemas, tenga usted buenas noches oficial, oye Antonio, que dicen esos papeles sobre la carga que llevamos que ese tipo ni quiso revisarla-

-Déjame ver, bueno, aquí dice entre una pila de cosas que escriben los abogados, que todo esto es para una casa de visita, de donde Ignara sacó los cuños, yo no sé, pero hay que reconocer que la chiquita si así es de linda, es de inteligente, y fíjate bien, todo esta detallado, peso, cantidad de la mercancía, chapa del camión, número de licencia del conductor como máximo representante de la carga, número de inventario al que pertenecen las mercancías, las existencias finales en almacén, y hasta el color del camión-

-¡Coñó!, ¡se la comió!, lo único que le faltó fue poner el nombre de mi suegra-, no fue vuelto a detener el vehículo en toda su trayectoria restante, tampoco fue vuelto a ver en circulación hasta la mañana siguiente rumbo a batabanó con un único ocupante, su chofer; es la hora 0000 am.

-La mercancía fue distribuida, en los próximos días se enviará el dinero como siempre se ha hecho-, dijo Antonio con aire de satisfacción y triunfo, esta llamada desató otro grupo de llamadas, que reunió a estas personas en una conferencia en el chat interno, instalado por Katia en todas las computadoras, a través de un sistema imposible de rastrear, el cual utiliza como servidor una tercera maquina situada en la gran compañía Gridson and Dencer en los Estados Unidos de América, que es productora de ropa y calzado, con un departamento independiente especializado únicamente en equipos y accesorios informáticos.

-La misión fue todo un éxito, los felicito, han hecho un gran trabajo-, fue el mensaje que trasmitió Heiron a todos los que participaron en la acción, a lo que todos, sin excepción de ninguno dijo.

-No lo hubiéramos logrado sin ti-, los inventarios realizados en las diferentes empresas, fueron vistos como un desastre por el investigador Israel, este quedó frustrado ante la vista de que toda la documentación estaba en orden, que todo coincidía claramente con el físico en almacenes, que no habían ni faltantes ni sobrantes, pero lo que mas le molestaba era que había perdido a su contacto, que no sabia que le estarían haciendo, y que en esos momentos no tenia ni idea de que pudieran estar tramando los Gridson.

-Mantengan el chequeo constante sobre estos dos ciudadanos, no se muy bien lo que ha pasado, pero ellos caerán en cualquier momento-

-Entonces teniente, ¿está usted admitiendo que se le escaparon?-

-Esta es una frase celebre, hemos perdido una batalla, no la guerra-

-Solo espero que esta perdida no le traiga mayores consecuencias, teniente-

-También yo espero lo mismo-

-Gracias por la confianza depositada en mí, padre-

-Siempre he estado seguro de tu potencial, sabia que estabas listo para esto, y créeme si te digo que nunca dudé de ti hijo mió-

Habana, 09:28 AM

-Resulta que ha invertido usted, personal, combustible y tiempo para nada; explíquese teniente-, se pronunciaba el superior del teniente Israel, mostrando su enojo sin reservas.

-Verá, compañero mayor, el caso es que ciertamente no hemos logrado desmantelar esta red, y que hemos perdido a un valioso contacto dentro de la misma, pero en cambio ya hoy conocemos los nombres de los principales autores, sabemos donde viven, luego entonces solo nos resta no perderles la pista y estar presentes en cuanto cometan el primer error-, se limitaba a explicar el teniente sabiendo claramente que debía medir cada una de sus palabras.

-¿Pretende hacerme creer que hasta este fiasco usted lo había planificado?-, Interrogó el mayor mirando fijamente a los ojos de su subordinado.

-Por supuesto que no compañero mayor, solo estoy viendo el lado positivo de la situación-, dijo esta ves el teniente al mismo tiempo que pensaba.

-Me la hicieron buena, pero no se escaparán, de esta no los salva nadie-

-¿Entonces?-, dijo el mayor con mirada acusadora, pero con un gesto de aprobación indicándole un asiento al teniente que no abandonaba su posición de firme por el nerviosismo para que se sentara.

-Nada mayor, en estos momentos estas personas no respiran sin que lo sepamos-

-Veremos que resulta de eso, de momento, lo mantendré en el caso, y quiero Israel, que esta ves tenga resultados satisfactorios, no voy a tolerar mas errores, no podemos darnos esos lujos, ¿le queda claro?-, el teniente se puso de pie como un resorte, mirando fijamente a su superior y con vos marcial.

-A la orden compañero mayor, permiso para retirarme-

Nueva Gerona 9:20 AM

-Buenos días, veo que gozamos del privilegio de la custodia de la PNR-, se sonrió mientras hablaba Alexandro al entrar en la sala de la casa de Raymond.

-Desde hace unos días están ahí, los pobres, locos por saber que hacemos, con quien hablamos, quien nos llama y hasta cuando respiramos de más-

-En eso tienes razón Raymond, los pobres, no tienen ni idea de lo que sucede, ellos perdiendo su tiempo y nosotros aquí, tranquilamente haciendo lo que mejor sabemos hacer, pensar-, Alicia tenia toda la razón, en ese mismo instante en que eran observados por los agentes, eran puestos en marcha los tramites para una reunión que se celebraría para la distribución del dinero del negocio que acababan de cerrar, mas el dinero de otros tantos negocios que también pertenecen a la familia, de ahí la presencia de Alex esta mañana ésta sala.

-Bueno Raymond, dentro de una hora aproximadamente debemos recibir confirmación del alojamiento del hotel, ya para mañana tendremos también confirmación de los pasajes de viaje, digo mañana porque necesito precisar contigo si Heiron irá también-

-Por supuesto que irá, el debe estar presente, de todas formas todos sabemos que la idea de hacer todo de la forma en que lo hicimos fue de él, y sabes bien que nadie queda fuera cuando participa en una acción de esta envergadura, de convencerlo me ocupo yo-, se escucha el timbre del celular de Raymond.

-¿Si?-

-En estos momentos el teniente Israel está en la oficina discutiendo el caso de usted con su superior, según la información que tengo están siendo chequeados de forma constante, tengan mucho cuidado en sus acciones, saludos, nos vemos-

-OK, ten mucho cuidado tu también-, y se cortó la comunicación.

-Bueno, señores, todo parece indicar que tendremos la compañía del tenientico ese por un tiempo más, de todas formas la precaución siempre ha sido nuestro fuerte-

-Pienso que en lo adelante toda medida es poca, éste sujeto no descansará hasta tener su segunda oportunidad de atraparnos, y si es constante el chequeo entonces deben saber que pretendemos hacer viaje pronto-

-En eso tienes razón Alex, pero lo que no saben es quienes viajaran, a donde será ese viaje y por supuesto, en que, así que seguimos teniendo la ventaja-

-Muy bien pensado Ignara, pero que idea tienes para evitar que se enteren de esto-

-Tengo una ideita, pero necesito pulirla un poco-

-Bien, tienes hasta mañana para ello, debemos reunirnos en Santiago de Cuba, ese será el fin de nuestro viaje, piénsalo bien, pues debemos llegar hasta nuestro destino sin ser detectados-, dijo Raymond con mirando fijamente a los ojos de la joven, que interpreto automáticamente.

-Esta parte de la planificación será tu misión-

Entre tanto, heiron y Katia conversaban de forma animada.

-Y no viste Heiron como el muchacho preguntaba como era posible que se viera en el sistema una cosa cuando el camión en ese preciso momento estaba haciendo otra-

-Me alegra que pudieras ayudarme, es bueno saber que puedo contar contigo-

-Y con mi hermana-

-Con ella también, dice mi papá que en estos días debemos ir a Santiago de Cuba, me pidió que te llevara, por haber participado de forma activa en esta acción, por lo visto te has ganado un lugar en esta gran familia-

-Es un honor para mi-, dijo la joven haciendo una reverencia.

-No te rías chica, no sabes la seriedad de este asunto-

-Si no me cuentas, no podré saber, así que soy toda oídos-

Son las 11:00 AM, Santiago de Cuba, Hotel Balcón del Caribe.

-¿Ya están listas las 16 habitaciones que te pedí?-, preguntó la jefa de alojamiento a la camarera que venia en dirección opuesta a ella por el pasillo.

-Ya están listas, y me dijeron en carpeta que pasaras por allá para confirmar el alojamiento de estas personas-

-Gracias Carmen, enseguida paso por allá-

-En estos días salimos para Santiago, así que mira a ver como te escapas de tu pincha socio-

-Noel, Noel, lo de mi trabajo no es problema, lo único que tengo que hacer es cuadrar con mi jefe y ya está-

-Bueno, mira a ver como lo haces sin levantar muchas sospechas Rafa-

-Tú sabes una cosa, me gusta como hace las cosas la amiga tuya esa, todo es sencillo, rápido y en silencio-

-Tenemos mucho que aprender de esta gente, a lo mejor nos unen a su equipo, quien sabe-

-Falta que nos hace, porque con ellos si se gana dinero, ¿Cuándo es el viaje a Santiago?-

-Eso no lo sé, ella me llamará-

Santiago de Cuba 12:38 PM

-Sales para la habana en el vuelo de ésta tarde, vas a ir a la dirección que está en el papel que te di, allí vas a encontrarte con Alicia, le das esta nota y regresaras en cuanto ella te oriente, por donde te vas a quedar no te preocupes, ella te dirá, suerte-

-¿No piensas venir a ver a tu padre?-, escucha Heiron del otro lado de la línea, pero por el tono de la vos se percata de la urgencia con que su padre quería que fuera a verle, además de percatarse de que no era una simple visita lo que haría al llegar a casa del mismo.

-Esta tarde paso por allá, de todas formas tengo que ir a Gerona a comprar algunas cosas, nos vemos-, y cortó la comunicación.

-¿Qué tenemos?-, preguntó el teniente algo impaciente por no tener noticias, los días habían pasado y no sabia nada sobre lo que estuvieran tramando los Gridson y eso le preocupaba.

-Todavía nada teniente, algunas llamadas telefónicas sin importancia, escuche usted mismo, el otro día según informa la Isla se reunieron en la casa de Raymond, pero como mismo entraron salieron, todos en momentos distintos del día, no se pudo escuchar de que hablaron, pues o lo hicieron en vos muy baja o simplemente se dedicaron a escribirse lo que se tenían que decir-, explicó el agente mientras el teniente Israel se ponía a la escucha de algunas de las llamadas telefónicas recibidas por Raymond en su casa.

-Mierda, aquí no hay nada-, decía el teniente sin ocultar para nada su enojo.

-Parece como si supieran a cada minuto lo que estamos haciendo-

Habana, Jueves 25 de Noviembre de 2001, 09:08 AM

-Ya tengo confirmación del alojamiento, hablaste con Heiron, ¿Cómo hacemos para movernos hasta allá?, el chequeo continua-

-Ignara me dio un plan, Heiron lo está perfeccionando, pronto saldremos de viaje, no te preocupes-, dijo Raymond con su vos característica esbozando esa leve sonrisa en sus labios como lo hacia siempre que estaba seguro de lo que estaba diciendo.

-Eso me tranquiliza, parece que el muchacho va progresando-

-Por lo menos, está respondiendo a nuestros intereses comunes, luego te aviso-, y al cortar la comunicación quedo sumido en sus pensamientos imaginando que estaría pensando su hijo, era evidente que éste sentía orgullo al saber que todo cuanto era analizado por ellos dos salía bien, Ignara y Heiron eran lo que él había planificado que fueran.

-Ya lo tengo todo ajustado, solo nos resta tomar algunas medidas papá-

-¿Como cuales?-, preguntó Raymond a su hijo.

-Sencillo, la comunicación-

-¿Qué tiene que ver la comunicación con que nos movamos a otra provincia sin ser vistos?-

-Sucede que aunque tengamos a alguien en la compañía telefónica que borra nuestra llamadas, no podemos evitar que hayan escuchas en la casa, pienso que debemos ser cautelosos con eso, luego entonces debemos hacer que la comunicación sea nuestra mejor y mas eficaz arma de defensa-

-Tú dirás-

-Todo será de forma verbal y personal, así eliminamos toda posibilidad de escucha-

-Bueno hijo, que así sea-

Días después.

-¿Está el teniente Israel?-

-Es quien le habla-, contestó el teniente con urgencia, pues esperaba con ansias ésta llamada, tenia tres teléfonos en su oficina y llevaba varios días esperando escuchar el timbre de ese teléfono en especifico.

-En estos momentos Raymond y Heiron acaban de abordar un avión con destino a la habana, esté al tanto-

-Gracias, enseguida nos ponemos en función-, dijo el teniente al mismo tiempo que marcaba un número en otro teléfono, sabiendo que éste le comunicaría con la unidad mas cercana al aeropuerto.

-¡Ordene!-

-Es el teniente Israel, ¿está el teniente Raúl?-

-Le transfiero-

-Dime Israel, ¿en que puedo ayudarte?-

-Necesito que pongas un chequeo en el aeropuerto, en estos momentos te estoy enviando la ficha de las personas, por nada del mundo puedes perder de vista a esta gente, quiero saber que hacen, que hablan, a donde se dirigen, quien, o quienes los acompañan, y todo lo que se te ocurra, es importante, cuento contigo-

-No te preocupes, ¿los detengo asta que llegues?, estoy recibiendo la ficha que me enviaste, ¿para cuando es esto?-

-Dentro de 30 minutos aproximadamente deben arribar, no los detengas, solo obsérvalos, es por eso que cuento contigo-

-Ok-

Al cortar la comunicación Raúl, imprimió la documentación que le enviara Israel y se dio a la tarea a toda velocidad, solo le restaban 20 minutos para estar en el aeropuerto, en éste se orientó de forma muy discreta llevar a los pasajeros que arribarían en el vuelo de Gerona a un salón donde pudieran ser chequeados de forma diferenciada, para así facilitar la observación de los hombres orientados por su compañero; al aterrizar la aeronave la salida de los pasajeros de la misma se vio demorada por la llegada del ómnibus que los transportaría a la Terminal, entre tanto los equipajes iban siendo acomodados en un carrito por un señor mayor y un muchacho joven de grandes músculos, éste segundo desde dentro del deposito de carga del vuelo le hacia llegar al primero los maletines, uno de los pasajero se acerco a la aeromoza.

-¿Puedo pasar al baño?-

-Venga por favor-, dijo muy atenta la joven azafata.

Para cuando el ómnibus se dirigía a la Terminal con los pasajeros el carrito de equipajes se movía por la rampa rumbo a la terminal número tres llevando como ocupantes a dos personas, uno era un señor mayor de ojos grises y el otro era un muchacho joven de grandes músculos y manos delicadas, ambos se distinguían a la distancia por sus overoles amarillos que los identificaban como trabajadores del centro, al descender de la aeronave los pilotos, iban acompañados por dos aeromozas altas y hermosas, característica fundamental en las jóvenes que ejercen la profesión.

-Israel, los ciudadanos que me dijiste vinieron en ese vuelo pero no salieron de la terminal del aeropuerto, los pasajes fueron chequeados como de costumbre a la hora de recoger el equipaje y aunque no quedó ningún equipaje en la estera, y se marcaron todos los pasajeros según el listado de abordo éstos no se han visto salir, ¿qué quieres que haga ahora?-

-No es posible, ellos subieron a ese avión-

-Eso lo sé, pero el hecho indica que o no han bajado, o no han salido del aeropuerto-

-¿Tienes como hacer llegar a las otras terminales que comunican con esa donde estás las fotos de los individuos?-

-Si, solo me llevará unos pocos minutos-

-Mucha gracias señorita-, decía de forma amable un señor mayor de ojos grises que estaba acompañado de un joven que al parecer por el trato entre ellos y por el parecido físico era su hijo, al entregarle un paquete a la joven de información.

-Ya sabes lo que tienes que hacer, no les pierdas ni pié ni pisada a esos hombres-

-A sus órdenes compañero teniente-, dijo el oficial de policía mirando a su alrededor y mas aún en dirección a las puertas por donde debían aparecer los pasajeros de las aeronaves, mientras que a sus espaldas salía del parqueo de la terminal número tres del aeropuerto internacional José Martí un taxi de color azul plateado, con un empapelado oscuro en sus cristales que apenas permitía distinguir sus ocupantes.

-Nos detendremos en 100 y Boyeros, justo debajo del elevado, debemos recoger a una joven allí-

-No hay problemas-, dijo el taxista mientras se incorporaba al flujo de autos que transitaban por la avenida y abriéndose paso entre los mismos a la máxima velocidad que le era permisible.

-Buenas tardes-, saludó una joven mulata esbelta y hermosa en su atuendo de azafata, al abordar el taxi.

-Te sienta bien el uniforme Katia, deberías pensar en ejercer-

-Lastima que no pueda decir de ti lo mismo, pues el amarillo no te sienta nada bien Heiron-, pronunció la joven mientras sonreía de forma burlona.

-Los perdimos, dicen mis muchachos que en la terminal tres no están tampoco, siento no haberte servido de mucha ayuda, ¿qué hago?-

-Nada, si te necesito te aviso, gracias de todas formas Raúl-, en ese mismo instante se escucha el timbre de otro teléfono.

-Teniente, la doctora Alicia acaba de abordar un vuelo con destino a varadero, la acompaña su hija-

-¿De donde salió ese vuelo?, ¿estas seguro de que eran ellas?-

-Si teniente, eran ellas, el vuelo acaba de despegar de la terminal número uno del aeropuerto José Martí-

-Correcto, gracias-, cortó la comunicación y automáticamente llamó a Varadero.

-No hay problemas Israel, si vienen en ese vuelo las veremos, yo personalmente me ocupo de eso-

Entre tanto, en la terminal de ómnibus provinciales se disponía a salir el ómnibus 074 con destino a las Tunas, una señora de avanzada edad tropieza en los escalones y casi cae al suelo de no ser por una mano que se extendió en su auxilio evitando la caída, la hija de la señora incorporándose en su asiento dijo al desconocido.

-Muchas gracias compañero, mi nombre es Xiomara, ¿si hay algo que pueda hacer por usted?-

-No hay de que joven, es usted muy amable, mucho gusto, permítame presentarme, mi nombre es Alexandro pero mis amigos me llaman Alex, y si, hay algo que puede hacer por mi, despiérteme si ronco en el viaje-, el trío echó a reír y continuaron viaje de forma animada.

Al abordar el taxi Alicia se percató de que eran observadas por una señora, mostró una leve sonrisa a su hija y.

-Menos mal que estaba todo bien planeado pues hasta aquí nos están siguiendo-

-No te preocupes mamá, todo va a salir bien-, dijo Ignara con la mayor tranquilidad, se notaba que sabia perfectamente y estaba al tanto cien por ciento de todo cuanto estaba aconteciendo a su alrededor.

-Acaban de tomar un taxi, al parecer se dirigen al pueblo-

-Ok, no las pierdas-

Sin embargo, al llegar a una intercepción el taxi que llevaba tres vehículos por delante de su perseguidor se mezcló con otros taxis del mismo color, marca, y forma en el flujo de la vía, para el momento en que el auto ocupado por los perseguidores trató de darles alcance cada uno tomo un rumbo diferente en las distintas vías afluentes, estos quedaron desconcertados al tener que informarle al teniente Israel y decirle.

-Las perdimos, ¿qué hacemos ahora?-

-¡Mierda!, ¿como lo lograron?, son solo dos mujeres-

-Al parecer la casualidad las ayudo teniente, habían como 8 taxis iguales y teníamos tres autos mas delante del nuestro como podíamos saber...-

-Está bien discúlpenme, el problema es que no les expliqué que con estas personas las casualidades no existen, ellos crean las casualidades, aparecen en los lugares y desaparecen con la misma facilidad, ahora hay que ver que hacen, por lo menos sabemos que están en matanza y que tratarán de salir rumbo a las tunas, según tengo entendido el abogado ese de ellos está para allá, veré si pueden ubicarlo en la terminal de ómnibus cuando llegue-

Al detenerse el autobús, un pasajero le pide al chofer que le permita acceder a su equipaje, éste abre el maletero para que el hombre retire el mismo, el cual a su ves da las gracias y aborda un taxi azul plateado que aguardaba ya hacia unos 25 minutos por su llegada.

-¿Retrasado Alex, que tal el viaje?-

-Bien, todo bien Raymond-, dijo el abogado echando un vistazo al resto de los ocupantes, por lo que Heiron se apresuró a decir.

-Son de confianza, ella es Katia, licenciada en informática y especialista en programación, él es Rafael, doctor en Genética aunque en estos momentos es chofer de taxi-

-Discúlpenme, pero es que no nos habían presentado-

-No hay problemas-, dijo Rafael al mismo tiempo que pensaba; -¿Como es que Heiron tiene ésta información sobre mi, si yo no se la he suministrado ni a Noel?-, esto resultó ser de su agrado ya que sentía que éstas personas al conocerlo pues sencillamente habían confiado en él y por lo tanto debía corresponderles.

Matanza 07:38 PM, a gran velocidad transitaba por la autopista nacional un auto moderno de color negro marca toyota con cristeles oscuros y llantas niqueladas, a estas horas solo le quedaba cumplir su ultimo objetivo para dirigirse a su destino final.

-Gracias amigo, nos vemos-, dijo Noel al apearse del camión que lo había transportado hasta aquella provincia que solo conocía de nombre; -Camaguey, que nombrecito, pero bueno, todavía me quedan cuatro horas para que llegue mi gente, estoy en tiempo, suficiente para comer algo en alguna paladar donde vendan comida y regresar al punto de encuentro-

11:03 PM, en el serví centro todo era tranquilidad, se veían pasar los camiones y otros vehiculo pero nada, Noel comenzaba a impacientarse, vuelve a chequear la hora y no se dio cuenta cuando un auto marca toyota de llantas niqueladas se detuvo justo a su lado y se abrió una de sus puertas.

-¿Eres Noel?-

-El mismo-

-Sube, nos queda camino por recorrer-, éste abordó el auto sin hacer preguntas, aunque en realidad esperaba ser recogido por su amigo Rafael, echó una breve ojeada al resto de los ocupantes del vehiculo y al cerrar la puerta escucho una vos melodiosa que le decía.

-Yo soy Alicia, gusto en conocerte, ella es mi hija Ignara-, dijo la doctora señalando a la joven que ocupaba el asiento delantero, la cual volteó la cabeza para que éste la viera y le un guiño con los ojos en señal de saludo; -Y él es Antonio-

-El gusto es mío, es usted mas joven de lo que imaginé-

-Es la impresión que siempre causa a todos cuando la conocen por primera ves-, dijo Antonio un tono de burla mientras oprimía a fondo el acelerador exigiendo al motor del vehiculo mas velocidad.

-No te hagas el gracioso que puedo hacer que te tragues tus palabras-, dijo Alicia con un tono de vos mas severo.

-No le hagas caso mami, que él sabe que tú eres un mango-

-Él sabe, y bien Noel, ¿Qué tal tu viaje hasta aquí?-

-Todo bien, nadie me vio llegar, no hice mucha estancia en un mismo lugar, y no me di mucha vista como me orientaste-

-Muy bien, eso quiere decir que hasta aquí hemos llegado sin ser vistos-

Pocos minutos después se encontraban detrás de un camión marca kamas el cual aunque trataba de alcanzar mas velocidad solo conseguía los 90 Km/h, Noel, acostumbrado a la velocidad a la que siempre andaba el taxi de su amigo Rafael se sentía impaciente, se escuchó el timbre del celular de Alicia.

-Antes de llegar a las tunas-, le dijeron a ésta desde el otro lado de la línea y se cortó la comunicación.

-Noel, si te he traído hasta aquí es porque tengo plena confianza en ti, sé que no nos defraudaras, ¿te sientes preparado para esto?-

-Sí, ¿por que?-

Entonces el chofer del auto se volteó diciendo al ver que el camión que llevaban delante se detenía.

-Sígueme-, y detuvo la marcha.

-Lo siento teniente, con el mayor respeto, me parece que la información que le suministraron era falsa o estaba equivocada, ese señor

no venia en el ómnibus de la habana, pero además, tampoco se localizo ningún vehiculo sospechoso entrando a la provincia, detuvimos a todos los taxis, autos particulares, camiones, y no venia nadie con esas señas que nos hicieron llegar, verifique con su fuente la información-

2 horas después se abrieron las puertas del contenedor del Camión marca Kamas que entes se había detenido delante del toyota negro y de su interior emergió el mismo con todos sus ocupantes, cuando veían alejarse el camión un taxi azul plateado se detuvo delante del auto negro, del cual Noel vio salir la figura conocida de su amigo, Rafael.

-¡Mi hermano!-, todos se saludaron, estos dos con grandes demostraciones de la amistad que había entre ellos, luego se acomodaron en los vehículos y continuaron viaje, solo que esta ves el taxi azul estaba ocupado por Ignara, Heiron, Rafael, y Noel, mientras que el auto negro era tripulado por Alicia, Katia, Raymond, Antonio, y Alex, por ser éste mas amplio.

-¡No me vas a creer!-, Noel parecía un niño contándole sus travesuras a su hermano mayor, así hicieron el viaje, entre risas y conversaciones, hasta llegar sin tropiezos.

Santiago de Cuba 07:48 AM, Hotel Balcón del Caribe.

-En estos días vamos a ver como hacemos, necesito hacer un dinerito para un regalo que quiero comprarle a mi mamá-, le decía Erik a uno de los almaceneros del hotel.

-No hay problema, tú me dices-

Mientras que en el lobby del mismo unos minutos después.

-Buenos días, espero que hayan tenido un buen viaje-, les decía la jefa de alojamiento a los recién llegados, al mismo tiempo que les entregaba unas identificaciones que los distinguían como huéspedes del hotel; acto seguido fueron conducidos por una camarera a sus habitaciones, mientras les deba la referencia de los horarios del funcionamiento de la vida en el lugar, desayuno, almuerzo, comida, y otros.

Estos nuevos huéspedes ocuparon las últimas 4 habitaciones de un total de 16 reservadas, excepto una de las jóvenes que venían con ellos que fue acomodada en otra, que ya estaba ocupada por otra joven.

-¿Pero como llegaste hasta aquí tan rápido?-

-Tengo mis cosas, ¿se te olvida que soy aeromoza?-, y ambas echaron a reír en tanto que la una ayudaba a la otra a acomodar su la ropa en el armario y conversaban sobre el viaje como viejas amigas.

Todo salió a la perfección, nadie los vio llegar, todos estaban allí, ninguno fue registrado en carpeta con sus nombres, y sin embargo todos eran huéspedes del hotel, esa noche Raymond recibió una llamada donde.

-Señor, a lo largo de estos años mi familia ha estado estrechamente ligada a la de usted, señor, hoy ya no soy tan joven como antes, mis hijos me han pedido que le hable para que me permita descansar y retirarme a mi amada Sicilia, tengo algo de dinero ahorrado y con éste me será fácil establecerme, no quisiera dejarle, pero mi salud y el frío de New York me obligan a hacerle esta petición-

Raymond escuchaba atentamente cada una de las palabras que decía el anciano desde el otro lado de la línea, éste siempre había sido para él como un padre, le había enseñado muchas cosas y si había llegado a mantenerse de la forma en que lo había hecho, era precisamente por los consejos de éste, recordó que cuando la muerte de su padre lo sintió tanto que enfermó un tiempo, sabia que si alguien le era fiel ese alguien era él, por lo que...

-Mí muy querido amigo, no sabes cuanto voy a sentir tu partida, sabía que algún día llegaría este momento, y para ello tengo un presente para ti, por el trabajo de toda una vida, por tantos años de buen servicio, por tantos años de fidelidad, a tu llegada a Italia te será entregada una fuerte suma en efectivo, pienso que con éste podrás establecerte, en cuanto a tus ahorros, podrás emplearlos en lo que desees, por mi parte aún con lo que te dé me quedo debiéndote todo cuanto has hecho por nuestra familia, gracias amigo y Dios te de larga vida-

El italiano escuchaba con calma, se le escuchaba toser de vez en vez, no interrumpía a su amigo, las lágrimas recorrían sus mejillas, había llevado una vida llena de emociones al lado de esta familia de la cual se sentía parte, que ahora le resultaba doloroso separarse de ella.

-Señor, ¿tiene usted a alguien en quien pueda confiar para situarlo en mi lugar?-, preguntó éste con suma reverencia.

-De momento no, será difícil situar a alguien que ocupe tu lugar en ésta familia, solo espero conseguir a una persona para que haga tu trabajo, ¿Alguna sugerencia?-

-Cualquiera de mis hijos puede hacerlo, sabe que en todos puede confiar-

-No debo sacar a tus hijos de lo que están haciendo, para eso debo buscar a otra persona y sabes que tus hijos son más necesarios donde están-

-Aguardaré ese momento para retirarme-

-Nuevamente te doy las gracias amigo-, al cortarse la comunicación Raymond quedó sumido en sus pensamientos, no había pensado ni por un instante en esa posibilidad, estos italianos habían estado siempre entre ellos, eran personas fieles, los jóvenes resultaban los mas trabajadores, jamás dudaría de ellos, pero en quien mas que en su propio hijo podría confiar como para entregarle las riendas de la gran compañía Gridson & Dencer, tendría que tomar decisiones pronto, tenia que pensar con la mayor velocidad posible, y por sobretodos las cosas, tenia que hacerlo bien.

-¿Sucede algo Raymond?-, le preguntó Alicia al notar cierto aire de preocupación en la mirada de su amigo.

-Nada de que preocuparse, solo que estoy un poco agotado todavía del viaje, creo que es mejor que me valla a mi habitación a descansar un poco, de todas formas todavía nos quedan algunos días aquí-, contestó éste con un tono convincente a los delicados oídos de su amiga.

-Haces bien, todo no puede ser trabajo, te dejo para que descanses-

Al llegar a la habitación Raymond se encontró con la mirada observadora de su hijo, y con la pregunta del momento.

-¿Pasa algo papá?-

-No es nada hijo, es un detalle importante en el que no había pensado y ahora estoy por pagar las consecuencias-

Al escuchar la expresión de su padre al referirse al detalle, Heiron se percató de que hablaba de una persona y no de un error de planificación en los acontecimientos anteriores por lo que volvió a la carga.

-¿Y ese detalle del que hablas, es amigo o enemigo?-

-Es un amigo, un gran amigo, es por eso que es un detalle y no un problema hijo-

-¿Se puede saber cual es el nombre de este amigo, que le preocupa tanto?-

-Para que entiendas bien como es la cosa te lo contaré desde el principio, de todas formas tenemos tiempo y así conoces más sobre la otra parte de tu familia, o mas bien sobre la familia de tu madre, verás, la señora Ana Victoria Dencer, tu bisabuela, heredó de su finado esposo Sir Edgard Dencer algo más de lo que se puede decir mucho dinero en deudas, éste señor era una persona muy sana, ayudaba a todo aquel que lo necesitaba, de ahí las deudas que le sobre vinieron a la señora, poco después de la muerte de tu bisabuelo, la señora fue muy criticada, por la sociedad londinense de entonces, llegó un momento donde se vio excluida deliberadamente de la alta sociedad, aquellas personas que antes la invitaban a sus fiestas y celebraciones sencillamente un buen día dejaron de hacerlo, en las tiendas y comercios donde tenia crédito dejaron estos de suministrarle los productos, y toda clase de situaciones desagradables, comentarios, y necesidades empezó a sufrir ésta, por lo que según su orgullo se vio en la obligación de asumir el mando de la familia y de todos los asuntos concernientes a las deudas dejadas por su esposo, con el objeto de enaltecer el honor de la misma, yo se lo veo bien, aún en su estado, porque para ese momento estaba embarazada, decidió no volverse a desposar, con unos ahorros que tenia pagó algunas de las deudas y contrató unos señores recién llegados a Inglaterra para el cuidado de la casa, éstos eran los Bellini, procedentes de Sicilia, Italia, Genzo Bellini, el cabeza de esa familia se ocupó de los negocios de conjunto con tu bisabuela, este par formó muy buen equipo, pues con la astucia de la señora Dencer y los métodos del señor Bellini todo salía a pedir de boca, al principio ésta se mostraba algo agresiva, luego se volvió temeraria, y tiempo después recuperó su posición, transformándose en toda una dama respetada de la alta sociedad-

Heiron escuchaba con atención mientras su padre le contaba aquello que lo relacionaba tanto con ese mundo en el que había crecido, se daba cuenta de porque su madre se había casado con su padre, a su modo de ver las cosas ésta vivió desde niña en éste tipo de situaciones y por tanto se hubiera sentido incomoda en un ambiente diferente.

-Tu abuela era ya una señorita, había estudiado derecho, estaba preparada, podía asumir el mando, fue lo que sucedió con la muerte de Doña Ana Victoria, Isabela Dencer tomó posesión de todos los bienes y se encargó de mantener el honor de los suyos en la cúspide de la sociedad, claro está que siempre tubo a un Bellini a su lado para velar por sus intereses, por lo que al morir Genzo, quien quedó en su lugar fue su hijo mayor, Vicenzo Bellini, Isabela era mas analítica, una mente más fría, era más bien por así decirlo de las mujeres que toman al buey por los tarros, ¿me entiendes?-, el joven asintió con la cabeza sin pronunciar palabras.

-Vicenzo es una persona que se toma muy en serio el tema éste de que el camino más corto entre dos puntos es la línea recta, con éste muchacho en aquel momento, ya hoy es un señor que cuenta con unos 84 años de edad, teniendo en cuenta que poseía una gran imaginación, había que ser muy especifico en cuanto a las instrucciones, pues por citarte un ejemplo, en cierta ocasión Isabela le comentó-

-Vicentino, la fabrica textil de Sir Arthur Themonder debería salir en los diarios por la elegancia de sus tejidos, ¿no te parece?-

-¡Naturalmente señorita!-

-¿Y quien era ese Arthur Themonder, papá?-

-Era un señor que le hacia competencia con sus tejidos a los de ella, y que por su puesto éstos no tenían ni la mitad de la calidad de los de ésta, solo que tenían mas salida por ser mas baratos, pero además, ella le propuso asociarse, éste se negó, alegando que la calidad de su mercancía era superior, esto ofendió sobremanera a tu abuela, cabe mencionar que no es conveniente hacer enojar a una mujer de ese temperamento, luego le propuso comprarle su negocio y ayudarle a montar otro, éste se negó rotundamente, alegando que no estaba interesado para nada en su oferta, pero bueno, te cuento lo que ocurrió, a la mañana siguiente a la del comentario que ésta le hiciera a Vicenzo Bellini, efectivamente, la textilera de aquel señor salió en primera plana en todos los diarios, con un anuncio en letras rojas y grandes, misterioso incendio en las textileras Themonder, la policía aun investiga las causas sin encontrar pistas, y como este caso se dieron muchísimos más, en ninguna de las ocasiones la señora Dencer fue molestada, llegó a ser tan temida como respetada, y si que la respetaban, hijo mío-, dijo Raymond con un tono de vos muy agudo. -Nadie se atrevió nunca a hablar de esos asuntos, no existen evidencias de que la señora Isabela Dencer haya mandado a nadie a hacer nada en contra de alguien, pero todo el mundo sabia que de alguna forma ella tenia algo que ver con lo que le ocurría a quienes se atravesaban a su paso, a la edad de 9 años envió a tu madre a Cuba, siguiendo el consejo de Vicenzo el cual vía peligro para la pequeña y demás miembros de la familia, él se encariñó mucho con la pequeña Sarah, por lo que siempre estuvo al tanto de la misma, cuando creció ya sabes cual era su forma de pensar y de actuar, tú la conociste, luego nos conocimos y llegaste tú, pero ese no era el tema, te he contado todo esto para que conocieras, ahora a lo que nos ocupa, éste Vicenzo que había hecho de tu abuela una gran mujer, es el mismo que hizo de tu madre la mujer que era, es también quien se ha ocupado desde la muerte de ésta de todos los negocios que tenemos en el exterior, es quien se ha encargado de proteger nuestros intereses como gran familia, y por sobre todo, es quien se ha encargado de velar por tus intereses como descendiente de Ana Victoria Dencer que eres, tanto así que tienes hasta tu propia cuenta de ahorros diseñada por él mismo en uno de los bancos de Inglaterra, donde se ingresa el efectivo que te corresponde como accionista mayoritario de las Industrias textiles Dencer-

Entre tanto, hacia entrada en el patio del hotel un auto con el logo de la firma DHL del cual descargaron cinco pesados sacos, los cuales fueron llevados al interior de una habitación donde cuatro jóvenes esperaban para darse a la tarea con sus maquinas contadoras.

-¿Pero entonces cual es el detalle, porque todavía no caigo?, de momento solo veo que a este señor Bellini nuestra familia le debe mucho, independientemente de todas las atrocidades que haya tenido que hacer para mantenerla a flote-

-Hijo, el detalle está en que Vicenzo Bellini quiere retirarse, se siente cansado y quiere regresar a Sicilia, lo de menos es eso, bien merecido tiene el descanso, la cosa es a quien pongo en su lugar-

-¿No tiene hijos?-

-Si, pero los necesito donde están-

-Déjame ver que puedo hacer papá-

-Si hay algo que puedas hacer, debes llevar presente que estamos hablando de llevar la vida económica de dos familias poderosas que han sacrificado todo por mantenerse a la altura de lo que valen, debes saber que la persona que ocupe ese puesto deberá ser alguien que viva para eso, y muy importante, debe ser capaz de cualquier cosa, ¿entiendes?, cualquier cosa por defender los intereses de quienes han depositado tanta confianza en él, o ella, tu sabrás-, Raymond miraba directamente a los ojos de su hijo mientras pronunciaba cada palabra, al escuchar el tono de su vos tan agudo y ronco, éste se percataba de cuan importante era para su padre esa decisión.

Toc, toc, toc, llaman a la puerta.

-¿Podemos traer a un amigo a que pase el día aquí con nosotros?-

-Si es de confianza-, respondió Alicia a los dos jóvenes mirando fijamente a sus ojos, Rafael sintió como que se le habría el alma ante aquella mirada y experimentó cierto escalofrió al escuchar la vos de aquella señora tan seria.

-Claro, si no fuera de nuestra entera confianza...-

-Bien Noel, de todas formas ya saben, poca vista y poca estancia en lugares públicos donde puedan de alguna forma ser reconocidos, recuerden que nadie sabe que están aquí-

-No se preocupe, ya todo está dicho-, ambos se retiraron y abordaron un auto azul plateado que estaba estacionado en el parqueo del hotel, saliendo a toda velocidad en dirección al aeropuerto.

-Hermano, llama a tu amigo, en cuanto llegue me avisas, esto es lo que vamos a sacar, no tienes que hacer nada, solo rebájalo de tus tarjetas de inventario, y dile que se apure que ya son las 7:30 PM y quisiera irme hoy mas temprano-

-En una hora debe estar aquí, ahora mismo lo llamo Erik-

-¿Que tal el viaje?-

-Sabroso, ustedes si que piensan en grande, ¿como consiguieron el pasaje?-

-Una amiga nos ha hecho el favor-

-Que bien, van mejorando los contactos-

-Y si nos portamos bien, a lo mejor hasta mejora tu posición-

-¿Cómo es eso, que es lo que está pasando?-

-Nada tigre, lo único que hay que hacer es portarse bien-

-Bueno, yo diría mejor ser un hombre de bien-, y echaron a reír los tres amigos mientras el auto azul plateado transitaba a toda velocidad.

-Ya está todo listo Raymond, la entrega se hará a las 11:00 PM en el salón de reuniones, según lo planificado-, dijo la jefa de alojamiento del hotel y se retiró sin esperar respuesta.

Serian cerca de las 8:47 PM cuando Heiron caminaba solitario por el hermoso lugar, había quedado pensativo desde la ultima charla con su padre, no había imaginado nunca porque su familia era de esa forma, hoy se le habían rebelado cosas que significaban mucho para él, su bisabuela era una señora de mucha valía, su abuela lo era más aún, su madre era lo máximo pues tenía de las otras dos, y él era una parte del mismo material con que se habían forjado estas grandes mujeres, le debía a Bellini todo lo que había hecho por su familia aunque no lo conocía personalmente; de momento, desde la posición donde se encontraba vio llegar un auto azul plateado del cual salieron Rafael, Noel y otra persona a la que no conocía, se alarmó un poco y quiso seguirles a distancia, cuando en ese mismo instante entró otro auto, era un camión marca ford, éste se aproximó a los almacenes, también podía ver una silueta que caminaba a paso ligero con unas cajas al hombro en dirección al camión, se percató de la caída de unos documentos de ésta en las proximidades del mismo, al ver que el hombre no lo había notado se acerco sin ser visto, al amparo de la oscuridad de la noche y con la ayuda de la ropa oscura que llevaba puesta que lo hacían prácticamente invisible, recogió los documentos y mientras caminaba en la dirección en la que había desaparecido aquel hombre incógnito, lo vio venir nuevamente cargado con otra caja y a otro mas que portaba otra similar, al mismo tiempo la luz tenue de las lámparas dejaron al descubierto a un guardia de seguridad que se acercaba, estaba claro que estos hombres hacían algo indebido por el sigilo de sus movimientos, por lo que.

-Compañero, usted-, dijo Heiron al guardia ganando la atención de éste y la de los otros dos hombres que se detuvieron en seco al escuchar tan inesperada llamada, el guaria de seguridad preguntó.

-¿Me llama a mi compañero?-

-Si como no, permítame unos segundos de su tiempo-, dijo el joven que había puesto su mano derecha detrás de su cuerpo y les hacia señas

a los otros dos hombres para que avanzaran al ver que el guardia se había detenido en su lugar en espera de su llegada.

-Usted dirá compañero-, se pronunció el guardia de seguridad al ver que quien le hablaba era un huésped del hotel, y no un superior que lo había sorprendido fumando en pleno recorrido.

-Verá, mi fosforera se ha quedado sin gas, buscaba con quien encender un cigarro, ¿me permite usted?-

-¡Como no hombre, faltara mas!-, dijo el guardia de seguridad extrayendo una fosforera roja de su bolsillo, en lo que el huésped rebuscaba en los propios una inexistente cajetilla de cigarros.

-Que cabeza la mía, yo buscando fósforo y ahora me doy cuenta de que he dejado los cigarros en la habitación-

-No hay problemas, si quiere un popular de los míos-

-Gracias amigo-, encendió aquel cigarro que le entregara el guardia de seguridad y desaparecieron en la oscuridad del pasillo.

-¿Quién era ese Erik?-

-No se, pero sea quien sea lo averiguaré, vete tú, yo no me voy hasta que no vea que sabe ese hombre-

9:32 PM

-¿Mamá has visto a Heiron?-

-Hasta donde sé, debe estar caminando por ahí-, contestó Alicia sin mirar a su hija.

-Pero no lo he visto desde que llegamos, me parece que se me está escondiendo-

-No niña, déjalo, él y su padre todavía tienen mucho de que hablar, y él todavía tiene mucho en que pensar, tiene que acabar de poner los pies sobre la tierra-

-Si, pero tiene también que preocuparse por mi y no dejarme sola así en un lugar tan grande como éste, se está buscando que aparezca otro galán-

-Lo dudo, hay mucho de él que quieres para ti y mucho de ti que solo quieres para él-

-¡Mamá!-, dijo Ignara sonrojándose de vergüenza.

-Cuando usted encendió el cigarro pude percatarme de que no es un fumador, también por su andar pude apreciar que no es un turista extranjero, lo que me lleva a pensar dos cosas, teniendo en cuenta ahora que lo tengo cerca, tampoco es un trabajador del hotel, o es usted un agente de la seguridad que está chequeando a alguien, o sencillamente es alguien a quien enviaron a chequearme a mi-

-Ni una cosa, ni la otra amigo, simplemente soy un huésped del hotel que estaba en el lugar apropiado, en el momento justo, estoy seguro de que a usted no le convendría que estos documentos cayeran en las manos equivocadas-, dijo Heiron al joven que le interrogaba extendiéndole unos documentos, —Están muy bien hechos estos apuntes, solo que me he permitido señalarte un pequeño error, es el que esta circulado-

-Ese es el error que me permite deshacerme de las preguntas incomodas de los auditores, los medios de rotación no deben ser perfectos aunque sí exactos, porque llaman mucho la atención así de ésta forma yo logro desviar esa atención y con una buena explicación salvo el día, ¿eres contador?-

-Si-

-¿De donde?, porque un contador común no estaría hospedado en un hotel como éste si no fuera el contador de una muy buena empresa-

-Te puedo asegurar que es de las mejores, lo que no debo decirte es de cual, y para tu tranquilidad...no soy policía-

-Ya eso lo sé, por las posturas que adoptas cuando llevas mucho tiempo de pié, aunque de seguro durante algún tiempo fuiste militar-

-Pertenecí a un destacamento de destinos especiales, pero eso fue cuando tenía 17 o 18 años-

-¿Por qué decidiste ayudarnos si apenas nos conoces?-

-Es sencillo lo que preguntas, sabes lo que dicen, una mano lava la otra-

-Y, ¿qué podrías necesitar tú de mi?, por lo visto lo tienes todo, o casi todo, supongo que lo que te falte será solo cuestión de tiempo obtenerlo-

-No es tan sencillo, de todas formas éste es el número de mi móvil, si crees que puedo hacer cualquier cosa por ti, llámame, recuerda, cualquier cosa-

Al terminar de decir estas palabras Heiron, ambos jóvenes se despidieron con un apretón de manos, por su parte Erik pensaba.

-Que sujeto raro, pero me cae bien, por lo menos sé que es un hombrecito, porque si no, quien sabe lo que hubiera tenido que hacerle-

Mientras que Heiron.

-Este joven es bastante perspicaz, me agrada ese nivel de observación que tiene, además, por lo visto es de los que es capaz de cualquier cosa por proteger sus asuntos, de todas formas, ha hecho bien en mantenerse de forma pacifica y observadora, porque si se hubiera atrevido a hacer lo que tenia intencionado, quien sabe lo que le hubiera ocurrido, de todas formas me cae bien el muchacho, tiene futuro-

11:00PM

En el salón de reuniones se contaban ya unas 32 personas, cuando hicieron entrada cuatro jóvenes con un carrito cada una en los cuales se podían distinguir bien acomodados unos sobres, cada uno de estos fue entregado a la persona que le correspondía por su nombre, las muchachas, luego de la entrega se retiraron y fue entonces que se escuchó a Raymond hablar.

-Señores, este es el fruto del trabajo de todo un año, espero que todos estén a gusto con lo que ha recibido, sé que hay quien recrió mas y pero estoy seguro de que quien recibió menos sabe el porqué-

-Te preocupas demasiado Raymond todos sabemos que nadie se queda fuera, además es de nuestro conocimiento que en dependencia de la participación mayor será la bonificación-

Todos asintieron en señal de aprobación, cuando Noel abrió su sobre encontró en él la suma de aproximadamente 5000.00 CUC, no lo podía creer, miraba a su alrededor y se percataba que alguno d los otros sobres estaban mas abultados que el propio, pero sencillamente pensó para sus adentros.

-A lo mejor algún día también el mío llegue a estar así, si la loca aquella no hubiera hecho... es mejor ni recordar-, mientras el pensaba la doctora Alicia levantó su copa y dijo.

-Tango el honor de presentarles a estas cuatro caras nuevas que ven en esta sala, el compañero es un joven muy dispuesto, una persona muy propia para la labor que realiza, es muy capaz, además de ser un profesional en sus acciones, su nombre es Noel, en lo adelante estará siempre entre nosotros, lo mismo digo de Rafael, también me he tomado la libertad de traer a otro joven, que aunque no ha participado de nuestras acciones, sé que es tal como lo demuestra el afecto que sus amigos le confieren, su nombre es Orlando, y ella es Katia que no por ser la ultima es la menos importante, ya que sin sus servicios no hubiéramos logrado nuestros objetivos, todos son como cada uno de los nuestros, Hombres de Bien-, la doctora hablaba y señalaba a cada uno de los jóvenes mientras que Rafael y Noel no salían de su asombro al ver que aquella sabia de antemano que ellos pensaban compartir sus ganancias con su amigo, y mas aún cuando ésta le entrego a Orlando un sobre idéntico al de ellos, la vos de aquella mujer era tan apaciguadora y tan melodiosa que todos escuchaban si hacer interrupciones, para cuando el silencio se abrió paso en el local, todavía los oídos exigieron mas de la melodía de la vos que antes escuchaban, por lo que pasaron unos segundos antes de que alguien mas pronunciara palabra alguna.

-Bueno, pues en lo adelante todos debemos mantenernos como siempre, no bajar el nivel de vida, no gastar mas de lo acostumbrado, y por supuesto, vivir al máximo en la medida que el dinero nos lo permita-

Se abrieron las puertas y entraron las dependientes con las cervezas, los alimentos y todos celebraron con alegría, tal parecía que se caería el hotel esa noche.

-¿Me acompañas a tomar algo de aire fresco?-

-Si, porque no-

-¿Me vas a decir lo que hay entre Ignara y tú?-

-Lo mismo que hay entre tú y yo, mucho respeto-

-No lo parece, solo hay que ver el brillo de sus ojos cuando te mira para darse cuenta de que por lo menos ella, siente algo mas-

-Así como el brillo de los tuyos, ¿crees que no me he dado cuenta?-

-Yo-, dijo Katia mientras sentía que un escalofrío recorría todo su cuerpo.

-Sucede que no soy tonto, que sé observar a las personas, y más aún, me mantengo al margen de este tipo de situaciones mientras me sea posible-

-Como todo un buen espectador, saber lo que sucede a tu alrededor, ver como las personas que te quieren estallan en sus sentimientos y simplemente mantenerte así, impasible hasta que no se pueda más-

-No es tan así, créeme, te contaré, tú eres la persona a la que le confiaría mi vida si se diera el caso, eres la muchacha capas de analizar cualquier situación sin titubear ni un segundo, eres para mi, por sobre todas las cosas la hermana que nunca tuve, la persona a la que jamás le mentiría, y si me he mantenido al margen ha sido únicamente porque sabia que esto podría lastimarte, pero ya que has tocado el tema, me obligas a decirte que por otro lado Ignara es la joven inteligente, es la chica impredecible, es la muchacha que oculta detrás de tanta fragilidad a la fiera imposible de domar, es la mujer que siempre tiene la frase justa para tranquilizarme, y si con ella también me he mantenido al margen es por tratarse de la hija de Alicia, ahora bien, también te diré que entre ustedes existe mucho en común-

-¿Qué puede haber en común entre nosotras?, pienso que lo único que nos une eres tú-, interrumpió la joven.

-Que ambas serian tan capases de cualquier cosa por mi, como lo sería yo por ustedes, y para mi eso es lo que cuenta, recuerda que también yo… tengo corazón-, Heiron miraba a Katia de frente a los ojos, ésta no dejaba de mover los dedos de sus manos por el nerviosismo que éste le provocaba.

-¿Interrumpo algo?-, Heiron escuchó a sus espaldas una vos melodiosa y apacible, vio que en ese mismo instante el rostro de Katia se había transformado por completo, aquel brillo de inocencia en sus ojos ahora se había trocado en el de la inteligencia y supo al momento que contestarle a Ignara.

-Le explicaba a Katia alguna de las ventajas que tiene el mantenerse cerca de esta gran familia, pero quien mejor que tú, que estas directamente sumida en todos los acontecimientos para aclararle algunas de sus dudas-

-Es sencillo Katia, solo debes hacer lo que se te oriente, decir lo que te digan si se diera la situación, hacer lo mejor sabes hacer, que según tengo entendido eres la mejor en los asuntos informáticos, no hacer preguntas innecesarias, ocuparte de tus propios asunto y vivir, estoy segura de que con tu currículo es lo mas fácil para ti, solo eso-

-¡Ves!, esa explicación merece una buena pregunta, ¿Qué sabes de mi currículo?-

-Todos en ésta familia tenemos uno, nadie está aquí por casualidad, y lo que te hace especial es que eres la mejor en lo tullo, además de ser una persona capas de cuidarte por ti misma, así como de proporcionarle seguridad y protección a los que estén a tu cargo, y por su puesto, a la información con la que trabajes-, cada palabra que salía de la boca de Ignara era como el canto de los ángeles, y éstas se acentuaban por su mirada, fija, constante, y directa.

-Razón que convence, de momento no tengo mas preguntas, ahora si me disculpan me retiro, me siento algo cansada, no estoy acostumbrada a dormir tan tarde-

-Que tengas buenas noches-, al retirarse la joven, Ignara sostuvo la mirada de Heiron por un instante y cuando éste menos lo esperaba.

-Sé lo que ella siente por ti-, y antes de que él pudiera articular palabra alguna, -No te molestes en darme explicaciones, no tienes porque hacerlo-

Heiron miraba a los ojos de Ignara que sostenían su mirada sin apenas parpadear su boca inició la pronunciación de su nombre cuando.

-Disculpen si los interrumpo, pero los necesito aquí a los dos-, al entrar en la sala no dejaban de mirarse, aún cuando entre ellos se interponían varas sillas y personas, las palabras que se decían se hacían inaudibles para ellos, aunque la conversación se vio interrumpida en aquel instante, sus ojos si que continuaban haciéndolo, el silencio retumbaba en sus oídos y la ansiedad les oprimía el pecho, solo reaccionaron cuando se percataron de que por lo menos esa noche no se volverían a ver.

Heiron debía ayudar a su padre con la entrega de efectivo que debía ser entregado personalmente a alguien que no podía presentarse en la reunión debido a su estado de salud, mientras que Ignara debía ocuparse de conjunto con su madre de otros asuntos.

A la mañana siguiente, serian sobre las 09:35 AM cuando el joven Heiron se despertó de un salto en su cama, echó una ojeada a su alrededor y se dio a la tarea de vestirse para encontrase con Ignara, estaba decidido a decirle todo, cuando el llamar a la puerta de su habitación ésta le fue abierta por una camarera que le dijo...

-Los huéspedes de esta habitación se marcharon esta mañana bien temprano-, la desilusión fue tal que él salió caminando sin pronunciar palabra alguna, la camarera lo miró y se dijo a si misma. −Estos hombres, que hombres, quien los entiende-

-¿Se siente bien la joven?-, preguntó la azafata del vuelo al ver que una lagrima recorría la mejilla de Ignara, la mirada de la muchacha se posó sobre lo ojos de la aeromoza, con tal frialdad que ésta retrocedió un paso, de momento, la joven con un vos delicada dijo.

-Si, solo estaba pensando en algo, ¿me da un poco de agua, por favor?-

Serían ya sobre las 10:43 PM cuando hacían entrada en la capital un taxi azul plateado de cristales oscuros seguido por otro auto marca toyota. Raymond tomaba una tasa de café en su cómodo sillón en la sala de su casa al mismo tiempo que pensaba.

-Todo ha salido a pedir de boca, solo me resta resolver aquel asunto de Bellini-, era esa su verdadera preocupación, éste señor representaba uno de los pilares mas importante de la familia, sabia lo delicado de la situación.

Mientras, Heiron, en su apartamento sentado en su butacón favorito pensaba en todo cuanto había deseado decirle esa mañana a Ignara, su nombre era lo único que lo hacia sonreír de ves en ves y no se había atrevido a decirle ni una sola palabra.

Provincia Granma, 11:39 PM, una enfermera camina con cierta prisa aunque sin correr por la solitaria acera, no se percibe la presencia de nadie, no se escucha ni la mas mínima brisa de viento, al doblar en una esquina donde la luz de las opacas lámparas del alumbrado publico no conseguían prevalecer sobre las tinieblas, ésta se ve atrapada por un fuerte apretón en su brazo derecho, seguido de esto siente la presión de una mano en su cuello y una vos que no podía reconocer que le decía.

-Hoy si no te me escapas-, la joven enfermera trató de liberarse, pero el fuerte agarre se lo impidió, fue arrojada al suelo con fuerza brutal, y antes de poder levantarse, quien pronunciaba aquellas palabras ya estaba sobre ella, la inofensiva muchacha gritaba, tanto como se lo permitía su agresor cada ves que quitaba la mano de sus ya sangrantes labios, para intentar una y otra ves de apartar las telas de su roto uniforme, ella sabia que debía seguir gritando, en su corazón sentía la necesidad de que alguien la escuchara, sabia que seguido de esto vendrían los golpes, pues éste señor, a pesar de sus esfuerzos no había conseguido lo que quería, aún, y quien sabe que mas le haría de no conseguirlo, de pronto la muchacha se sintió desvanecer, al sentir un fuerte puñetazo que se alojo en su cara, escucho de lejos una vos muy diferente que decía.

-Hay que llevarla rápido al hospital, todavía está viva, a lo mejor se salva-, entonces dejó de resistirse, supo que todo había acabado, estaba a salvo.

-¿Su nombre?-, preguntó el agente de policía a la adolorida muchacha, luego de que le hicieran todo un reconocimiento medico.

-Liset Jiménez Puentes-

-¿Vio la cara de la persona que la agredió?-

-Todo fue muy confuso, muy rápido, estaba oscuro-

-¿No recuerda nada, algún detalle que nos pueda ayudar?-

-Solo recuerdo que me dijo que esta ves no me le escaparía-, el investigador hacia sus apuntes en una libretica, donde el escuchar esto escribió y circuló las siguientes palabras **Intento de Violación Premeditado.**

-Bien, la dejo para que descanse, mañana hablaremos cuando esté mas calmada, ¿le avisaron a sus familiares?-

-Si, muchas gracias, solo quiero que encuentre a quien me hizo esto-

A la mañana siguiente al despertar, Liset vio que Erik, el amor de su vida le acariciaba los pies, la expresión de su rostro daba miedo, era la viva expresión de la muerte, sus ojos se habían tornado de un color rojo intenso, su vos se escuchaba algo diferente, sin embargo, la delicadeza con que acariciaba sus pies le tranquilizó, se incorporó en la cama y abrasándolo dio riendas sueltas al galopar de sus lagrimas y solo se le escuchaba decir entre sollozos.

-No pudo hacerme nada, no pudo hacerme nada-

Los días pasaron, la joven fue dada de alta, y bajo tratamiento le dieron un certificado medico para que se recuperara, pasaron tres semanas y la policía no daba noticias del caso, una tarde, al regresar Erik del trabajo Liset le dijo.

-Amor, dame esa ropa también para que no quede nada sucio, apúrate para que no me coja mas tarde lavando-, cuando el joven se desvestía en la habitación, vio caer al suelo un pequeño papelito en el cual se veía claramente un numero de teléfono, al recogerlo recordó cuando el propietario de dicho numero le dijera aquella noche en el hotel.

-Si crees que puedo hacer cualquier cosa por ti, llámame, recuerda, cualquier cosa-, en ese mismo instante le cruzó por la mente la idea de si aquel hombre extraño al que había conocido y que le había brindado su ayuda podría efectivamente ayudarlo en este asunto de su novia.

Habana 6:39 PM, se escucha un timbre de teléfono y Heiron contesta.

-¿Si, dígame?-, desde el otro extremo de la línea se escuchan los sollozos de una joven que llora, éste reconoce la vos y vuelve a preguntar, -¿Qué pasa Nadia?-

-El problema es que le sacaron un faltante a Leo en el trabajo y no tengo como pagarlo, el salario que él gana no alcanza ni para empezar, yo estoy estudiando, mi hermana no ha regresado de viaje, y no tengo a nadie con quien contar-

-Si tienes, yo paso luego por tu casa, ¿de cuanto estamos hablando?-

-La cosa está sobre los $ 28000.00 pesos-

-Está bien, nos vemos, y no llores mas-, al cortarse la comunicación se escucha nuevamente el timbre del teléfono.

-¿Si?-

-Heiron, encontramos tres escuchas en la casa de Alicia y una en la sala de la mía, revisa tu apartamento no sea que también hayan algunos por ahí-, esta segunda llamada alarmó al joven, empezaba a sentir el pisar de los pasos del teniente Israel a sus espaldas, y efectivamente, encontró una escucha en la lámpara de la sala de su apartamento, en ese momento se sintió ofendido, descubrió que se había violado su espacio, su privacidad, experimentó el hecho de saber que no era libre de decir o hacer lo que quisiera dentro de su propia casa, se escucha nuevamente el timbre de su teléfono.

-¿Dígame?-

-Socio, estuve llamando a tu papá pero me daba ocupado su teléfono, dile que en estos momentos estoy casi botado del trabajo, traté de localizar a Alicia pero también su número me daba ocupado, ¿Qué está pasando?-

-Cálmate Rafael, déjame ver que es lo que sucede y luego te llamo, de momento no puedo decirte más, no es seguro, espera mi llamada, si tienes que dejar de trabajar tranquilo, ve para tu casa que del trabajo te mandaran a buscar, no te preocupes ni formes lío-, Heiron se preguntaba que estaba pasando, con todos los que conocía, que estaba tramando este tenientito de segunda, porque era todo esto, intento marcar el número de Ignara pero una llamada entrante lo interrumpió.

-¿Si?-

-¿Es Heiron?-

-El mismo, ¿con quien hablo?-

-Soy Erik, el muchacho de santiago, el de la otra noche en el hotel, ¿te acuerdas de mí?-

-Claro hombre como no me voy a acordar-

-Me dijiste que si había algo que pudieras hacer por mí que te llamara, me hubiera gustado que fuera otra cosa la que te pidiera hacer pero la situación me obliga a pedirte esto-

-No le des vueltas al asunto, soy un hombre de palabra, dime que es y de que forma puedo ayudarte-

-Bueno, hace ya tres semanas y media que un sujeto intentó violar a mi novia, la policía según dicen ellos están investigando, pero el hecho es que no tienen nada y por lo que veo nada se hará, si te llamo es porque…-, Heiron sintió un escalofrío que le recorría el cuerpo, dejó que toda su ira se apoderara de él e interrumpió a su interlocutor.

-En los próximos días te llamaré, y no te preocupes que de ese asunto me voy a encargar yo personalmente-

Al llegar a la casa de su padre, éste estaba sentado en su sillón, en su boca se mostraba una extraña sonrisilla que al joven le llamo la atención.

-Y bien, ¿Qué es lo que está pasando?-

-Nada hijo, que todo parece indicar que la policía se asusto al ver que nos desaparecimos en sus propias narices y que no volvieron a saber nada de nosotros hasta que no quisimos-

-Si pero, ¿y las escuchas en la casa de Alicia, en mi apartamento, en la de Alex, el trabajo de Rafael?-

-No te preocupes, ya esta todo en su lugar, parece que tu teniente se lo esta tomando muy en serio-

-Si, pero resulta ser que ahora yo soy quien me lo he tomado como algo personal, no voy a permitir que un hombrecito cualquiera venga a meter sus narices en nuestras cosas-, esta expresión fue pronunciada con la marca del odio en sus ojos, su padre lo miraba atentamente, en ese instante parecía como si nada mas existiera para el muchacho, su padre no sabia que estaba pasando en ese momento por su cabeza, para Heiron en ese momento todo se volvió oscuridad, no alcanzaba a ver nada mas que sus propias ideas, escuchó una sonrisa y volteó a mirar en busca del sonido.

CAPITULO 3

-Si eso que acabas de decir lo hubiera escuchado tu abuela, estoy seguro que hasta hubiera llorado, y de Vicenzo ni hablar, ambos hubieran dado una parte de sus vidas por verte pensar de esa forma en que lo estás haciendo, por lo tanto, tu dirás-

-A partir de este momento necesito tener control total de todo cuanto gira en torno a nuestra familia, es hora de hacer algunos cambios, y de ocuparnos de abrirle los ojos a éste sujeto, es evidente que no sabe en que, ni con quien acaba de meterse-, Raymond al escuchar a su hijo, notó que su vos se había tornado algo ronca, su mirada era fría, notó además que se había acentuado en éste su parecido con su madre y mas aun con su abuela materna, se daba perfecta cuenta de que en lo adelante nada detendría al muchacho.

-Hecho, solo debo hacer algunas llamadas-, dijo Raymond sin mirar a su hijo marcando un número telefónico.

Minutos más tarde fue Heiron quien comenzó a jugar sus fichas, para ese momento lo tenía todo claro, su mente funcionaba a gran velocidad, veía cada detalle de lo que había planeado mientras su padre hacia sus llamadas y al tomar el teléfono en sus manos y comunicar, dijo.

-Necesito que me posibilites línea segura con estos teléfonos que te voy a dar, no quiero que nadie registre lo que voy a tratar con éstas personas-, cuando acabó de dar los números cortó la comunicación, esperó unos minutos hasta que le rebotaron la llamada.

-Puedes hacer tus llamadas, nadie sabrá nunca, que hablaste, con quien hablaste, cuando hiciste la llamada, ni desde donde la has hecho-

-Muchas gracias, que tengas un buen día-, al cortar la comunicación se desataron una serie de llamadas donde solo se escuchaba la vos de Heiron decir a las distintas personas que escuchaban del otro lado de la línea, -Alex, te encargaras de que Rafael no sea molestado ni cuestionado en su trabajo, destina todo lo que necesites para ello; necesito entrar en esa empresa, arréglalo y luego me avisas; Ignara, te encargarás de solucionar el problema del faltante de Leo, debes llegar a un entendimiento con su administrador, ésta es la dirección; Katia, infórmate con Alicia cual es la dirección, te presentarás en Santiago de Cuba ante Erik, conocerás a su novia, te identificaras con ella y aprenderás a ser una muy buena enfermera, te insertaremos en el hospital donde ella esta haciendo su servicio social, tu misión es dar con un sujeto que intentó violarla, recuerda, no hagas nada que pueda alarmar al sujeto, tendrás dos hombres y un auto a tu disposición las veinticuatro horas del día, el resto fluirá solo, nada debe preocuparte; Alicia, te encargaras de insertar a Katia dentro del hospital Celia Sánchez en la provincia de Granma, debe ir como enfermera, también consíguele la dirección que ella te pedirá, del resto se ocupará ella; Antonio, debes enviar dos hombres con Katia para Santiago de Cuba, éstos no deben ser vistos ni por ella, nada puede relacionarlos, solo debes orientarles que serán su sombra, nada debe ocurrirle ni a ella ni ala otra joven con la que la verán en los próximos días, es por esto que te digo que envíes dos hombres, cuando tengas esto listo, a titulo personal quiero que me hagas otro trabajo, te convertirás en los pasos del teniente Israel, quiero saber todo sobre él, que hace, cuando lo hace, con quien habla, que es lo que habla, cuando come, que come, si es derecho o izquierdo, cuando duerme, como duerme, con quien duerme, si tiene perro, gato, con quien vive, sus gustos, preferencias, todo, ojo con esto, debes ir al detalle de los detalles, debes llevar presente que los detalles mas pequeños son los que hacen la ejecución de grandes acciones-, y al cortar la comunicación con todas y cada una de estas personas les decía, -Suerte, estaremos en contacto-

Graduada con láureos en la universidad, se encontraba Sandra sentada frente a la especialista de la oficina empleadora del turismo.

-¿Su nombre por favor?-, preguntó la especialista con suma cortesía.

-Sandra-, contestó la recién graduada, un poco tímida por lo que representaba para ella esta entrevista.

-¿Tiene usted algún familiar trabajando en el sector en estos momentos?-

-No-

-¿Por que le gustaría trabajar con nosotros?-

-Siempre ha sido mi mayor aspiración desde que comencé los estudios en la universidad-

-¿Qué opina usted de las personas que informan constantemente todo lo que ven y sucede?-, interrogó esta vez la especialista buscando con atención en el físico de la joven alguna expresión que le dijera algo más que su simple dicho.

-En mi opinión, son personas que por obligación no deben tener muy bien hecho su trabajo por estar pendientes constantemente de todo lo que ocurre a su alrededor para así poder informarlo-, dijo la joven sintiendo que el sudor se adueñaba de todo su cuerpo.

-¿Para usted es mejor ser el jefe o ser un subordinado?-

-Es mejor ser el jefe, así tienes la total responsabilidad de que el trabajo salga bien-

-¿Cómo usted catalogaría a una persona que no es directa en su expresión, y no llama a las cosas por su nombre?-, esta pregunta llamó la atención de la joven, notando que la especialista hacia unos pocos apuntes en su agenda mientras esperaba por su respuesta.

-Para mi son personas que no merecen la confianza de nadie, no sienten ningún respeto por sus compañeros, no son sinceras, no valen nada, sobre todo si son dirigentes, pues no soporto la hipocresía-, la especialista concluyó sus apuntes en cuanto Sandra terminó de hablar, asintió con la cabeza formulando otra nueva pregunta.

-¿Que significa para usted la sinceridad?-

-Si una persona no es sincera en sus palabras y en sus actos para con los demás, no tiene oportunidad de subsistencia, por lo menos si de mi depende-

-¿Cuál seria su interés en la relación con las personas?-

-No es el interés lo que me mueve a relacionarme con las personas, es más bien la preocupación de ver como se pierden valores importantes en el trato entre ellas mismas-

-Venga el próximo martes, para esta fecha tendremos respuesta de la comisión-

Cuando llegó la fecha señalada, Sandra se personó ante la especialista, la cual la recibió con la misma cortesía de la ocasión anterior, ésta le entregó un pequeño sobre con una nota que decía.

-Usted no ha sido aprobada para la reserva de empleo del turismo-, y en letras más pequeñas.

-La oficina empleadora se reserva los motivos de la no aprobación del candidato para la reserva-

La Jóven salio caminando de las oficinas de turempleo y mientras volvía a leer la carta que antes le fuera entregada, las lagrimas que brotaban de sus ojos eliminaban la belleza que antes figuraba en su rostro,

al doblar en la esquina por donde mismo había venido se encontró con un muchacho que al verla llorar tan desconsoladamente preguntó.

-¿Qué te pasa Sandra, porque lloras así?-, al escuchar aquella vos que reconoció de inmediato se echó en brazos del joven desahogando su pena entre sollozos y lagrimas contándole lo sucedido; a lo que éste acariciando sus mejillas con una ternura paternal contestó, -No llores mas, mira, vas a ir para tu casa, y has las maletas que mañana entrarás a trabajar en Cayo Largo del Sur-

-¿Paro como va a ser eso?, no me escuchaste, me denegaron-

-Si a partir del día de mañana no eres trabajadora del turismo, yo dejo de ser Heiron, ¿de que quieres entrar a trabajar en el Cayo?-

-Bueno, yo soy graduada de contabilidad, como tú-

-Hecho, entraras como contadora-

-¿Y como te veo, como me entero?-

-Son muchas preguntas para 8 minutos-, dijo el joven consultando su reloj, -Pero de todas formas te contestaré, me volverás a ver en su momento, y te enterarás en cuanto estés en el listado de los que entran mañana a Cayo Largo del Sur-

Solo pasaron diez minutos después de haber dejado Heiron a Sandra cuando en la oficina empleadora del turismo la especialista encargada de la captación de los candidatos recibió una llamada de la oficina nacional de turempleo, ésta tomaba nota en una agenda y al finalizar la conversación dijo.

-Permítame rectificar, la compañera se llama Sandra Torres del Sol; Licenciada en Contabilidad y Finanzas; la dirección y el teléfono lo tenemos según me orienta la compañera que tengo aquí a mi lado, no se preocupe, enseguida localizamos a la compañera, mañana mismo entra a trabajar en el hotel Sol Cayo Largo-

-¿Donde estabas muchacho?, me tenias preocupado, sabes que no debes andar solo por ahí y mucho menos a pié-

-Solo fui a la Empresa de Materiales de Construcción a recoger uno documentos míos, no tienes de que preocuparte, fui a pié porque de esa forma es mas fácil saber si alguien te está siguiendo, por lo visto nuestra gente esta haciendo la tarea, pues el tenientico se ha mantenido ocupado en estos días-

-¿Qué has sabido de aquel asunto del que me hablaste en Santiago?-

-Está casi resuelto, te dije que yo solo trabajo con los mejores-

-Bueno, entonces ponme al día porque no me he enterado de nada, es como si hubieras orientado dejarme al margen-

-No te dejo al margen de nada, es solo que no quiero que te relacionen con nada-, dijo Heiron a su padre con una leve sonrisa en sus labios, -De momento te informo que ya Rafael no tiene problemas con su trabajo, y que ponto entro a trabajar en esa empresa, las escuchas que encontramos el otro día fueron debidamente desconectadas y ninguna de las casa está solo en ningún momento, pera evitar otro pasaje como ese; del teniente Israel te puedo decir que vive con su madre, que es una señora mayor de unos sesenta y tantos años de edad; que mantiene una relación con una joven que trabaja en el fondo de vienes culturales, la muchacha cuenta con treinta y cuatro años, al sujeto le gusta el pan con dulce de guayaba, no toma sopa, come bastante cuando hay potaje en la comida, no es muy comedor de carne, pero en cambio le encanta el huevo frito con la yema dura, duerme en el primer cuarto del apartamento donde vive, del lado derecho de la cama, sale a trabajar todos los días a las 07:20 AM, almuerza en su trabajo, regresa a casa siempre después 06:30 PM, y antes de las 09:00 PM a acepción de que esté en algún operativo, eso es todo de momento, la orientación que he dado con respecto a él es que cualquier detalle que nos pueda servir para comprometerlo con nuestras actividades aunque sea de forma indirecta debe ser utilizado sin perder el mas mínimo de tiempo; por otra parte en cuanto al tema de Santiago de Cuba es cuestión de tiempo, Katia tiene localizado a un sujeto que la ha estado siguiendo durante la semana anterior, discretamente le pidió a Liset que reconociera una foto que pudo obtener del hombre, la muchacha no está segura pero dice que si escucha su vos si que lo puede reconocer, por lo que Katia solo espera a que el hombre no soporte mas la tentación y se lance-

-¿Y se lanzará?-

-Es casi imposible no lanzarse con una joven como ella, mulata, con figura bien torneada, muy bonita por cierto, y con un uniforme de enfermera bien corto, caminando sola a media noche por las calles mas oscuras de Manzanillo; demasiada tentación para una mente como esa-

-¿Y del problema de faltante que tenia Leonardo?-

-Según Ignara, el administrador resultó ser una persona muy comprensiva, el muchacho no tiene que pagar nada, todo fue un mal entendido-

-Espérate, me parece que no entendí bien, ¿Qué no tiene que pagar nada, a caso no era un faltante de $ 28000.00?-

-Si padre, pero resulta que Ignara tiene sus mañas, y ella después de buscarle las cosquillas al administrador y de haber hecho algunas preguntas, logró descubrir la heridita de éste señor, así que lo demás fue fácil, era solo tocar donde duele y ya, resultado, en estos momentos Leo es el hombre de confianza de su jefe-

-En ese caso, no me queda otra que aceptar que lo estás haciendo bien; pero todavía me preocupa el tema de Bellini-

-Estoy en eso, no se preocupe-

Santiago de Cuba 11:48 PM, dos enfermeras terminan su turno de guardia y se disponen a salir para sus respectivos hogares, habían caminado una cuadra juntas, mas o menos, cuando una de ellas abordó un auto que la aguardaba, la otra joven continuó su trayecto luego de despedirse de su compañera que le había casi rogado para que los acompañara, pero ante la rotunda negación de la otra no les quedó otra que marcharse, la chica avanzó unas tres cuadras, al girar en una esquina se percató de que la oscuridad se hacia mayor en las próximas que se avecinaban pero con paso firme exhaló un suspiro y avanzó, mientras lo hacia serraba y abría sus ojos para acostumbrarlos a la oscuridad, sus oídos se agudizaban con el objeto de escuchar si alguien se aproximaba, se recogió el cabello, y para cuando hubo terminado, de entre la maleza de una esquina oscura como todo el entorno salio un hombre el cual se le echó encima, al tratar de sujetar a la joven, el agresor no encontró resistencia, vio que pudo alcanzar la mano izquierda de la muchacha con facilidad, pero no se percató, no tubo tiempo de darse cuenta de que ésta no emitió sonido alguno, sintió el frescor del aire nocturno que acariciar su rostro, experimentó un fuerte dolor en la boca de su estomago, y no supo mas nada de si mismo hasta que un fuerte golpe en el rostro y un fuerte olor a alcohol le obligó a reaccionar, era demasiado tarde, se encontraba en un local serrado con una única entrada, no tenia ventanas, pero sus ojos se abrieron desmesuradamente cuando reconoció ante sí a la joven enfermera que hace ya algún tiempo había intentado violar, asustado, solo pudo decir.

-¿Que pasó, por que me trajeron aquí, que me van hacer?-, la joven miraba fríamente al sujeto y como respuesta le asestó otro fuerte golpe en pleno rostro, seguido de esto procedió a encender un fósforo, el hombre automáticamente comenzó a llorar, pensó que ese era su fin, moriría quemado, en ese mismo instante entró la otra joven a quien él reconoció como la otra enfermera, ésta se limitó a preguntar.

-¿Terminaste con él?-, la otra muchacha dijo.

-Si, no soporto verle mas la cara a este sujeto, llora como una niña, es verdad que hay personas que nacen varones, envejecen y mueren sin llegar nunca a ser hombres-

-Así mismo es, ahora déjame sola con él-, cuando quedaron solos, la joven con una vos fría como la muerte dijo, -Escuche con atención, porque no pienso repetir lo que ahora voy a decirle, cuando salga de aquí se dirigirá a la estación de policía mas cercana y se declarará culpable de haber intentado violar a la joven que acaba de salir, ahora bien, ponga atención, si no lo hace de esta forma tenga por seguro que morirá, ya lo encontré una vez sin haber conocido su identidad, así que nada habrá que impida que vuelva a hacerlo, si nos denuncia a la policía, correrá la misma suerte, si sale del país, también lo encontraré, y si por casualidad intenta algo contra su vida, estaré allí para evitarlo, ¿entendió?-, el hombre sintió que un fuerte temblor se apoderaba de su cuerpo, veía en los ojos de aquella mujer que era cierto todo cuanto le había dicho, jamás podría olvidar aquella mirada fría, ni aquellas palabras que ahora le hacían temblar de miedo, al ver y escuchar a Katia se daba cuenta de que todo terminaría exactamente como ella decía, después de un silencio que duró para el hombre unos infinitos segundos, no le quedó mas remedio que contestar a la pregunta que antes ésta le hiciera, no sin darse cuenta de que en estos momentos el hecho de hablar con Katia era casi como hablar con la muerte.

-Sí, entiendo lo que me ha dicho, pero por favor no me hagan nada-, todo estaba hecho, solo restaba observar al sujeto, en los días posteriores se pudo apreciar mucho movimiento de policías en el hospital Celia Sánchez, Liset fue citada para declarar en la estación de la PNR, seguido de esto el presunto violador quedó detenido y recluido en un centro penitenciario en espera del juicio; pasadas varias semanas, el ciudadano fue sentenciado por el tribunal a 5 años de privación de libertad, Katia comunicó esto a Heiron, preguntando al finalizar.

-¿Qué hago?-, éste, luego de consultar con Ignara la llamó, sus palabras fueron exactas, precisas, y frías como el hielo glacial.

-Resuélvelo, me alegraría que saliera dentro de un mes de prisión, como ves, se ha hecho cumplir la ley, pero aún no se ha hecho justicia-, la comunicación se cortó, Katia comprendió casi de forma instantánea el mensaje que se le había dado, y en ese mismo instante se dio a la tarea, pues sabía que el sujeto en cuestión saldría por buen comportamiento a mitad de sanción; exactamente a los 28 días de haber entrado al centro penitenciario, el hombre salió de prisión, luego de haber resultado muerto en una riña dentro del penal, según explicaron los agentes del mismo.

-Te habla Erik, gracias por todo hermano, si en el mundo existe algo que yo pueda hacer por ti, no dudes en llamarme-

-No es nada, solo defiendo los intereses y el honor de la familia, y resulta ser que tu eres parte de ésta familia, en lo adelante necesito que te mantengas tranquilo en tu trabajo, recibirás semanalmente lo que ganas en un mes haciendo lo que haces, tengo otros planes para ti, espera instrucciones-, y a partir de ese día Erik se percató de que todos sus problemas había quedado resueltos, no necesitaba preocuparse por nada, o casi nada, solo debía conservar la mente fresca y no gastar mas de lo acostumbrado para evitar preguntas incomodas.

Habana, 10:03 AM, un turista italiano transita por una de las calles de la habana vieja fotografiando las construcciones del entorno, una anciana cruza la vía para incorporarse a la acera justo delante de él, un joven con agilidad sorprendente le arrebata de entre las manos la cámara fotográfica al italiano mientras que en la huída, deja tendida en el suelo a la anciana quejándose de un fuerte dolor, el extranjero persigue al asaltante pero al doblar en una esquina éste ya había desaparecido, regresó por donde vino encontrando que a la señora la atendían un grupo de personas, éste y dos hombres mas la trasladaron al hospital Hermanos Almergeiras, la policía levantó un acta denunciando el hecho, la anciana fue sometida a una serie de análisis y de pruebas por un grupo de medico y especialista que la trataron en todo momento con la mayor cortesía y distinción, una doctora, que al parecer por el trato de sus colegas debía ser la jefa de aquel eficiente grupo que la atendía, le explicó que le habían aplicado un sedante para el dolor, la anciana hubiera querido preguntar otras cosas pero el sedante ara muy fuerte, solo pudo leer antes de quedarse dormida, la identificación de la bata de aquella mujer que le hablaba con vos de ángel Dra. Alicia Fernández, treinta minutos después llegó al hospital un joven que por nivel de desesperación que traía fue identificado al momento con el hijo de la anciana.

-Mire, usted debe calmarse, su madre está bien, solo está dormida por los sedantes que se le suministraron, de todas formas le pondremos en contacto con la doctora que esta atendiendo a la paciente-, la enfermara marcó un numero, al escuchar la vos de la doctora del otro lado de la línea, -¿Su nombre por favor?-

-Israel-

-Tengo aquí a Israel, es el hijo de su paciente-

-Hágalo pasar, por favor-

-Buenos día doctora, ¿Cómo está mi mamá?-, casi al instante, el teniente Israel quedó paralizado al ver que la mujer que lo esperaba en la oficina y que ahora se volteaba para quedar de frente a él con una historia clínica en sus manos, era Alicia, la misma Alicia que sostenía vínculos con el caso Gridson que llevaba, la misma que se las había ingeniado para desaparecer en la provincia de matanzas cuando se le puso un chequeo a ella y a su hija.

-¿Se siente usted bien?, se le nota alterado-, dijo la doctora con suma tranquilidad.

-Si, solo estoy un poco preocupado por mi madre-

-Su respiración lo delata, está usted muy alterado, pero para su tranquilidad, le comunico que su madre está siendo atendida por los mejores especialistas de este hospital, no es nada grave, solo que por la edad de la paciente se debe proceder con cuidado, producto de la caída, sufrió una leve fisura en lo que popularmente se le llama la cadera derecha, de momento deberá quedarse unos días ingresada para ver los resultados de los análisis que se le han hecho, luego le indicaremos un tratamiento y mas pronto de lo que espera la tendrá en casa, se lo aseguro-, el teniente Israel no salía de su asombro, escuchaba a la doctora pero sin dejar de pensar que era demasiada casualidad, el que su madre estuviera siendo atendida por ésta mujer, pero a su ves no dejaba de repetirse en su memoria que estas personas eran los dueños de las casualidades, por lo que sin revelar del todo su identidad se limitó a…

-Muchas gracias doctora, ¿puedo verla?-

-Cuando guste, esta credencial le facilitará el acceso al hospital en los horarios fuera de las visitas, sígame por favor-, dijo la doctora señalando una credencial sobre el buró, al mismo tiempo que hacia ademán para que el joven la siguiera.

En lo adelante cada día la madre del teniente Israel era visitada por su hijo a medio día y por la noche en el horario de visitas, la señora gozaba de buena salud y se le veía alegre y con muy buen semblante, ésta le contaba que el novio de una joven de la sala siempre les traía jugos naturales, galletitas y otras golosinas, así que no se preocupara en traerle merienda durante el día, ciertamente no faltaba en la mesita de la enferma mujer una cajita de jugo de mango y un paquete de masa de jamón, papas fritas, o pollo con verduras, y en otras ocasiones hasta sus bistecitos de ternera guarnecidos con arroz moro, no se podía quejar, estos días en el hospital fueron los mejores pasados para la anciana mujer en una institución como aquella, pero por el contrario su hijo no pensaba igual, no dejaba de alarmarse y de sentirse preocupado por la situación, cada ves que entraba al hospital, respiraba un aire de tención en el mismo, y mas aun sentía la frialdad de la amenaza al escuchar cada palabra que le decía la doctora

Alicia, que aunque se limitaba solamente a explicarle sobre la evolución de su madre no dejaba de mirar fijamente en el interior de sus ojos.

Alicia por su parte aguardaba pacientemente a que el joven no soportara mas el anonimato de su identidad policíaca, para aclararle tres o cuatro cosillas, lo veía divertida ante la impresión que sabia le causaba al teniente, y una mañana, precisamente cuando se decidió dar de alta a la paciente, se personaron en su habitación un joven de hombros anchos de manos delicadas y de expresión seria aunque amble al que la señora reconoció como el novio de la joven que tenia a su lado, el mismo que siempre le traía aquellas cajitas de jugo de mango que tanto le gustaban.

—Bueno señorita, ya nos vamos, pero como sabemos que también usted se marchará pronto no quisimos irnos sin antes despedirnos y desearle mucha salud y todo lo mejor de este mundo a usted y a los suyos—

—Gracias mi hijito, yo deseo lo mismo para ustedes—

—Bueno, cuídese mucho—, cuando la joven pareja se disponía a salir de la habitación, la anciana interrogó.

—Joven, ya se como se llama su novia, y usted se a portado conmigo como un hijo, pero, ¿cuál es su nombre?—

—También usted me ha sido de mucha ayuda, créame, mi nombre es...—, el joven se aproximó al oído de la anciana y en un murmullo inaudible le dijo su nombre, seguido de esto le dijo, ya en vos alta, —No lo olvide, y si llegara a necesitar cualquier cosa de mi, la doctora Alicia podrá localizarme en su nombre, adiós—, y echó a andar sin mirar a tras.

Se dieron cruce con Israel a la salida del hospital, ambos hombres se miraron y sus miradas se cruzaron como el estallido del rayo en la tormenta, en ese momento todo quedó claro para él; por lo que dirigiéndose a la oficina donde en una ocasión lo atendiera la doctora Alicia, al abrir la puerta dijo sin reserva alguna a la misma.

—Ya lo sé todo, dígale a Heiron que lo estaré esperando esta noche en el cristo, justo a las 08:00 PM, y que por favor valla solo—; Alicia sin mostrar emoción alguna se limitó a decir.

—¿Y que es lo que sabe el teniente?, a lo mejor quiere compartirlo conmigo, ¿le importa si grabo?—; y al decir estas palabras depositó su teléfono celular sobre la mesa, el teniente sin salir de su asombro pero tratando de disimular su sorpresa, al percatarse de que aquella mujer conocía su rango militar el cual éste en ningún momento se lo había dado dijo.

—Limítese a transmitir mi mensaje doctora, no tengo nada que compartir con usted, salvo la necesidad de saber cuando dará de alta a mi madre—

-En ese caso su mensaje será dado, y en cuanto a su señora madre será dada de alta mañana en la mañana, pierda cuidado-

Horas más tarde en la casa de Alicia.

-No estarás pensando en ir solo, deja que alguien te acompañe-

-No se preocupe Alicia, me sobra tiempo hasta las 08:00 PM para preparar lo que sucederá en esa entrevista-; y para cuando llegó la hora, todo estaba ya planificado.

07:57 PM, en el cristo de la habana un hombre aguardaba con impaciencia la llegada de alguien había echado un vistazo por los alrededores para asegurarse de efectivamente la persona que esperaba estaría sola con él, cuando justo a las 08:00 PM llegó al lugar un vehiculo del cual emergió de su interior la persona que esperaba, seguido de esto el auto se retiró y al acercarse el hombre sin permitirle apenas saludar le dijo.

-Acompáñeme, como es lógico, no pienso hablar con usted en este lugar-; el recién llegado condujo al teniente hasta un vehículo marca VW que recordaba haberlo visto parqueado en el lugar cuando llegó, no hubiera imaginado que seria transportado en él, ya en el interior del auto Heiron volvió a dirigirse al teniente; -No se preocupe por su carrito, lo estará esperando cuando terminemos nuestra conversación-

Mientras transitaban por la autopista el silencio era casi insoportable, por lo menos para el teniente Israel, el llegar al la villa panamericana fueron conducidos por una hermosa joven hasta una pequeña pero muy bien amueblada oficina, donde luego de ser servidos con unos refrescos antes de serrar la puerta tras de si la joven dijo.

-Si necesitan algo mas, estaré en la recepción-; luego de una pausa Israel rompió el silencio.

-Voy a ser claro con usted, el parecer está volando muy cerca del sol y puede quemarse-

-¿Y cual es el punto?-, preguntó Heiron con una vos muy aguda y ronca sin que asomara ni en sus facciones, ni en su hablar, y menos en sus movimientos, nada que mostrara emoción alguna.

-El punto es que lo quiero a usted y a los suyos lejos de mi familia, de mi casa, y de mi madre, ¿me entiende?-, el teniente no ocultaba para nada en sus palabras su desprecio e incomodidad, -El hecho es que se como funcionan estos asuntos, también sé que el accidente de mi madre no fue tan casual, que la transportación hasta ese hospital tampoco fue normal, así como que las atenciones que se le dieron no fueron las que se le dan a un paciente común, lo que me lleva a deducir que de alguna forma tu tienes que ver con eso-, Heiron moviendo su cabeza en señal de negación si incorporó en su asiento para hablar pero Israel no lo dejó pronunciar palabra, -No es necesario que se explique lo hecho, hecho está, solo quiero que sepa que no le temo ni a usted ni a los suyos, sé que lo sucedido fue como una advertencia para que me aparte de su camino, por lo que quiero que le quede claro nada me detendrá, un buen día usted cometerá su error, y ese día yo estaré ahí para capturarlo, si por alguna casualidad le imponen una multa de lo que sea, o cruza la calle por fuera del paso peatonal, créame, lo voy a poner tras la reja hasta que se pudra la cárcel, después lo voy a trasladar a otra prisión hasta que se pudra también, y va usted a pasar tantos años en los centros penitenciarios que se le va a olvidar hasta su nombre, y se lamentara todos los días de haberse cruzado en mi camino, era eso lo que quería decirle-, Heiron, no se inmutó, solo observaba a aquel hombre que hablaba sin detenerse mostrando todo su enfado, amenazando con cada palabra, tanteando y provocando a cada instante sus emociones, de todas maneras sabia que ese era su finalidad, por lo que de forma muy tranquila se limitó a decir.

-Nada debe preocuparle Israel, tenga por seguro que no tendrá necesidad de hacer nada de lo que me ha dicho, de hecho nada tengo que ver con todas esas acusaciones que ha hecho, por otro lado conociendo a su madre, puedo asegurar que no ha aprendido nada de ella, las buenas formas y los buenos modales que estoy convencido le trató de enseñar en su infancia muestran que no se debe amenazar a nadie, aún cuando trates con tu peor enemigo, pero en fin, no pienso enseñárselo yo, por lo demás, nada tengo en su contra usted y quiero que conserve esté numero de teléfono para si algún día despierta necesitando de una mano que le ayude, sepa que tiene a quien llamar-, el teniente tomó la tarjeta que Heiron le entregara y luego de mirarla con detenimiento.

-La guardare, pero estoy seguro de que nunca lo llamaré, ahora si fuera tan amable de llevarme donde mi auto-, ésta frase fue interrumpida.

-Puede retirarse cuando desee, su vehiculo lo aguarda en el parqueo, yo esperaré a que vengan a recogerme, no se preocupe-, el teniente no salía de su asombro al ver que efectivamente su auto estaba en el parqueo, no alcanzaba a comprender de que forma había llegado hasta allí, al poner en marcha el motor del vehículo pudo apreciar que el tanque de combustible estaba lleno, comprobó que nada estaba violentado y se dijo −Parece que esta gente tiene mas de un as bajo la manga-

Luego de haberse retirado Israel Heiron fue avisado, este subió a una de las habitaciones del hotel y al estar frente a la puerta toc, toc.

-Adelante-, dijo una vos desde el interior; al hacer entrada a la habitación Heiron se sorprendió con el recibimiento que le dio su ocupante, era un joven alto, de hombros anchos, y mirada serena, éste al ver de quien se trataba su visita se puso de pie de un salto y con suma cortesía; -¿En que le puedo servir?, mi señor-, al no estar acostumbrado a tanta cortesía Heiron experimentó un ligero estremecimiento.

-Empezaremos por su nombre-

-Mi nombre es Andrea Bellini-

-Bien, ¿Cómo está su señor padre?-

-Mi padre esta bien, gracias por preguntar señor-

-No me trates de señor o tendré que molestarme contigo, dime Heiron, al fin y al cabo somos familia-

-Como usted diga se...-

-Bueno, ya te acostumbraras, estas aquí porque precisamente tengo entendido que eres el mejor en estos asuntos de seguridad bancaria, ¿me equivoco? -

-No-

-El hecho es que toda compañía que mueve sustanciosas sumas de dinero como la nuestra no puede darse el lujo de permitir que los bancos nos cobren sus jugosos intereses por hacer uso de lo que es nuestro, ¿me entiendes hasta aquí?-

-Si, no hablo muy bien el español pero si lo entiendo a la perfección-

-Bien, entonces entenderás que necesito asegurar un local para guardar todo ese efectivo; algo así como nuestro banco personal-

-Necesito fotos del local donde se pretende hacer el trabajo, y luego le pediré los materiales y los hombres necesarios para desempeñar la labor-

-De momento aquí tienes las fotos del local, que tiempo necesitas para determinar todo lo que te será necesario-

-Seis días mínimo, diez máximo-, alguien llama a la puerta.

-Adelante-, tras esta autorización entró un joven delgado de ojos picaros, el cual luego de saludar a Heiron con un fuerte apretón de manos se dirigió al italiano extrayendo del interior de su mochila una cámara digital.

-Tiene muy buena lente su cámara-, éste, reconociendo al joven dijo.

-Muchas gracias, me alegra que sepa reconocer el valor que tiene-, el joven con una ligera sonrisa y agudizando la picardía de sus ojos dijo.

-No hay de que, pero no se preocupe, su equipo esta a salvo conmigo-

-Bueno muchachos, veo que se entienden bien, lo que indica que no habrá dificultad en que trabajen juntos en los próximos días-

-En ese caso me retiro, fue un placer conocerle Bellini -

-Altre tante-, dijo el italiano sin apartar su mirada del joven mientras éste se retiraba de la habitación, -Éste sujeto me pone nervioso-, comentó.

-No tienes de que preocuparte, es un buen muchacho, además, te servirá de mucho, localízame en cuanto estés listo-, ambos hombres se despidieron y el italiano se puso a la tarea.

Al día siguiente, 09:18 am; Heiron recibió una llamada a su teléfono celular.

-¿Si?-

-Ante todo mi respeto, salude también a su padre-

-Gracias, pero empecemos mejor por el principio, ¿Quién es usted?-, Heiron pensaba a toda velocidad, no tenia ni idea de con quien estaba hablando.

-Verá, mi nombre es Gustavo, y necesito tener un breve contacto con usted, le aseguro que de éste saldrán muy buenos acuerdos para su familia, y para mi gente por su puesto-, en cuanto escucho el nombre lo asoció con la figura de una foto que su padre le mostrara ase algún tiempo atrás, este señor encabezaba la lista de aquellas personas con las que había que andarse con mucho cuidado.

-Bien, entonces dígame cuando nos vemos y donde-

-¿Podemos vernos ahora?-

-No tengo inconveniente, dígame donde y allí estaré-

-No se preocupe pasaré a recogerlo-, y mientras el joven escuchaba estas palabras un auto de cristales oscuros que imposibilitaba ver quien o quienes eran sus ocupantes se detuvo delante de si, y abriéndose una de sus puertas, un señor de unos cuarenta y tantos años le dijo mientras le mostraba un teléfono celular, -Suba, por favor-, ya en el cómodo interior del vehículo.

-Usted dirá en que puedo ayudarlo-, el auto se movía sin dificultades por las calles de la habana, no rebasaba a ningún otro si no era especialmente necesario, mantenía una velocidad moderada, y lo mas importante, evitaba a toda costa a los patrulleros de la PNR.

-Como le decía, el hecho es que todo negocio responde a la invariable ley de la oferta y la demanda, y en este caso en especifico mi negocio se ve presionado por la demanda, resultando que debo transportar mayores volúmenes de mercancía, es en este punto donde entra usted con su gente, garantizando la seguridad de la transportación-, Heiron escuchaba con atención lo que se le decía, al mismo tiempo que analizaba las posibilidades de éxito de este trato.

-Y, ¿Por qué nos encargaríamos nosotros de la seguridad de esa transportación?-, preguntó.

-No sea modesto, sabemos que usted cuenta con el apoyo de casi toda la policía que se mueve en este país, también conocemos que tiene dominio sobre la transportación, además de tener un fuerte poder sobre un sin número de abogados y fiscales, por lo que teniendo en cuenta la cantidad que pretendemos transportar se hace necesaria su ayuda, claro está que se le pagará muy bien por sus servicios después de todo somos hombres de negocio-

-Me halaga usted, pero créame cuando le digo que no poseo tal poder, de ser así no caminaría por las calles de la habana solo y sin ninguna preocupación como me encontró usted, pero de todas formas dígame, ¿de que tipo de mercancía estamos hablando?-

-Narcóticos, para ser exactos-

-¿Y que tipo de narcóticos piensa transportar?-

-Cocaína específicamente-, en este punto de la conversación Heiron se percató de que algo no andaba del todo bien en cuanto a este sujeto, no sabia con exactitud que era pero lo averiguaría.

-Bien, dígame una cosa, ¿de que cantidad estamos hablando?; ¿Cuándo piensa transportarla?; ¿Qué tipo de transporte sugiere que le sea mas factible?; y, ¿Cuánto gana mi familia en este asunto?-

-Por lo visto es usted exactamente como me habían descrito, claro directo y preciso-, Gustavo no se había percatado de que Heiron en ese instante estaba tratando de ganar en información para poder descubrir de que ese trataba todo aquello; -Y eso me gusta, por lo que estoy seguro de que este será el inicio de un largo viaje; verá, para comenzar pretendemos transportar unos 100 Kg, le sugiero transportarlo en tren, y su familia obtendrá por sus servicios un 10% de la cantidad distribuida, ¿Qué me dice? –

-Es tentadora su oferta pero debe comprender que ningún abogado ni fiscal de esta republica así como que ningún policía metería las manos al fuego por algo tan volátil-, Gustavo se percató entonces de la habilidad del joven para los negocios, era evidente de que estaba regateando, por lo que sabia que el trato se aria.

-No me tome a mal joven, el tema del pago se puede arreglar, de todas formas apenas estamos conversando con tal de llegar a un acuerdo que sea beneficioso para los dos, le propongo un 15 % de toda la distribución-

-Bien, estoy seguro que con el 40 % en efectivo del equivalente de la distribución se cubrirán todos los gastos y se mantendrán abiertas todas las puertas de la habana para usted y su respetable familia, lo que aun no me ha dicho es cuando pretende darle curso a esta transportación por llamarla de algún modo-, efectivamente Gustavo sabia ahora que estaba tratando con un profesional, era un muchacho joven pero con una basta experiencia mercantil en su cerebro, estaba jugando con fuego, pero valía la pena el riesgo.

-Pienso que el 40% de la forma en que lo pide seria demasiado teniendo en cuenta la posibilidad de que algo saliera mal, al fin y al cabo las casualidades no están escritas-

-Verá amigo, las casualidades dentro de este mundo en el que nos movemos no existen, estoy convencido de que un 40% en efectivo es la mejor forma que tiene de pagar por el servicio que gustosamente le prestaremos, además de que aparejado a este 40% va la garantía de que si por una remota razón algo saliera de forma insatisfactoria se le reembolsará la totalidad de su inversión, luego entonces ¿Qué dice usted?; ¿Tenemos un trato?-

-Lo tenemos, pronto le diré cuando se hará el traslado y el resto de los detalles, ¿quiere que lo lleve a algún lugar en específico?-

-No es necesario, de todas formas caminar es bueno para la salud-

Al desmontarse del vehiculo y ver que éste se alejaba, justo delante de Heiron se detuvo otro auto, éste era un toyota de color negro, también con los cristales oscuros, pero en este caso el muchacho si sabia que o quienes podían ser sus ocupantes, así que sin muchos miramientos lo abordó, ya en su interior Antonio le dijo.

-Ese hombre con el que acabas de hablar es sumamente peligroso, ha intentado hacer negocios con nosotros en muchas ocasiones y tu padre siempre ha pospuesto estos ya que en mas de una de ellas nos hemos percatado de sus segundas intenciones, debes cuidarte de no dar una respuesta negativa directa a este sujeto-

-No te preocupes amigo mío-, interrumpió Heiron,-En estos momentos me dispongo a deshacernos de este sujeto de una ves y por todas, estoy seguro de que después de esta no volverá a molestarnos, de momento, ¿tenemos a alguien con suficiente poder en los ferrocarriles?-

-Creo que puedo conseguir a alguien, pero ¿Cómo cuanto poder debe tener esa persona?-

-El suficiente como para parar un tren-, esta frase confundió a Antonio quien miró a Heiron con mirada interrogante. -Llévame al BFI debo resolver un ultimo asunto antes de dejar los taxis, no me gusta dejar cabos sueltos, por el camino te explico para que tengas una visión mas clara de lo que pretendo hacer-, una hora después.

-¿Y la joven de Luyanó?, ¿Qué hacemos con ella?-

-No se preocupen por ella, de ese caso me ocupo yo personalmente-, la expresión de Heiron se tornó seria al hablar de Maria.

-Te pregunto porque como vas a estar en Cayo Largo durante 20 días cada mes a lo mejor era necesario ayudarla con algo de dinero, comida, en fin cosas necesarias-

-Agradezco tu preocupación es así como debe funcionar todo entre nosotros pero en este caso en especifico es diferente, ella no forma parte de esta familia, aun-

-Bueno tu sabrás, ¿es algo serio lo tuyo y lo de esa joven?-

-Eso quiero, por lo que deseo esperar un poco más antes de mostrarle algunas de las ventajas de estar entre nosotros-, en el fondo Heiron tramaba algo mas, solo que Antonio no sabia que, pudo apreciar que el muchacho no quería bajo ningún concepto que la joven fuera a desarrollar cierto interés por la relación solo por los beneficios materiales que esta le pidiera ofrecer.

Unas horas después en su habitación del hotel colina Heiron hacia algunas llamadas para así poner en marcha lo que seria conocido como su plan maestro.

-Ignara, nuestro contacto en ETECSA tiene los datos de un tal Gustavo, necesito que nos avisen si se detecta alguna llamada sospechosa de el o de su gente, es de suponer que este en algún momento en lo adelante tratará de jodernos de alguna forma, asegúrate de que eso no pase-, del otro lado de la línea la joven automáticamente supo que debía encargarse de chequear cada movimiento del sujeto en cuestión, ya que si conocía bien a Heiron sabia que algo grande se estaba poniendo en marcha, por lo que como única respuesta dijo.

-Todo saldrá bien-

-Bellini, ¿como va lo de la casa segura?-

-Estoy ultimando detalles dentro de unos días todo estará listo-

-Katia, comunícate con Rafael debes preparar a un grupo de muchachas para la seguridad de una casa que guardará dinero en efectivo esa será tu misión, suerte-

-Ya estoy es eso, yo me ocupo-

-Rafael dile a la India que en los próximos días cambiará totalmente de negocio, se dedicará a de conjunto con sus niñas a la peluquería, manicura y lo mas importante a la seguridad bancaria discreta, el apartamento que posee en estos momentos será vendido y el dinero le será entregado, no debe preocuparse por la parte legal, de hecho la nueva casa que ocupará ya está a su nombre, de eso se encargó la novia de Noel; ¿alguna pregunta?-

-Si, ¿Quién se encargara de enseñar a esas muchachitas de algo así como la seguridad de un banco, o de peluquería y esas cosas?-

-Ya esa persona se comunicará contigo para que tú la contactes con ellas-

-Entonces no hay nada más que preguntar-

-Erik, en los próximos meses es posible que tenga un trabajo para ti, este trabajo requiere de gran precisión y dominio de la especialidad en la que te graduaste además de la confianza de la que se requiere, también se necesita tener mucha sangre fría y la mente despejada para resolver las diferentes situaciones que se presenten, teniendo en cuenta las decisiones que deberás tomar, partiendo de que no todas pero si la mayoría deberán ser decisiones en extremo difíciles, ¿estas de acuerdo?-

-Por supuesto, sabes que puedes contar conmigo, solo me preocupa mi familia-

-Tu familia es mi familia ahora, nada debe preocuparte-

-Lo sé, tú solo dime cuando y estaré listo-

En los próximos días Heiron pasó a trabajar en la empresa inmobiliaria del turismo en Cayo Largo del Sur, esta le daba cierta movilidad dentro del polo turístico permitiéndole desarrollarse con facilidad en sus asuntos, para ese entonces Sandra estaba trabajando en el banco y esto facilitaba el cambio de monedas de la familia, por otro lado orlando como animador turístico tenia mas facilidad a la hora de intercambiar con los clientes así que todo marchaba como estaba dispuesto, en su trabajo Heiron no tenia de que preocuparse, puesto a que su director era un sujeto que tenia demasiadas ocupaciones como para estar pendiente de lo que este estuviera haciendo, y por otro lado su jefa inmediata era una persona de muy poco cerebro la cual apenas ni tenia la mas remota idea de lo que ocurría a su alrededor.

Dos meses des pues de su llegada a Cayo Largo La situación con Maria se ponía cada ves mas tensa, para ese entonces Katia y Nadia que estaban ya trabajando juntas en el mismo hotel veían con cierto desagrado el hecho de que Heiron estuviese perdiendo facultades producto a su enamoramiento con esta joven, ya no era el mismo, parecía como si lo hubiesen cambiado por otra persona, por lo que estas en su momento y aprovechando los conocimientos informáticos de Katia se comunicaron con esta tratando de cierta forma de solucionar el problema, en una ocasión en que el muchacho estaba para la habana resolviendo otros asuntos.

-Bueno este sistema de seguridad funciona de la siguiente forma-, le explicaba Andrea a Heiron y a la India, -Solo ustedes dos podrán tener acceso a la cámara donde se guardará el efectivo, desde este único teléfono se marcará a tu celular, se podrá llamar sin problemas a otros lugares pero cuando se marque a tu celular, tu numero será la clave que activara un dispositivo en la cámara de seguridad, ella deberá pedir tu consentimiento para la apertura de dicha cámara, y con tu consentimiento el mencionado dispositivo quedará deshabilitado, ojo con esto, cuando pronuncien por primera ves tanto la solicitud del permiso como la aceptación del mismo estos quedaran registrados en la computadora que controla el mecanismo así que deben ser muy cuidadosos puesto a que un error podría mantener activad el dispositivo y una ves en el interior de la cámara éste expedirá un gas venenoso inoloro e invisible, por lo que será inevitable la muerte de aquellos que fueron tomados por intrusos-

-¿Y en caso de tener gripe o ronquera?-

-Para ese supuesto deberás marcar una clave única que la base de datos del sistema reconocerá como la aceptación a la entrada, por lo demás este es un sistema muy seguro que te permitirá conocer cuantas veces entran a la cámara, cuantas personas estuvieron en su interior, y la cantidad exacta del efectivo depositado en sus arcas, lo otro será que la compañera una ves que sea aceptada la entrada por ti, deberá marcar una clave única de acceso en el tablero numérico que se revelara en la puerta luego de la aceptación, lo otro es que este sistema tiene otro dispositivo de seguridad que permite enmascarar la cámara el cual se desactiva marcando en este mismo teléfono los códigos correctos, así como que también posee un dispositivo para la auto destrucción de la evidencia, donde después de marcados los códigos acordados se enviará un mensaje desde el ordenador de la cámara hasta tu celular lo cual te anunciará que todo se ha perdido y te dará la opción de aceptar o no la autodestrucción de todo el local, con las potentes cargas que hay situadas en lugares específicos de la cámara y de toda la casa en general-, luego de quedar diseñados todos lo códigos y ordenes de mando de la cámara de seguridad de la familia ésta comenzó a funcionar de forma exitosa bajo la fachada de un salón de belleza y Heiron regresó a su trabajo, solo quedaba, según sus cálculos esperar por el aviso de Gustavo.

Día 4 de enero de 2011, Heiron recibe la llamada que tanto había esperado todo estaba dispuesto, Gustavo acababa de hacer su jugada, pensaba delatarlos con la policía, de esta forma se los quitaba de en medio y podía seguir con sus asuntos de forma libre y espontánea, puesto que tenia atados los cabos suficientes como para hacerse del imperio que con tanto sacrificio había forjado la familia, solo que no esperaba el hecho de que Heiron estuviera preparado para esto.

-Saludos Heiron, la transportación se hará el día 20 de enero, en bolsas de sales de rehidratación, esas que son de color metálico, así evitamos que se vea el contenido de los paquetes, estas serán depositadas en cajas en la terminal ferroviaria de granma por personal de la empresa distribuidora de medicamentos, el tren sale a las 06:00 PM de la misma provincia, debe arribar a la habana sobre las 07:00AM del día siguiente, el resto es asunto tuyo, los puntos de distribución te los estoy enviando en estos mismos momentos a tu teléfono en un mensaje, suerte muchacho-, al cortarse la comunicación Heiron se dio a la tarea de hacer estallar las hostilidades entre el y Maria, había llegado el momento, por lo que también metió en el asunto a Katia a sabiendas de que ésta no soportaba a la joven, luego, en lo que se desarrollaba esta acción dispuso todo sus contactos en función de las acciones que se desarrollarían a continuación además de prepararlo todo para su salida de pase, no podía equivocarse.

La noche del día 7 de enero de 2011 los agentes de seguridad del aeropuerto de Cayo Largo del Sur, específicamente los que custodian la puerta de acceso de vehículos al mismo, escucharon voces de personas que se aproximaban a la misma, uno de ellos vio que eran unos jóvenes trabajadores que al parecer habían estado bebiendo y debido a su estado de embriaguez habían ido a para allí, este les llamo la atención haciéndolos retirarse del perímetro, pero en ese mismo instante algo inesperado sucedió, las luces se apagaron permitiéndole a la melliza gozar de unos preciosos 50 segundos para encontrarse cómodamente ubicada en el interior del avión que saldría con destino a Italia a la mañana siguiente, utilizando además de este valioso tiempo la oscuridad de la noche como su mayor aliado, al regresar el fluido eléctrico con la activación del grupo de electrógenos destinado para estos casos, los jóvenes siguieron su camino cantando canciones obscenas rumbo al pueblo y todo volvió a que dar en silencio, todo estaba diseñado.

A la mañana siguiente en el chequeo se vio a Heiron y a la melliza, estos al entregar sus documentos fueron confirmados sin grandes dificultades, pues el peso de sus equipajes estaba en regla con lo establecido además de no llevar nada prohibido en el mismo.

-¿Heiron?, aquí tiene su carné y su pase abordo, buen viaje, ¿Katia?, aquí tiene su carné y su pase abordo, ¿tú no eres melliza con otra muchacha?-

-Si, mi hermana sale el día 10-

-¡Mira para eso!, si no llego a tener tu carné en la mano y te veo aquí, hubiese jurado que eras la otra, es verdad que me estoy volviendo loca, además es que son tan parecidas-

-No te preocupes, todo el mundo siempre nos confunde-

-Bueno mi niña, que tengas un feliz viaje y que descanses-

Serian ya pasadas las 10:17am cuando un avión surcaba los cielos y desde el yate victoria uno de sus ocupantes decía con un mapa en la mano.

-Son estas las coordenadas que dieron, yo no estoy loco, pero no veo ninguna embarcación en todo esto-, su acompañante un poco más optimista le aconsejaba mientras trataba de pescar algo con su caña de pesca.

-No te desesperes, pronto llegará, es temprano todavía-, el otro tratando de mantener la calma protestaba.

-Claro, para ti es fácil porque estas entretenido con tu varita tratando de pescar algo, pero no veo que has cogido nada, a ese paso almorzaremos algas, que es lo único que veo a tu alrededor-, de momento se tensó la pita pero quien la manipulaba no miraba en ese instante en la dirección de la misma y sin embargo exclamaba.

-¡Mira, mira, mira!-, entre tanto el otro…

-si ya vi bobo, hala el cordel que se te va a ir el almuerzo-, este haciendo caso omiso de lo queso compañero decía señalo al cielo diciendo.

-¡Allá!, es un paracaidista, estoy seguro de que es la persona que estamos esperando-, su compañero no salía del asombro, le costaba trabajo creer lo que sus ojos estaban viendo en ese momento, el paracaidista calló muy próximo al yate, deshaciendo rápidamente de su equipo nadó hasta ellos y al abordar dijo.

-Buenos días muchachos, ¿Cómo estuvo eso?, siempre quise hacer, lo vi una vez en una película, a propósito, mi nombre es Katia-, los dos tripulantes de la nave boquiabiertos aún dijeron a coro.

-Estuvo espectacular, bienvenida a bordo Katia, recojamos todo y larguémonos de aquí-

9 de enero de 2011 en una lancha rápida de guardafronteras el capitán que venia al frente de la embarcación le dice a un callado pasajero que traía a bordo.

-Hemos llegado-, el pasajero quitándose el gorro del abrigo que traía puesto y dejando al descubierto su rostro le dice de forma amable.

-Gracias capitán, si hay algo mas que podamos hacer por usted no dude en decirnos-, el capitán de guardafronteras se quedó mirando a la joven y quiso saber.

-¿Cuál es su nombre?, ¿como la veo si necesito algo de usted?-, la joven con una breve sonrisa le contestó.

-Mi nombre es Nadia, por lo demás no tiene de que preocuparse, siempre que usted necesite de mi lo sabré y su problema se resolverá-

La tarde del día 18 de enero, Heiron regresaba de Gerona luego de haber asistido a una comida en la casa del pollo con unos amigos, compañeros de estudio del preuniversitario, al llegar a su casa una vecina le comenta.

-Niño, ¿has tenido algún problema recientemente con la policía?-

-En lo absoluto, ¡que yo sepa!, ¿Por que?-

-Bueno, el jefe de sector de estaba localizando, yo tu voy a verlo no sea que se compliquen las cosas, sabes que con esta gente es mejor andar claro-

-Esta bien, enseguida voy a verlo muchas gracias-, al salir de la vivienda de su vecina, Heiron llevaba una expresión complacida, sinceramente estaba preparado para los acontecimientos posteriores, por lo que al llegar donde el jefe de sector, con cierto tono de preocupación preguntó.

-¿Qué sucede oficial?, me dijeron que quería verme, usted dirá-

-¿Usted es, Heiron Gridson Dencer?-, Indagó el oficial con expresión severa sabiendo cual sería la respuesta.

-El mismo-

-Bueno, ¿conoce o ha tenido usted alguna desavenencia con alguna muchacha en la habana?-, el muchacho con expresión de asombro responde.

-Verá usted, yo tuve una relación con una chica en la habana, pero eso ya terminó-

-Mira muchacho, el caso es que fuiste acusado por un joven en la ciudad de la habana por amenaza, ¿Puedes explicarme como es que ha sucedido esto?-, replicó el oficial casi seguro de que lo que escuchaba según el joven no era cierto.

-No tengo porque mentirle oficial, además que ganaría yo con eso, de todas formas, es posible que en algún momento en el que esa muchacha y yo tuvimos unas palabras quizás las cosas se acaloran un poco y quien sabe si lo dije ella lo tomó por una amenaza, pero para nada, sería yo incapaz de hacer le daño a ella ni a ninguna otra, no me caracterizo por eso, tanto es así que aún sin haberme usted citado de forma oficial yo vine por voluntad propia-, el oficial esta vez si quedó convencido de que el muchacho decía la verdad pero de todas maneras como había una orden de búsqueda y captura contra él, lo llevó para la estación, donde fue interrogado y finalmente detenido hasta su traslado a la habana según lo establecido en estos casos.

Heiron había dado instrucciones precisas de que nadie en lo absoluto moviera un dedo para sacarlo de allí, solo su padre y Alicia estaban autorizados a llamar regularmente a la familia de la muchacha con el objeto de mantener la fachada de la preocupación familiar, pero sin presionar mucho sobre la retirada o no de la acusación.

20 de enero de 2011, 05:00am, un tren detiene su marcha en un poblado en las cercanías de la habana, los pasajeros no notan nada extraño, puesto a que era una parada normal supuestamente, de todas maneras ésta solo duró unos pocos minutos y pronto estos llegarían a su destino.

Amanece, viernes 21 de enero de 2011, en la terminal de trenes las personas se agrupan en la entrada ansiosos en espera de sus familiares y amigos, en el área de carga, un vehículo de la empresa de suministros de medicamentos se encuentra cargando unas cajas del interior, se escucha el chirriar de neumáticos en el pavimento, la policía hace entrada tomando por sorpresa a todos los presentes.

-¿Que pasa oficial?-, pregunta un joven que se encuentra situado justo al lado del vehiculo de la empresa de suministros.

-¿Quién es el chofer del carro?-, pregunta el agente de la PNR, con cara de pocos amigos.

-Soy yo-, responde un hombre alto, con una expresión serena en el rostro.

-Permítame su carné de identidad, licencia de conducción, circulación del auto, y los documentos de la carga-, entre tanto, el teniente Israel observaba como dos hombres terminaban de cargar las cajas hasta el carro, luego de una ojeada a esto algo lo puso en alerta, había reconocido al conductor del vehiculo.

-¿Su nombre es Antonio, no es así?-, el conductor lo miró directamente a los ojos y contestó.

-¿Nos conocemos de alguna parte teniente?-, Israel supo con esta respuesta que se trataba del mismo Antonio que estaba relacionado con Heiron, no podía ser otro, sabia que en ella estaba implícito el hecho de que ellos sabían que él aparecería en algún momento, lo cual lo alertó aun mas, algo estaba mal.

Viernes 21 de Enero de 2011, aeropuerto internacional José Martí, 09:13am, una pareja se encuentra apunto de pasar la frontera de aduanas, pero esperan pacientemente por la llegada de alguien.

-¿Pero como es que esta persona que esperamos no va a entregar los pasaportes si por lo menos yo no me he tirado fotos para eso?; pero por otro lado, ¿Cómo es que tenemos visa aprobada si no hemos ido nunca a la oficina de intereses americana, además no tenemos familia allá?, ¿explícame mi amor, trabajas para la seguridad del estado?, dime te prometo que no le contaré a nadie-

-Veras mi amor, no tienes de que preocuparte, no trabajo para la seguridad, trabajo para alguien mejor, trabajo para mi familia, que a su ves es tu familia, esas personas que nos ayudaron en aquel momento difícil por el que pasamos, ¿te acuerdas?, ellos me ofrecieron este trabajo, donde voy a ganar un buen dinero al igual que tu, si contar que durante el tiempo en que estemos fuera a mis padres hermanos y a los tuyo no les faltará nada, así que pienso te estas preocupando sin razón alguna, ¿en cuanto a las fotos y demás documentos?, ya deberías saber que son pequeñeces para ellos ya que si lograron encontraron a aquel sujeto sin apenas conocerlo, ¿crees que les será muy difícil hacerse de un par de fotos de pasaporte nuestras?, lo dudo-, una joven con su lindo uniforme de aduanas se acercó a la pareja y les entregó un sobre diciendo.

-Que tengan un buen viaje, pasen por la casilla numero cuatro, por favor-, al abrir el mismo, vieron en su interior dos pasaportes los cuales se repartieron como correspondía hacer, un par de pasajes como era debido, luego de esto y de exhalar un profundo suspiro se dirigieron a la casilla orientada por la joven, obviamente era por allí por donde debían chequearse sus documentos no estaban muy seguros del por que pero de alguna forma sabían la respuesta a esa interrogante por lo que no se molestaron en preguntar.

-Buenos señores tienen que acompañarnos, en la estación discutiremos el asunto-, dijo el teniente Israel, tratando de sacarlos de allí lo antes posible, no fuera que surgiera alguna casualidad inesperada.

-Pero teniente, permítame explicarle, en esas cajas solo hay sales de rehidratación, esto es un simple medicamento, ¿Qué es lo busca, que hay de malo en esto?, solo estoy haciendo mi trabajo-, a lo que el teniente respondió con una ligera sonrisa en los labios.

-Si, estoy seguro de que solo haces tu trabajo-

Al llegar a la estación de la policía se desagruparon las cajas que le habían sido ocupadas, al abrir una de ellas al asar.

-Esto es imposible, esta gente no puede haberse arriesgado tanto solo por un poco de sales hidratantes, algo mas grande que esto deben haber hecho, o nos informaron mal o... -, rápidamente como un flechazo pasaron tantas ideas juntas por la cabeza de Israel que...-Cada día que pasa me sorprenden más, donde está la mercancía que debían transportar, porque no me vas hacer creer que era solo esto-

-No entiendo de que habla teniente, ¿Qué esperaba encontrar usted en esas cajas?-, el teniente no salía de su asombro, luego de haber confirmado que efectivamente la empresa de suministros de medicamentos esperaba una carga de sales de rehidratación proveniente de la provincia Granma, y de haber confirmado con el personal de recursos humanos de dicha empresa si cada uno de los compañeros que se encontraban detenidos en la unidad de la PNR eran trabajadores de la misma, no podía ser que estos hombres le estuvieran tomando el pelo una ves mas, luego entonces como un ultimo recurso preguntó.

-¿Dónde está Heiron?, ¿sabe algo de él?-, en este instante Israel observaba cada movimiento facial de Antonio, algo que denotara impaciencia, que le dijera que este hombre estaba mintiendo.

-Mire teniente, a Heiron hace aproximadamente un mes o dos que no lo veo, pero ¿Qué tiene que ver él con este asunto?-, la tranquilidad con que hablaba Antonio estaba apunto de sacar al teniente de sus casillas.

-De momento nada, pero estoy seguro de que de alguna forma el tiene que ver con esto-

-Si usted lo dice, de todas maneras, si no ha encontrado lo que buscaba, y no tiene nada mas contra nosotros, espero que nos libere, este tiempo que nos ha tenido aquí lo vamos ha necesitar para cumplir con nuestro trabajo, y le aseguro que esta no es la única distribución que se debe hacer en el día, hay que justificar el salario que nos pagan con resultados productivos y realmente no me parece muy productivo estar aquí encerrado todo el santo día-, la dirección de la empresa de suministros al la que pertenecía el vehiculo y la mercancía que había sido incautada comenzaba a hacer presión, era ya la quinta llamada que recibían y estaban casi a punto de quejarse ante los niveles superiores, por lo que a Israel no le quedó otra alternativa que...

-Saldrán en libertad, pero deben permanecer localizables por si se hace necesario hacerles alguna pregunta, ¿ustedes me entienden?-, Antonio, con toda la calma que lo había caracterizado desde el principio, y sabiendo que esta decisión que tomaba el teniente estaba por encima de sus verdaderas intenciones.

-No se preocupe, todos entendemos su situación sabemos que no hace mas que cumplir con su deber-

Entre tanto, la preocupación consumía a Maria, esta había recibido barias llamadas donde se le hacia referencia a la acusación contra Heiron, la joven veía la preocupación del padre del muchacho, pero en el fondo había algo que no le permitía retractarse de sus acciones, para ella en esos momentos Heiron era una persona que no tenia sentimientos, alguien que no ameritaba la consideración de nadie, sentía que el muchacho merecía ser castigado, aun cuando su conciencia le decía que quien mas se perjudicaba era la familia del mismo, pero algo la llevó a reaccionar; esa tarde al salir del trabajo, su hermano la llevó en su auto a la casa, desde que todo había comenzado ella no se había atrevido a salir sola, un poco por precaución, y otro tanto por el temor a lo que pudiera pasar, pero el hecho fue que al tomar la avenida del puerto, justo cuando ya habían pasado el muelle de luz para dirigirse a su casa, notó que un taxi de color azul plateado los seguía a una distancia no mayor de uno o dos autos de intermedio, no comentó nada a su hermano, y aunque por mas que intentó no pudo ver la matrícula del taxi, ni pudo identificar a que base pertenecía, no pudo evitar que un escalofrió acompañado de un profundo sentimiento de terror recorrieran todo su cuerpo, al llegar a casa su madre le preguntó.

-¿Cómo te fue el día de hoy?, ¿te volvieron a llamar?, yo creo que debes valorar las cosas hija, es verdad que lo que ese muchacho te ha hecho esta mal, pero debes considerar las acciones buenas, después de todo mientras duró no te fue tan mal, pienso que eso debe contar, por lo menos para ti-

-Mami, tu lo dices porque no es a ti a quien tienen amenazada, no eres tú la que en algún momento se sintió como un trapo, solo yo sé lo que es sentirse usada, de la forma en que me he sentido, tu no lo entiendes-, dijo la joven por toda contesta con lagrimas en los ojos y con una notable expresión de desesperación.

-Niña, yo si te entiendo, pero de todas maneras ¿Qué podemos hacer?, ya lo pasado pasó, Dios sabrá como compensarte, olvida, deja ese rencor que no le hace bien a nadie, recuerda que tienes un hijo y no sabes como puede salir el día de mañana cuando crezca, es duro para mi decirte estas cosas porque sinceramente no sé que haría si ese muchacho o alguien más te hiciera daño pero ya que nada ha pasado creo que mantener tu posición y dejarlo preso empeoraría las cosas, por lo menos si es como tu dices-

-Como yo digo no, esa gente es así, no te dejes llevar por la forma en que se expresa su padre, ni por las cosas que te ha dicho la otra mujer con la que has hablado por teléfono, son personas malas, ojala, yo me equivoque pero me parece que no-

-Bueno hija, cualquier decisión que tomes yo te apoyaré al fin y al final eres mi hija, y si yo no te apoyo, ¿Quién lo hará?-

-En ese caso, ¡que se joda, y que sufra como he sufrido yo!-, dijo la chica con cierto aire triunfal, pero en su mirada quedaba todavía un toque de temor.

Pasado ocho días, el teniente Israel se había convencido de que la información recibida sobre el tal cargamento de drogas, había sido una farsa, y aunque mantenía el chequeo sobre todos los implicados en el supuesto y sobre todo Antonio, no había podido demostrar nada, estos había seguido con sus vidas normales sin variación alguna, perfil medio y todo lo demás tan corriente como cualquier ciudadano promedio, solo le preocupaba el hecho de no haber podido ubicar a Heiron aun.

-Detenido Gridson Dencer, muévase, que no tenemos todo el día-, dijo el oficial de guardia que custodiaba las celdas de la estación donde tenían a Heiron en la Isla de la Juventud; eran la 05:17 AM y el muchacho se sentía un poco confundido por el horario –Hoy va ha ser transferido a la habana, no se demore-

La travesía fue normal, todo un viaje aburrido, todo el tiempo sentado, al llegar a puerto, allí lo estaba esperando otro policía el cual se encargaría de conducirlo hasta la estación donde finalmente le interrogarían el instructor que tenia el caso, fue esposado como todo detenido que es trasladado, por razones de seguridad, ya cuando habían recorrido unos kilómetros el auto de patrulla se detuvo.

-Bueno Heiron, me vas explicar, ¿que es lo que está sucediendo?-, dijo uno de los agentes específicamente el jefe del patrullero, mientras quitaba las esposas al detenido.

-Nada Víctor, la cosa es que debo ser llevado ante tus superiores para arreglar un pequeño asuntillo-

-Eso ya lo se pero, ¿no hay nada que se pueda hacer?, esa muchacha, ¿no se puede hablar con ella?, a lo mejor si le pagamos algo, de todas maneras por lo visto es fanática al dinero, creo que si ponemos la suma precisa en sus manos, la cosa puede funcionar-

-Eso seria muy sencillo Víctor, pero resulta que ese no es el objetivo, además, sería como darle demasiada importancia a la chica, y ella lejos de ser un objetivo mas bien es un medio para alcanzar un fin, y estos medios por lo general, son importantes solo en el momento en el que juegan su papel, ya en esta etapa del plan no lo es, estoy seguro de que la persona indicada me sacará de esta, y para eso he reservado a alguien especial-, Heiron hablaba con la seguridad del que lo ha planeado todo hasta el ultimo detalle, se veía un extraño brillo en los ojos.

Al llegar a la estación lo condujeron ante el instructor del caso, un sujeto de edad madura el cual sin darle muchas vueltas al asunto en cuanto lo vio entrar en la oficina dijo.

-Su comportamiento no ha sido otro que el de un salvaje, los perros son los que someten a las hembras de su especie para estar con ellas, cuando una mujer le dice a un hombre que no quiere mas nada con él, éste lo mejor que hace es retirarse sin preguntar ni por qué, yo quisiera que usted fuera mi perro, que yo le iba a enseñar modales, aunque tuviese que matarlo a palos-

-Mucho cuidado con lo desea oficial-, dijo Heiron con una vos seca, cortante, aguda, y sobre todas las cosas, fría como la muerte; el oficial en ese instante sintió que un escalofrío le crispaba la piel, no sabia de que manera pero si lo que el detenido quería era impresionarlo lo había logrado y de que manera.

-Teniente, acabamos de encontrar a Heiron, lo tienen detenido, en estos momentos le estoy enviando los datos de la estación donde está y cual es el motivo por el que lo tienen-

-Muchas gracias, oficial, en cuanto reciba su mensaje salgo para allá-, a Israel le costaba trabajo creer que lo de la detención de Heiron, no era posible, pero cuando vio la información del porque de la detención luego de pensarlo unos minutos tomo un grupo de documentos, fotos, los introdujo en una carpeta, y salio disparado rumbo a la estación, al llegar.

-Buenas tarde Israel, ¿cual es el motivo de tu visita?, ¿en que te puedo ayudar?-, dijo el oficial, el cual tenia muy buenas relaciones con el teniente que acababa de entrar.

-El motivo de mi visita es un detenido que tienes aquí, uno que transfirieron de la Isla para acá-

-¿Y que interés tienes tú con él?, digo, si no es mucho preguntar-

-Resulta que este muchacho es el tipo de persona la cual no quisieras tener en tu unidad por mucho tiempo, sucede que lo investigo a él y a sus cómplices, o familia como lo llaman ellos, desde hace ya algún tiempo, y estoy convencido de que esa acusación que hay en su contra es una farsa montada por él, o por los suyos-

-No Israel, conozco a la muchacha, e incluso me tome el trabajo de verificar su historia, además, están las pruebas, tengo mensajes escritos por correo electrónico enviados desde la maquina del detenido; es verdad que el muchacho se las trae, porque hace un rato me dio una respuesta algo alarmante pero yo no me dejo intimidar tan fácilmente-

-Mira hombre, el hecho de que los mensajes salieran desde su computadora no significa que los haya enviado él, no tienes como probarlo ante un tribunal, también te hago saber que tiene abogados muy buenos que de seguro te van a desmontar el caso con una facilidad sorprendente y entonces pasaras por la vergüenza de haber perdido un caso aparentemente ganado, ¿entiendes?, pero te voy a mostrar algo mas para que te convenzas, mira-, dijo Israel sacando de su porta folios un sobre y depositando sobre la mesa un grupo de fotos, -¿Qué ves?-

-Veo fotos de mujeres muy bonitas todas-

-Si te fijas bien, veras en esta, que la joven se despide de la persona que esta en el taxi-, le mostró el teniente extrayendo una pequeña lupa de su bolsillo, -En esta, la muchacha está abrasando a alguien, ¿Quién es?, en esta otra, ¿quien sostiene en sus brazos a esta beldad de mujer?, ¿y en esta?-, decía Israel mostrando al oficial un tras otra las fotografías, -Como ves, este ciudadano tiene muchísimas posibilidades con las mujeres, tanto mas que cualquiera de nosotros, ahora yo te pregunto; ¿tu crees que un sujeto con estas posibilidades se va ha detener a amenazar a una muchacha como ésta?, ¿tiene ella algo en común con alguna de las que te mostré en las fotos?, entonces, solo queda una cosa que pensar, esto fue montado-, el teniente hablaba mientras su interlocutor lo escuchaba con suma atención, el oficial no respondía para no perder detalle alguno sobre lo que le explicaban, al mismo tiempo que veía con mayor claridad la lógica de lo que escuchaba.

-¿Qué me sugieres hacer?, no lo puedo soltar así sin mas-

-En estos momentos estoy tras la pista de un cargamento de drogas el cual de una forma o de otra debe estar relacionado con el ciudadano en cuestión, has redactar un acta donde se plantee que éste actuó al calor de la ira, pronunciando palabras que resultaron amenazantes pero, alega que en ningún momento se atrevería a atentar contra la joven, y para cerrar el caso ponle una multa-

-Ya veo por donde vienes, lo soltamos con una multa partiendo de su declaración y arrepentimiento pero con el objetivo de seguirlo a ver a donde nos lleva-

-Por supuesto-

-¿De cuanto es la multa que se debe imponer en estos casos?-

-No sé, ponle trescientos pesos, de todas formas cualquier importe que se le ponga él lo pagará, con tal de salir de aquí-

Y así se hizo, pero como en el momento de la detención Heiron no llevaba consigo mas que cincuenta y tres pesos con unos centavos, se vio en la obligación de hacer una llamada para solicitar a alguien que pagara su multa, allí se presentó Ignara, la cual gustosamente lo besó como lo haría toda novia enamorada luego de pasar unos días distante de su pareja, lo cual llamó la atención del oficial, quien comentó.

-Hay que ver que tienes razón en lo que dices Israel, este sujeto tiene mucha suerte con las mujeres, mira para esto, acusado de amenaza a una y quien paga por su salida es otra, de seguro hubiese podido llamar a cualquier otra que gustosamente hubiese hecho lo mismo-

-Ya vas entendiendo a que me refiero-, dijo Israel, sabiendo quien era la joven que acababa de llegar y cuales eran sus sentimientos hacia Heiron.

A la salida de la estación de policías, Heiron se acercó a un agente que se encontraba fumando al lado de un carro de patrulla.

-¿Me permite encender?-, el policía lo miró directamente a los ojos extendiéndole el encendedor.

-¿Desde cuando fumas Heiron?-

-En realidad no fumo Víctor, pero necesitaba hablarte antes de irme, gracias por todo, pero tengo algo mas para ti-

-Tú dirás para que soy bueno-

-El oficial ese que estaba a cargo de mi caso, dijo algo de un perro muerto, ¿sabes algo de eso?-, dijo Heiron con toda tranquilidad, -Usa tu imaginación-

-De hoy no pasa-, fue todo lo que dijo el agente por respuesta.

CAPITULO 4

-Teniente, acabo de recibir información de aduanas, el ciudadano Erik Rosales González, salió del país acompañado de su novia, también la ciudadana Katia Bustamante, todos estos con permiso de salida y con visa aprobada por la embajada americana-

Israel no salía de su asombro, todo parecía indicar que se la habían jugado otra vez, estaba seguro de que aunque todo esto aparentemente tuviese un toque legal, también con eso Heiron tenía que ver, lo que no tenia eran pruebas ni forma de vincularlo con el asunto.

-Todo salió como estaba planeado, ¿Qué hicieron con la mercancía?-

-Alicia se encargó del intercambio con la gente del centro de investigación científica, de hecho hasta se la pagaron bien, al final resultó que Rafael tenia allí un amigo que le debía algunos favores y por esto se encuentra muy bien posicionado en estos momentos-

-Bien, ahora me preocupa el tema Israel-, dijo Heiron marcando un numero telefónico y preguntándole a la persono que respondió la llamada, -¿como va lo de Israel?-

-Ya estamos en eso, pobre hombre, trata de hacer bien su trabajo y para ponerle la tapa al pomo lo juzgan por no haber conseguido capturarlos-

-Así mismo es, solo que ninguno de ellos está en su posición, ni resultan de nuestro interés-

-Seguramente él ni se espera esto-

-Claro que no, pero le vendrá bien-, dijo Heiron a la oficial Carmen que escuchaba del otro lado de la línea.

-En estos momentos te estoy enviando la grabación de lo que acaban de decir en el despacho del jefe, estoy segura de que servirá-

-Al salir de la frontera de aduanas habrá una persona esperándolos, no se preocupen esta los reconocerá a ustedes solo caminen sin buscar a nadie

184

en particular-, dijo la aeromoza a Erik y antes de que éste y su compañera abandonasen el avión.

-¿Qué tal el viaje?, bien venidos a Estados Unidos, por aquí por favor el señor Bellini los espera en el auto-, dijo un joven de aspecto pulcro y con mucha amabilidad, pronunciando estas ultimas palabras en vos un poco mas baja.

-Todo bien-, contestó Erik al desconocido joven.

Cuando Israel llegó a su casa justo en el momento en que insertaba la llave en la cerradura de la puerta, un auto negro marca toyota se detuvo delante de si, un hombre le estiraba la mano haciendo además de que tomara el sobre, cuando este lo tubo en sus manos reconoció a Antonio, y al ver en el interior del estuche vio un teléfono celular, no pudo pronunciar palabra alguna, Antonio le interrumpió diciendo.

-Pronto recibirá una, llamada, en cuanto esto suceda haga lo que se le oriente sin hacer muchas preguntas, de momento recibirá un mensaje de vos donde escuchará lo que su gente planea en su contra, por lo que hemos decidido ayudarlo, de usted depende que resultado, suerte-, y terminando de decir esto puso en marcha el vehiculo y se marchó, Israel quedo mudo, no sabia que pensar, escuchó el teléfonos sonar, al recibir el mensaje no podía creer lo que decían, identificaba claramente la vos de su jefe.

-Luego entonces señores, resulta difícil de digerir el hecho de que un activo tan inteligente como Israel haya perdido la oportunidad de capturar a estas personas en tantas ocasiones, o está trabajando para ellos, o los está encubriendo, solo hay una forma de averiguarlo, tráiganlo aquí para interrogarlo, es inaceptable su comportamiento-, mientras escuchaba, Israel miraba a su alrededor, de repente una cuadra antes de la suya vio doblar a un auto el cual reconoció, venían a buscarlo los de la oficina, sin pensarlo dos veces, se metió es su vehiculo y como había poco tráfico desapareció entre las calles a toda velocidad, el teléfono volvió a timbrar; cuando tomó la llamada no reconoció la vos pero esta comenzó a darle instrucciones.

-No diga nada, solo escuche, su teléfono tiene instalado un dispositivo de rastreo, por lo que puedo ver en cada momento donde se encuentra, también fue instalado otro dispositivo en el auto y en los zapatos de las personas que lo siguen en estos momentos, sigua derecho, dos cuadras, en la próxima doble a la izquierda, espera mi llamada y no se aparte de mis instrucciones si quiere salir bien de esta-, Israel pensaba a toda velocidad, trataba de identificar con quien hablaba pero le era imposible, todo estaba pasando de forma muy rápida, en el fondo sabia que Heiron estaba detrás de todo esto pero al mismo tiempo sabia que no podía explicar de que forma estas personas se le habían ido de entre las manos en mas de una ocasión por lo que...Tirititintitin, tirititintitin, se escuchó el teléfono sonar.

-Entre al túnel, tiene tiempo de pasar el control todavía, no se preocupe, lo está haciendo bien-, el auto que lo seguía estaba desorientado pero al comunicarse con otros carros policiales estos lo pusieron sobre la pista otra ves. Tirititintitin.

-Entre en el bahía, cuando llegue doble a la derecha en la primera esquina, luego a la izquierda, detenga la marcha y deje su teléfono en el carro, no se deshaga de este por el que estamos hablando, ¿entiende?-

-Si, no se preocupe-

-No me preocupo, a mi no me vienen siguiendo, a su izquierda va a ver un edificio, suba hasta la cuarta planta, entre en el apartamento 4 I, la puerta estará abierta, luego espere, le volveré a llamar-, justo cuando abordaba el ascensor, Israel pudo ver como el auto de sus perseguidores le buscaba por los alrededores, pronto descubrirían donde dejo el suyo. Tirititintitin, tirititintitin.

-En la primera habitación encontrará ropa a su medida, vístase con ella, deje la que tiene, no se preocupe, alguien se la hará llegar a su señora madre luego-, después de haberse vestido, al mirarse al espejo vio que su apariencia era totalmente distinta, ahora paresia un trabajador del puerto, una especie de mecánico o algo así. Tirititintitin, tirititintitin

-En estos momentos quienes lo persiguen van subiendo, uno de ellos se quedó en el vehículo, pero no se preocupe, en estos momentos es usted invisible-, pasaron unos segundos pero esta ves la comunicación no se cortó, Israel esperaba impaciente, la vos se volvió a escuchar, -Salga del apartamento-, tras una pausa, - Ahora, tome el pasillo a su derecha y baje por las escaleras, verá un camión de auxilios técnicos de la empresa portuaria, el conductor lo estará esperando-, Israel entre una cosa y la otra se percataba de cuan organizadas estaban estas personas a las cuales había perseguido, empezaba a entender porque le había sido imposible capturarlos.

-Nos dirigimos al aeropuerto, cuando llegue lo estarán esperando, pronto su problema quedará resuelto-, dijo el chofer del camión.

-¿Por qué les interesa a ustedes resolver mi problema?-

-Sencillo hombre, su situación es algo incomoda, y lo que tratan de hacerle en estos momentos es totalmente injusto, resulta un poco frustrante el hecho de haber entregado horas, años de servicio y porque no, sacrificio a una organización, aportando grandes y muy buenos resultados, para que ahora solo por un fallo inevitable lo juzguen a usted de la forma en que pretenden hacerlo, ¿no le parece?-

-Mirándolo desde ese punto de vista si-

-Además, una ves que se toma este camino no hay retroceso, espero que lo comprenda ya en estos momentos su problema a dejado de serlo ya hoy precisamente su problema es cosa nuestra, puesto a que en esta familia nadie queda desamparado, no lo olvide-, luego de pronunciadas estas palabras se dejó escuchar el rugir del motor del vehículo que se desplazaba a gran velocidad por la autopista, pasaron unos minutos y ya estaban estacionando en la entrada del aeropuerto internacional José Martí, una joven miraba a los alrededores descuidadamente pero con toda intención, Israel pudo percatarse de ello, el conductor la señaló y el teniente abandonando el auto se aproximó a ella, antes de su llegada la joven echó a andar, y en vos baja le dijo.

-Va a entrar al baño de hombres, el último cubículo tiene un cartel de roto, entre en el, allí encontrará ropa, vístase, la que lleva puesta deposítela en la carpeta que hay sobre el tanque del agua, déjela, alguien se ocupará de recogerla, tome la maleta de equipaje y sígame-, hecho esto Israel se vio uniformado como todo un piloto de la aeronáutica civil, la joven lo condujo en un auto de la misma empresa a la próxima terminal aérea, al abandonar el automóvil, fueron recibidos por una aeromoza la cual mirando su reloj dijo.

-Tan exactos como siempre, sígame señor-, una ves dentro del avión la muchacha se dirigió al teniente, -Entre en el baño, coloque el uniforme dentro de la carpeta que encontrará en él, vístase con la ropa que está colgada en el perchero y no salga por nada del mundo hasta que se le avise-, pasaron unos minutos, Israel escuchaba voces, y personas caminando, se percató de que ahora se veía como un pasajero común, al mismo tiempo que se preguntaba ¿A dónde lo llevaría aquella nave?, Tirititintintin, tirititintitin.

-Puede salir del baño, a su derecha la cuarta ventanilla, ahí encontrará su asiento, la aeromoza le entregará el equipaje al llegar, disfrute del viaje, en cuanto llegue encienda su celular ahora, apáguelo-, al aterrizar, en cuanto encendió el teléfono se escuchó el timbre, Tirititintintin, tirititintitin.

-¿Ya le entregaron su equipaje?-

-Si, voy rumbo a la terminal-

-Bien, pase por la casilla de aduanas numero tres, lo volveré a llamar-, no le dio tiempo preguntar, pero su interrogante se vio contestada cuando al estar frente a la joven de la casilla indicada ésta extendiéndole unos documentos le dijo.

-Israel Harensibia, tenga usted sus documentos-, al revisar, notó que todo estaba en orden, la foto, el pasaporte, la identificación, he incluso se percató de que tenía hasta tarjeta de crédito, Tirititintitin, tirititintitin.

-Vamos hombre que no tenemos todo el día, sus documentos no son falsos, no los revise mas, en estos momentos esta usted registrado como un ciudadano cubano con residencia permanente en este país, ahora siga derecho hasta la puerta, al salir verá un McLaren negro, entre en él, y me encontrará-, Israel apuró su paso disimuladamente, asombrándose al ver a la joven que lo esperaba en el interior del vehículo.

-¿Pero, como es posible?, acabo de dejarla en el aeropuerto, ¿como llegó hasta aquí?-; -Esta gente no deja de sorprenderme-, pensó.

-No se ha vuelto loco, ni es una visión, mi hermana es quien lo despidió en el aeropuerto en cuba, pensamos que sería bueno para usted ver una cara conocida al llegar, bien venido a los Estados Unidos, lo llevaré a su casa, allí descansará un tiempo antes de empezar a trabajar, por lo demás nada debe preocuparle, su familia está siendo bien atendida, si lo desea le traeremos a su esposa, ¿desea que esto ocurra?-, el hombre no sabia que decir, le parecía que estaba viviendo un sueño, todo aquello que había imaginado, lo que había visto en las películas verdaderamente estaba ocurriendo ante sus ojos, y lo mas importante, él también formaba parte de ello, por otra parte vio como la joven marcaba con gran destreza la clave de maleta que había portado como equipaje desde cuba y quedó aturdido al ver que en el interior de la misma todo cuanto contenía eran fajos y mas fajos de dinero;-A propósito, ¿Qué tal su ingles?-

-No muy bueno pero me comunico-

-Necesito que sea impecable, le haré llegar los materiales y una profesora para que le enseñe, para la labor que realizará es esencial que así sea, que tenga un buen día-

-¿Cómo lo ha tomado la madre de Israel?-

-Bien Heiron, después de explicarle lo ocurrido ha quedado encantada de que hayas sido tu quien lo ayudó, nada de que preocuparse-

-Bueno, entonces Ignara, verifica como va todo con los jefes de este muchacho, necesito que se olviden de él lo antes posible-

-Pronto se enterarán de su salida del país y lo darán por perdido, solo que debe demorar algo antes de regresar-

-No es problema tengo un trabajito para él allá, a lo mejor le gusta y no quiere regresar-

Esa mañana Vicenzo Bellini, luego de tomar su acostumbrado desayuno en compañía de su esposa, y haberse fumado su cigarrillo se disponía a partir cuando ésta le preguntó.

-¿Cuándo podremos regresar a Italia?-, el anciano hombre miró a su señora con una mirada de bondad y respondió.

-Muy pronto vida mía, muy pronto-, dio un beso en la mejilla de su amada y avanzo por la acera hasta el vehículo que ya lo aguardaba; en cambio, la señora de Bellini observaba marcharse a su esposo al mismo tiempo que pensaba, imaginaba, cuantas cosas habían pasado juntos, cuanto había hecho éste por aquella familia, recordó que cuando se conocieron, apenas tenían unos escasos veinticinco años, ella estuvo presente cuando la muerte de su suegro, el señor Genzo Bellini, otro al cual quería como a un padre, sabía por lo que habían pasado y admiraba mucho la forma en que éste había protegido a los suyos, su esposo hacia lo mismo; también recordó que esa noche en el hospital su suegro estando ya convaleciente, hizo llamar a todos sus hijos a los cuales dijo.

-Muchachos, sepan que los amo a todos y que sería capaz de dar mi vida por la de cada uno de ustedes, cuiden de su madre y sean buenos esposos-, seguido de esto, tomó entre sus manos la de Vicenzo, el mayor de sus cuatro hijos, acercó sus labios a su oído y le dijo con una vos apenas audible para el resto de los ocupantes de la habitación; -La señora Ana Victoria ha sido mas que nuestra patrona, una gran amiga, la pequeña Isabela ha sabido ser mas que una amiga una hermana para ustedes, por tanto hijo, vas a prometerme que cuidaras de ella y de su descendencia, que tu casa será su casa, y que tu familia será la de ella, hubiese querido que Dios me diera mas salud para poder hacer más por ustedes, pero mis pecados son tan grandes que el señor no me permitirá seguir adelante, de todas maneras, reconozco haber hecho muchas cosas malas en esta vida, pero si de algo estoy seguro es de que no me arrepiento, pues fue por una buena razón...mi familia; así que si he de arder en el infierno, pues que se preparen, también allá tendrán que respetarnos-, la señora de Bellini no podía ocultar sus lagrimas ante aquel pensamiento, sentía tanta admiración por aquel hombre que aún en su cama de enfermo no temía a la muerte, sabia además que éste había sido amenazado por una familia que pertenecía a la mafia siciliana, y que no le quedó otra alternativa que entregar sus tierras y marcharse con el único objetivo de mantener a salvo a los suyos, recordaba también la repuesta de Vicenzo a su padre el cual con vos solemne dijo.

-Nunca lo defraudaré padre, le juro que desde este día la familia Dencer será nuestra familia, sus intereses serán los nuestros y le prometo, que cuando en toda Italia se escuche hablar de algún Bellini, se hablara con honor-, luego de que Genzo escuchó estas palabras su alma abandonó su cuerpo, no sufrió nada, en su rostro se podía observar una expresión complacida, y en su boca, una leve sonrisa, también en su memoria había quedado fijo el recuerdo de que solo pasaron unos escasos cinco años de la muerte de su suegro y solo tres del entierro de la señora Ana Victoria, cuando su esposo, acompañado de dos de sus hermanos que lo secundaban y apoyados por la señorita Isabela, viajaron a Italia, pasaron un año allá, pero al regresar, trajeron consigo las escrituras de las propiedades de los Bellini en Sicilia, la madre de estos, pasó barios días llorando, y no faltaba ni una sola mañana a la iglesia, cuando ella le preguntó el por que de tanto sufrimiento si al final sus hijos lo habían recuperado todo, descubrió que también ella debía asistir todos los días a la casa de Dios, para pedir por la salvación del lama de su esposo y la de sus cuñados, porque aunque su suegra nunca dijo nada sobre el tema, había tanto dolor en su mirada que automáticamente supo lo sucedido, Vicenzo Bellini y sus hermanos había borrado de la faz de la tierra a la familia Glivianci, todos grandes capos de la mafia siciliana; una guerra entre mafiosos, era lo que decía la prensa, jamás se menciono a los Bellini, ni se les vinculó con aquel asunto, pero en toda Italia ésta familia fue respetada por los políticos, los cuales les debieron eternamente éste favor, y por supuesto, estaban dispuestos a compensarlo en cuanto fuera necesario; honrados por los pobres a los que se les devolvieron sus derechos sobres sus tierras en Sicilia, y amados por los mafiosos, los cuales aceptaron sus ofertas y proposiciones con tal de hacer con estos la paz; de manera tal que era evidente que el mensaje transmitido por los Bellini era claro, no habría compasión con nadie; Efectivamente; Vicenzo Bellini nunca defraudó a su padre.

Al llegar a su trabajo, como de costumbre visitó las diferentes áreas de la compañía, tomó una tasa de café con el jefe de turno y se dirigió a su despacho, cual sería su mayor sorpresa al encontrar en el a Erik.

-Y bien Erik, ¿Cómo le va?; ¿le gusta su nueva residencia?-, las palabras de Bellini, desconcertaron al joven el cual trataba de sorprender al anciano, parecía como si éste lo hubiese estado esperando.

-Si, y a mi esposa ni hablar, es lo que siempre soñó, muchas gracias Vicenzo-

-Puedes llamarme por mi apellido muchacho, de todas formas eres parte de la familia, y aquí todos me dicen así-

-Gracias por la confianza Bellini-

-Bueno hijo, voy a explicarte algunas cosas para que te familiarices con lo que se pretende que hagas, si Heiron te ha enviado es porque tiene plena confianza en ti, también yo he hecho mi parte, después de todo, un puesto como este no se le da a cualquier conocido solo por su conocimiento, ¿entiendes?-

-Perfectamente-, Erik sabia de que hablaba el anciano, precisamente el día anterior éste le entregó un grupo de documentos en una carpeta, para que los revisara en casa, resultó que el muchacho fue agredido por unos maleantes supuestamente, con la intención de apropiarse del contenido de la carpeta, pero al final todo había sido en vano, el joven supo defender los documentos evitando a toda costa que se los llevaran, quedándose además con una de las armas de los atacantes.

-Empezaremos por la parte legal, esta es la línea de producción, aquí se confeccionan tejidos para luego en el área de costuras trasformarlos en prendas de vestir, como puedes apreciar son dos las líneas de confección, bien, una es para la ropa que se enviará a Cuba y la otra es la que entrará en el mercado desde aquí, también tenemos una línea de preparación de pieles para calzado, el cual tiene el mismo procedimiento, nada debe preocuparte en cuanto al personal, todos aquí son de confianza, además, la mayoría trata de ganarse el derecho a ser parte de esta gran familia, a excepción de algunos que mas bien tratan de ganarse una segunda oportunidad entre nosotros-

-¿Cómo se entiende eso Bellini?-

-Sencillo-, dijo el anciano con una ligera sonrisa maliciosa en sus labios; -Los seres humanos en la medida en que aumentan sus posibilidades económicas se vuelven en su mayoría personas déspotas, mezquinas, y entonces es cuando empiezan a perder la sensibilidad, el tacto, su palabra y el respeto, valores los cuales en este negocio son de suma importancia, ojo con esto, si se perdiera la credibilidad de tu palabra, y se desestimara el respeto sobre tu persona, bien pudiera costarte la vida; es por esto que estos sujetos son los encargados de hacer lo que nadie se atrevería a hacer-

-Entonces ellos son los que se encargan de hacer el trabajo sucio-

-Pudiera llamársele así, pero yo preferiría decir que nos devuelven el favor, haciendo lo que se les pide sin preguntar por que-

-Y si alguien decide no hacer lo que se le pide-, tras esta pregunta en los labios de Bellini se esbozó aquella leve sonrisa antes vista por Erik, no hubo respuesta para esa pregunta, pero para el joven no era necesario escucharla, el anciano con un ademán se hizo acompañar hasta una oficina donde se encontraban trabajando cuatro jóvenes contemporáneos con Erik, a los que Bellini se acercó y poniendo una de sus manos sobre su hombro dijo.

-Este joven se encarga de las transacciones económicas que tenemos en y con Cuba, su nombre es...-

-Giordano Bellini-, dijo el muchacho y continuó trabajando.

-Esta bella muchacha es la encargada de todo el proceso económico aquí, dentro de la compañía, ella es la que se encarga de los auditores molestos del fisco, y gracias a su ingenio es que nuestros impuestos a pagar son ínfimos, su nombre es...-

-Ivana Bellini-, se escuchó decir a la chica la cual luego de hacer contacto visual con Erik siguió revisando un expediente que tenia sobre la mesa.

-El es el encargado de registrar todas las operaciones financieras referentes a nuestra compañía en los Estados Unidos, cariñosamente le decimos piccolo por ser el menor de los Bellini hasta el momento, aunque su tamaño dice todo lo contrario, su nombre es...-

-Giovanni Bellini-, se pronunció el mozalbete quien poniéndose de pie en toda su estatura estrechó su mano con la de Erik.

-Y por ultimo...que no por ser la última es la menos importante está ésta joven, ella es la encargada de todas las transacciones, operaciones financieras, financiamientos, anticipos, deudas, además de llevar sobre sus hombros la pesada carga de la posición económica real de toda la familia, su nombre es...-

-Francesca Bellini-, dijo la muchacha observando fijamente al muchacho que tenía enfrente, en este punto Erik veía en los ojos de la chica una persona con muchísimo conocimiento, pudo apreciar que verdaderamente trabajaría con los mejores, además de darse cuenta de la sincronización existente entre cada uno de ellos.

-Pues bien, este será tu aparato económico, todos son de mi más absoluta confianza, ¿alguna pregunta hasta aquí?-

-¿Son todos hijos suyos?-

-No, pero los quiero a todos como tal, son mis sobrinos, Francesca y Giovanni son hermanos, hijos de mi hermano Bruno, el cual es jefe del área de producción de tejidos y vestuarios; Ivana es hija de mi otro hermano, Giacomo, jefe de control de calidad de los productos que saldaran al mercado, tanto en Cuba, como en los estados Unidos y el resto del mundo; y Giovanni es hijo de mi pequeña hermana, Laura, que es la encargada de todos nuestros sistemas de seguridad, además de ser nuestra representante legal en este país; como puedes apreciar tenemos cubiertos todos los puntos clave de la compañía, no dejamos cabos sueltos-

-Eso es bueno para los negocios-, dijo Erik tranquilamente.

-Esta es tu oficina de trabajo, desde aquí lo controlas todo, lo ves todo, y es aquí donde haces la magia-, dijo el anciano abriendo una computadora portátil que había sobre el escritorio, el joven Erik se percató de que la computadora estaba conectada a una red en tiempo real, veía como los valores del mercado subían y bajaban a cada minuto, Bellini explicaba y el toma nota de aquellas cosas que en un futuro pudiesen representarle alguna duda, luego de una extensa explicación el anciano le mostró tres números de cuentas bancarias los cuales tenían saldos descomunalmente elevados, seguido de esto explicó; -Estos valores corresponden al capital en efectivo de la familia, el cual tiene una diferencia en tiempo real de unos escasos tres a cinco días, por el tiempo que demora la transferencia de valores en los bancos, sucede que por ejemplo el efectivo que se recauda en Cuba, es enviado directamente hasta aquí con diferentes personas, ese es rápido, no media banco alguno, pero el que se mueve en otros países del mundo llega a nosotros de es forma, y entonces se hace necesario emplear barias sucursales bancarias para evitar el rastreo de dicho dinero, de esa forma evitamos los impuestos, ¿entiendes?-

-Está claro, pero, ¿Cómo es que en el resto del mundo se mueve el dinero de la familia, tenemos sucursales e esta compañía en otros países?-

-No, te explico, ya esto entra en el plano do lo que ya no es tan legal, seguramente en ocasiones te has preguntado ¿de donde sacan los empresarios de las grandes compañías, las firmas prestigiosas, empresas trasnacionales, instituciones bancarias, los directorios cinematográficos, entre otros, los nombres para estos?; es entonces cuando entramos nosotros, a lo largo de la historia, todo aquel que comienza un negocio requiere de recursos, ya sea efectivo para la inversión inicial, contactos para viabilizar sus documentos, personal para la mano de obra, capacitación de personas para la realización de sus sueños, ¿y por que no? quitarse de medio algún que otro obstáculo, nuestro personal está capacitado y tiene potencial para brindar todos estos servicios, y a cambio, todas estas personas que en algún momento fueron servidos para lograr sus propósitos nos benefician de forma indirecta con acciones de sus negocios-

-Lo cual genera una desmesurada fuente de ingreso libre de impuestos para nuestra compañía, ¿y como se yo cuales son estas fuentes de ingresos?-

-A eso vamos, la cosa es mas o menos así Erik, con la diferencia de que estos ingresos van directamente al capital financiero de la familia, en lo que estábamos, y respondiendo a tu pregunta es mas fácil de lo que crees, todas aquellas empresas, cuando digo empresas me refiero a negocios en el sentido mas amplio de la palabra, los cuales en sus titulares posean al menos una de las iniciales de los apellidos de Heiron, es una de nuestras fuentes de financiamiento, aquellas que poseen las dos iniciales simplemente son en las que somos los accionistas mayoritarios, claro está que todo esto es de forma indirecta y muy discreta-

-Entiendo, la persona o las personas que se presentan como accionistas mayoritarios simplemente son figuras representativas que responden netamente a nuestros intereses-

-Exacto, ahora bien, esto que acabo de explicarte se corresponde directamente con estas dos cuentas, si te fijas, una es mayor que la otra, la mayor es la que corresponde a los Dencer, y la menor es la que corresponde a los Gridson, seguro te preguntas ¿por que están separadas?, es por un puro formalismo, mi consejo es que lo lleves así, de esta forma ganaras en claridad, no es menos cierto que las utilidades se comparte en partes iguales para las dos cuentas pero el hecho es que la inversión inicial de los Dencer fue mayor, la otra cuenta es solo una cuenta a plazo fijo, en esta no se ingresa dinero proveniente de nuestras transacciones, solo los intereses que genera ella misma, tampoco se extrae nunca bajo ningún concepto efectivo de ella-

-Comprendo, es una cuenta a plazo fijo, si se extra de ella se pierden los intereses-

-No es por eso, es por el hecho de que esta es un recuerdo para Raymond, resultó que en los tiempos de su padre, un presidente que había en aquel entonces en Cuba, un tal batista, cargó con una buena suma de dinero de los bancos y con esta se perdió la de los Gridson, suerte que no era todo cuanto tenían, tiempo después, cuando me fue presentado como el esposo de la señora Sarah, uno de los primeros trabajos que me encomendó fue tratar de recuperar aquello que les había sido robado-

-Y de que forma podía dar usted con ese dinero-

-En realidad no fue cosa fácil, hubiera podido crear una cuenta bancaria con esa suma y decir que el problema estaba resuelto, pero sabiendo lo que representaba para él, además de ser poco hético hacer esto; le encomendé el trabajo a un viejo amigo, Vito Andolini, el cual me debía ciertos favores relacionados con el menor de sus hijos el cual por circunstancias de la vida tubo que salir sin ser visto de este país-

-Y que le pasó al muchacho-

-Le echaron la culpa de haber matado a un policía, y las otras familias lo acusaban de haber acecinado a un hombre que según ellos, era clave para el desarrollo de algún negocio; pero bueno, al final el policía era un corrupto, y el otro tipo había mandado a matar a su padre, el muchacho merecía ser ayudado, el hecho es que recuperado ese dinero, fue depositado en esa cuenta y nunca mas se ha vuelto a tocar, por lo demás, ya sabes, tienes los medios, el personal, la garantía, ahora te toca organizar el trabajo a tu manera, lo dejo en tus manos-, Bellini salió de la oficina, pidió a la secretaria que convocara una reunión entregándole una lista con los teléfonos y nombres de las personas que debían asistir a la mima, ese día oficializaría la toma de posesión de Erik como legitimo protector de los intereses de la familia.

Un mes después, Katia visitó a Israel y a su esposa en la Casa que les fue entregada a este, luego de una breve conversación con la esposa de éste pasando a la habitación que hacia función de despacho, esta preguntó.

-¿Le va bien con las clases de ingles?-

-Si, de hecho hasta mi esposa a mejorado muchísimo el de ella, pero quería hacerle unas preguntas-

-Usted dirá, seré totalmente sincera con usted, estoy autorizada para ello-

-¿Cómo fue que lograron sacar la carne de la Isla de la Juventud en aquella ocasión donde los tenía prácticamente en mis manos?-

-En un barco de pesca, recuerde que aunque ustedes tenían la información, les faltaba el recurso para cubrir nuestros movimientos, eso sin contar que tenemos personal en todas partes-, Katia contestó la pregunta de forma profesional, sin profundizar mucho en explicaciones.

-¿Qué sucedió con la chica de la acusación de la amenaza, que tiene que ver ella con el cargamento de drogas que venia de granma?-

-Nada en lo absoluto, el cargamento de drogas era una distracción para mantenerlo a usted ocupado en lo que Erik, su esposa, y yo, salíamos del país, claro está que eso no quiere decir que no halla sido real, el tren fue detenido antes de llegar a la habana y las cajas fueron cambiadas, luego, sabíamos que le interesaría saber donde estaba Heiron en cuanto viera a Antonio, por lo que para evitar que lo vinculara con el asunto, logramos que la muchacha armara el berrinche y lo metiera tras las rejas, sabiendo de antemano que usted al localizarlo en esa situación lo descartaría del asunto o por lo menos lo sacaría de allí-

-¿De manera tal que también yo formaba parte del plan?-, dijo él un tanto ansioso.

-Desde el principio, es por eso que sus superiores lo vincularon con nosotros y nos vimos en la obligación de ayudarlo, ya que no es profesional dejarlo en la estacada a su suerte, ahora, esta a salvo, debe valorarse mas, nosotros lo valoramos más-

-Ok, entiendo a que se refiere, pero, ¿Qué hay con los dueños de la mercancía que desapareció del tren?-

-Según me informaron murieron en un accidente, el vehiculo en que se trasladaban chocó con un camión, cosas de la vida, estaba para ellos, las casualidades son así-, se hizo el silencio, Israel sabía que estas personas eran dueños de las casualidades, en pocas palabras esta joven acababa de decirle que habían matado a esas personas deliberadamente, que sucedería con él si se negaba a colaborar con ellos, entonces preguntó.

-¿Y por que no ayudaron también a la chica?, ella fue afectada también con todo este asunto-

-La muchacha recibió lo que merecía, ella simplemente trató de aprovechar la posición económica de Heiron para resolver sus propios problemas, que eran bastante grandes por cierto, en esta vida es mejor pedir ayuda y no tratar de aprovecharse de la bondad de otros, porque esto puede costarnos caro-

-¿Qué va pasar conmigo entonces?-

-Usted será adiestrado de acuerdo con su nivel de inteligencia, y trabajará con nosotros, se le pagará bien, y vivirá como le de la gana, podrá regresar de visita a cuba dentro de un tiempo y todo estará bien, solo debe cumplir con su trabajo, demás esta decirle que esta es su única oportunidad-, Israel entendía lo que le decía Katia, no debía ni pensar en traicionarlos, comprendía en ese momento todo lo que estas personas habían hecho por él y lo que le hubiera costado que lo dejara n en cuba en la situación en que estaba, por lo que se limitó a preguntar.

-Respóndame estas dos ultimas preguntas, piense bien antes de contestar, de la respuesta de la primera dependerá la segunda-, Israel miró directamente a los ojos de Katia, -Si ustedes, no son los malos, por llamarlo de alguna forma, ¿por que provocaron el accidente de esas personas y no los entregaron a las autoridades?-

-Simple, en ocasiones se hacen cosas muy malas, por llamarlas de alguna forma, pero siempre, por una buena razón; estas personas son del tipo al que se le debe temer, son aquellos a los cuales el peso de la ley nunca les cae sobre los hombros, ¿entiende?-, Israel comprendió con exactitud a lo que se refería la joven, supo que estas personas poseen la habilidad de sobornar, extorsionar, e incluso hasta de amenazar, con tal de salirse siempre con la suya, se preguntaba de que manera podría él contribuir para eliminar este mal que tanto afecta al bienestar de los demás, no le agradaba la idea de andar cayéndose a tiros con la gente por las calles, pero reconocía que en ocasiones el fin justifica los medios, por lo que…

-Comprendo, ahora bien, estoy seguro de que ustedes tienen total control sobre un grupo de medios y equipos para lograr sus objetivos, pero me preocupa el hecho de la aplicación de sus normas y métodos-

-Aunque esa expresión no tiene nada que ver con lo que me preguntó anteriormente, le explicare una cosa para calmar su inquietud, esta gran familia de la cual en estos momentos usted forma parte, es tan grande y poderosa como la que más, tenemos el control y dominio de todo lo que se mueve en el mercado, por ejemplo, en Cuba, nuestra amada patria, tenemos el control de todos los cárnicos que se venden en los mercados agropecuarios, contamos con un sinnúmero de cochiqueras que aparentemente son del estado, pero que en realidad son nuestras, una buena parte de la red portuaria nos pertenece, el sistema del transporte terrestre es controlado por nuestra gente, las aerolíneas también nos sirven, y por no decir todo, me atrevo a decirle que casi todo lo que se desarrolla a espaldas del gobierno, de alguna forma también es cosa nuestra, que pasa, que como se ha dado cuenta, cada relajo tiene su orden, y precisamente esa, es la parte que nos corresponde en el asunto-

-En ese caso, le haré mi segunda pregunta, ¿Qué me corresponde hacer a mi como miembro de ésta familia?-

-Buena elección, le explico-

Miércoles, 22 de Febrero de 2012, salón de reuniones de la Gridson & Dencer Compani.

-Señores, como les decía es cuestión de orden y no de capricho, verán que una vez que todo empiece a funcionar de esta forma será como si no existiéramos y las autoridades no tendrán forma de controlarnos, por ejemplo, todas aquellas grandes y pequeñas empresas de las cuales ustedes son responsables, recibirán orientaciones de personas enviadas por nosotros, cuyos nombres se les darán a conocer en cuanto determinemos quienes serán-, todos los presentes escuchaban a Erik con suma atención, algunos, los mas viejos, veían en el muchacho el reflejo de lo que en su juventud fuera Vicenzo Bellini.

Cuba, 24 de febrero de 2012.

-Heiron, como cabeza de esta familia, serás tu quien oriente centralmente todo cuanto se debe hacer, esto se lo transmitirás a Ignara y a mi, ella por su parte encomendara la acción a Antonio en caso de que tenga algo que ver con puertos y trasporte pesado, a Rafael si es cosa de transporte ligero o de efectivo que deba ser trasladado y asegurado, si está relacionado con comercialización de productos cárnicos o de otra índole a Noel, por otro lado Orlando se ocupará del efectivo, la ropa, y el calzado que entra por lo diferentes polos turísticos, tendremos que mejorarle el puesto de trabajo para que de esta forma tenga mas movilidad entre los mismos; éstos a su vez tendrán personas de su entera confianza a las cuales les transmitirán la orden y así se ejecutará; de esta forma, nadie en lo absoluto podrá nunca vincularte bajo ningún concepto con ninguna de las operaciones de la familia, ni podrá atestiguar ante tribunal alguno sobre tu culpabilidad directa o indirecta en los hechos; por otra parte, si en algún momento fuera necesario alguna orientación o consejo, se lo podremos pedir siempre a las personas que de una forma u otra han hecho esto posible, en mi caso a Bellini, en el tullo Heiron a Raymond, tu padre, y en el caso de Ignara que es la que mas apoyo tendría es a Alicia, su madre, y no faltara mas, a Alex, en mi caso, luego de recibida la orientación la transmitiré a las personas indicadas según sea el caso; si se me queda algo por favor dímelo-, luego de haber escuchado la explicación de Erik, Heiron e Ignara quedaron pensativos, por un momento, el silencio en la habitación se hacia insoportable, al muchacho le costaba trabajo creer que sus compañeros no entendieran, o peor aun, que no aceptaran su propuesta, de pronto se rompió el silencio, fue Ignara quien habló.

-Dime algo Erik, a mi modo de ver las cosas, a lo mejor no entendí bien, la comunicación entre nosotros será verbal, las orientaciones a las personas que se nos subordinarán directamente serán verbales, y por último estos transmitirán sus ordenes a otras personas de la misma forma-

-Exactamente, esa es la idea-

-Esto crearía tres capas en la escala de mando, de esta forma la ultima capa no sabrá de donde vino la orden con exactitud, y por consiguiente no podrá decirle a nadie en el caso en que lo tomen como testigo...-, la joven quedó en silencio, esbozando una sonrisa en sus labios, sus ojos buscaron los de Heiron el cual dijo, con toda tranquilidad.

-Es perfecto, sabía que de alguna forma te encargarías de diseñar algo que dificultara aun más el trabajo de los polizontes para rastrearnos, te felicito, esta será nuestra forma de proceder y para empezar les daré mi primera orientación, ocupasen de incrementar nuestros contactos en el gobierno, quiero que trabajemos en grande, ya va siendo hora de que salgamos de las tinieblas-, desde ese entonces todo marchó sobre ruedas, las operaciones se hacían a gusto, las investigaciones efectuadas por la policía no llegaban a ninguna parte, toda la información quedaba en el camino; eso sin contar las que se ejecutaban fuera del territorio nacional; Heiron veía complacido como cada día crecía el imperio, podía palpar cuan grande era el escalón que habían logrado, la familia continuaba creciendo y su nómina aún mas; una mañana serian cerca de las 07:19 am, en la oficina del gerente principal de un banco en los Estados Unidos de América, el propietario del mismo observaba con detenimiento al hombre que entraba al despacho, seguido de esto con un ademán le mostró una silla, el recién llegado tomó asiento y sin mas preámbulos dijo.

-Mi cliente se alegra mucho por su colaboración, créame que nos sentimos alagados al saber que personas como usted nos tienen presente para resolver situaciones tan delicadas como ésta en la que usted y si red bancaria se han visto envueltos-

-En una ocasión cuando viajé a Cuba, conocí a un hombre el cual me dio su numero telefónico diciéndome que si algún día necesitaba de su ayuda, sin importar cual fuera la magnitud del problema, le llamara, poco tiempo después vino a mi un coterráneo de Italia, este señor sin yo saber como, me entregó las escrituras que me hacían propietario de una red de Hoteles y Casinos en Las Vegas, acepté el trato, de todas maneras nada podía pasar, al fin y al cabo de antemano ya estaba ganando, el solo hecho de poseer estas escrituras a mi nombre realzaba el prestigio de mis sucursales bancarias, mientras que por otro lado se mantenía en pié la oferta de que estarían ustedes gustosos de venir en mi ayuda si la necesitaba, y bien, me parece que ha llegado el momento, creo que esta es una situación de la cual no podré salir solo, el resto ya lo sabe; a propósito, ¿cual es su nombre?, ¿Qué función cumple usted?, ¿a caso es un investigador profesional?, disculpe, pero me gustaría saber con quien estoy tratando-

-Mi nombre es Israel Harensibia y no, no soy un investigador profesional, pero para su tranquilidad, soy una especie de facilitador, más bien el tipo de persona encargada de hacer que cuando las cosas se ponen feas, todo salga bien, deje su problema en nuestras manos, tómese el día libre, ahora su problema, como diría su coterráneo, é cosa nostra-

Cuba; oficina de investigaciones de la seguridad del estado.

-¿Y bien Carmen?, o mejor dicho, teniente, veo que ha sido usted ascendida; ¿Qué me dice del ciudadano Heiron y sus cómplices?-

-Le informo mayor, que de momento no tenemos nada todavía, parece que este compañero es mas astuto de lo que parece, el día Jueves;

14 de febrero de 2013; según los registros notariales, fue celebrada la boda de él con la ciudadana Ignara Sánchez Fernández; dato curioso, hija de la doctora Alicia, la cual durante algún tiempo se vio vinculada con las operaciones delictivas de estos sujetos, lastima que no se le pudiera probar nada, por lo demás; Heiron se encuentra trabajando en una unidad militar en la Isla de la Juventud, como cocinero-, la joven teniente se apresuró a decir en cuanto vio la expresión de contrariedad en el rostro del mayor, -A mi también me impresionó, porque lo que tenia entendido era que este ciudadano es Económico, pero todo parece indicar que tiene otras dotes-

-Bueno, eso parece, pero, ¿como es que está trabajando en una unidad militar?, ¿esa gente no verifica a las personas que contratan?-

-Por lo visto las verificaciones no arrojaron nada inusual, y por el criterio de sus superiores y de la seguridad militar el muchacho esta mas tranquilo que poste en una esquina, al parecer, o se piensa retirar, o sabe que estamos esperando a que cometa el más mínimo error-

-Sigan trabajando, no los pierdan de vista, manténgame informado; puede retirarse-

-A la orden compañero mayor-, Carmen salió de la oficina con una expresión de satisfacción en el rostro, el mayor se había tragado por completo su historia y sabía que la familia estaba a salvo; al no escuchar mencionar el nombre de Israel, supo también que ya no lo buscaban, había surtido efecto la información recibida sobre su salida del país.

Esa mañana, desde la ventana de una habitación del Hotel Nacional, Heiron contemplaba el paisaje, era algo esplendido, hermoso, apreciaba el mar, los barcos, los autos que circulaban por la avenida del malecón habanero, pero su rostro no hablaba de satisfacción, no rebosaba de alegría, tampoco tenía la expresión del triunfo, al voltear su cabeza vio que el resto de los ocupantes del recinto lo miraban con expresión interrogante, su esposa, rompió el silencio.

-¿Sucede algo?-, antes de que el joven respondiera otro de los presentes interrogó.

-¿Qué te preocupa?-

-Mis queridos amigos-, dijo avanzando en dirección a sus acompañantes, dejándose entre ver una ligera sonrisa en los labios de Heiron, -Erik, Ignara, Rafael, Orlando; Noel, como ven, aún cuando soy muy malo con los nombres recuerdo perfectamente el de cada uno de ustedes, es porque los llevo siempre presentes conmigo, veo que vivimos en un mundo lleno de oportunidades, en un país de personas trabajadoras, honradas, que merecen lo mejor, sé que aunque con menos rigor, aun seguimos siendo asediados, no importa en cuanto aumenten nuestros gastos por concepto de nomina, de todas maneras la situación financiera no es un problema, solo deseo que en un futuro el cielo se vea tan despejado, o quizás mas despejado que éste que se ve a la distancia; quien sabe si algún día nuestros hijos, o los hijos de éstos, lleguen a ser delegados, cancilleres, ministros, magistrados, diputados, y quizás presidentes de algún país cualquiera; entonces dejaremos de ser perseguidos, dejaremos de vivir en el silencio, y solo entonces tomaremos un descanso; hoy no importa cuanto nos cueste, mañana alguien hablará con honor de nosotros, y la humanidad nos reconocerá legítimamente, como lo que somos…Hombres de Bien-

Printed in the United States
By Bookmasters